極秘

制作資料公開

君たちに最新情報を公開しよう！

「覇界王～ガオガイガー対ベターマン～」単行本刊行にあたって、オリジナルスタッフの手による新規デザインが、多数描かれることになった。このページでは、それらのデザイン画を、著者・竹田裕一郎の解説付きでお届けする。

GGG隊員服

蒼斧蛍汰(27歳)

(デザイン：木村貴宏)

『ベターマン』主人公である蛍汰の本編から十年後の姿です。家電量販店店員の姿は、かなり老け込んだようにも見えますが、ＧＧＧ隊員服姿は昔の面影がよく残っていますね。実はこれまで機動部隊には勇者ロボと隊長たちしかいなかったので、初めての機動部隊隊員服となります。ダイブスーツは、コミック版の作者である藤沢真行さんによる護と戒道のものと同時代のものとしてデザインされました。

ダイブスーツ
家電量販店作業服

GGG隊員服

彩火乃紀（27歳）

（デザイン：木村貴宏）

同じ生体医工学者として、かつての都古麻御を思わせる雰囲気に成長した火乃紀の姿です。覚醒人凱号（ガイゴー）にダイブするとはいえ、研究部所属なので、機動部隊隊員とは異なるデザインの制服を着用しています。

メガネのレンズ部分は
モニターです。
(上辺は色トレス)
必要あれば変形します。

髪おろし参考.
(編みグセ
ついてます)
ダイブスーツ

アクセプトモード

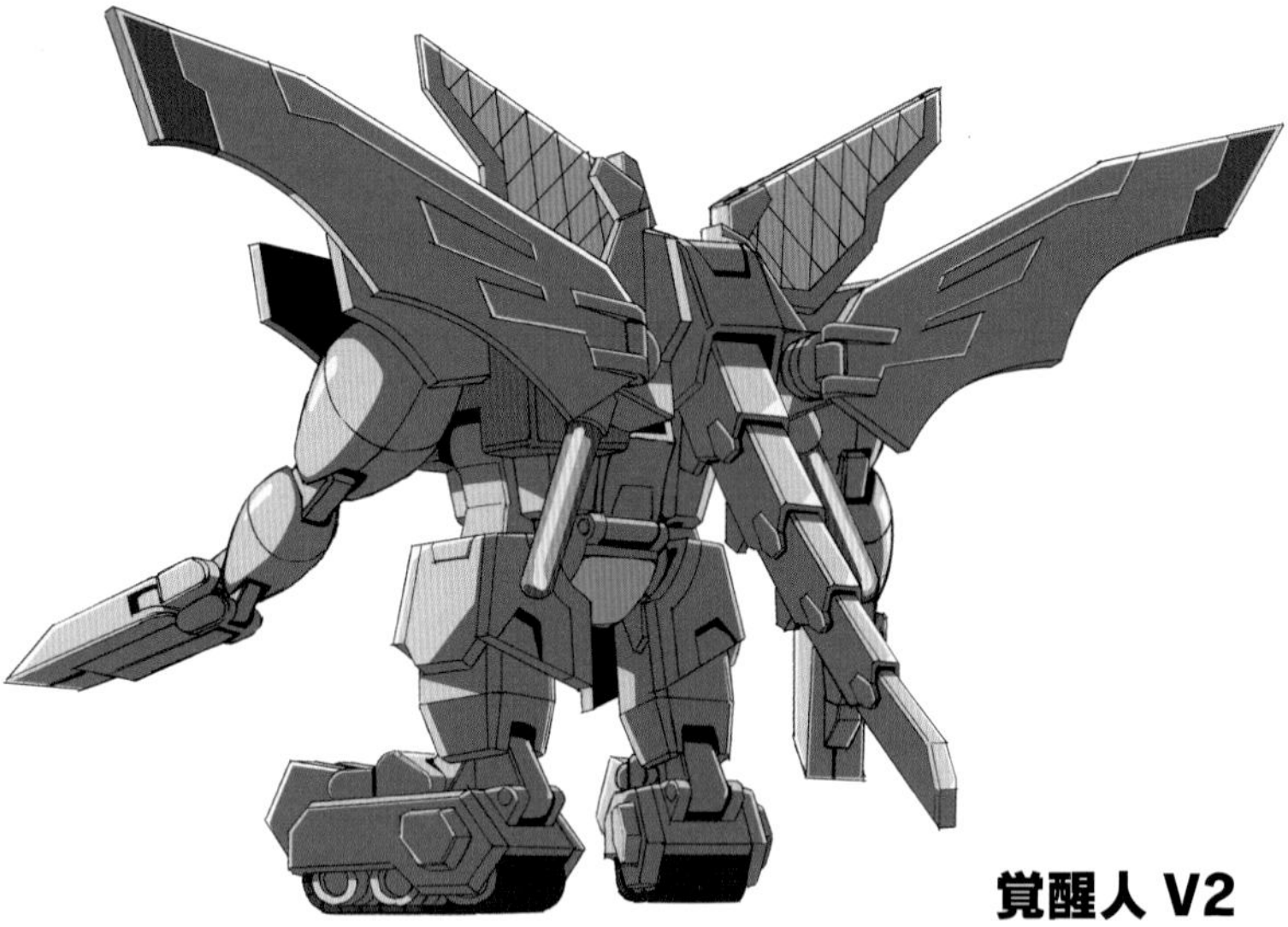

覚醒人 V2

（デザイン：大河原邦男）

封印されていた覚醒人シリーズの一体で、覚醒人１号と覚醒人Ｚ号の間の機体となります。大河原さんの手で、開発系譜の中間に位置する説得力が出ています。米たに監督が書かれたラフの時点では、ガオーマシンとファイナルフュージョンすることも想定されていましたが、本編ではその設定はなくなりました。

アクティブモード

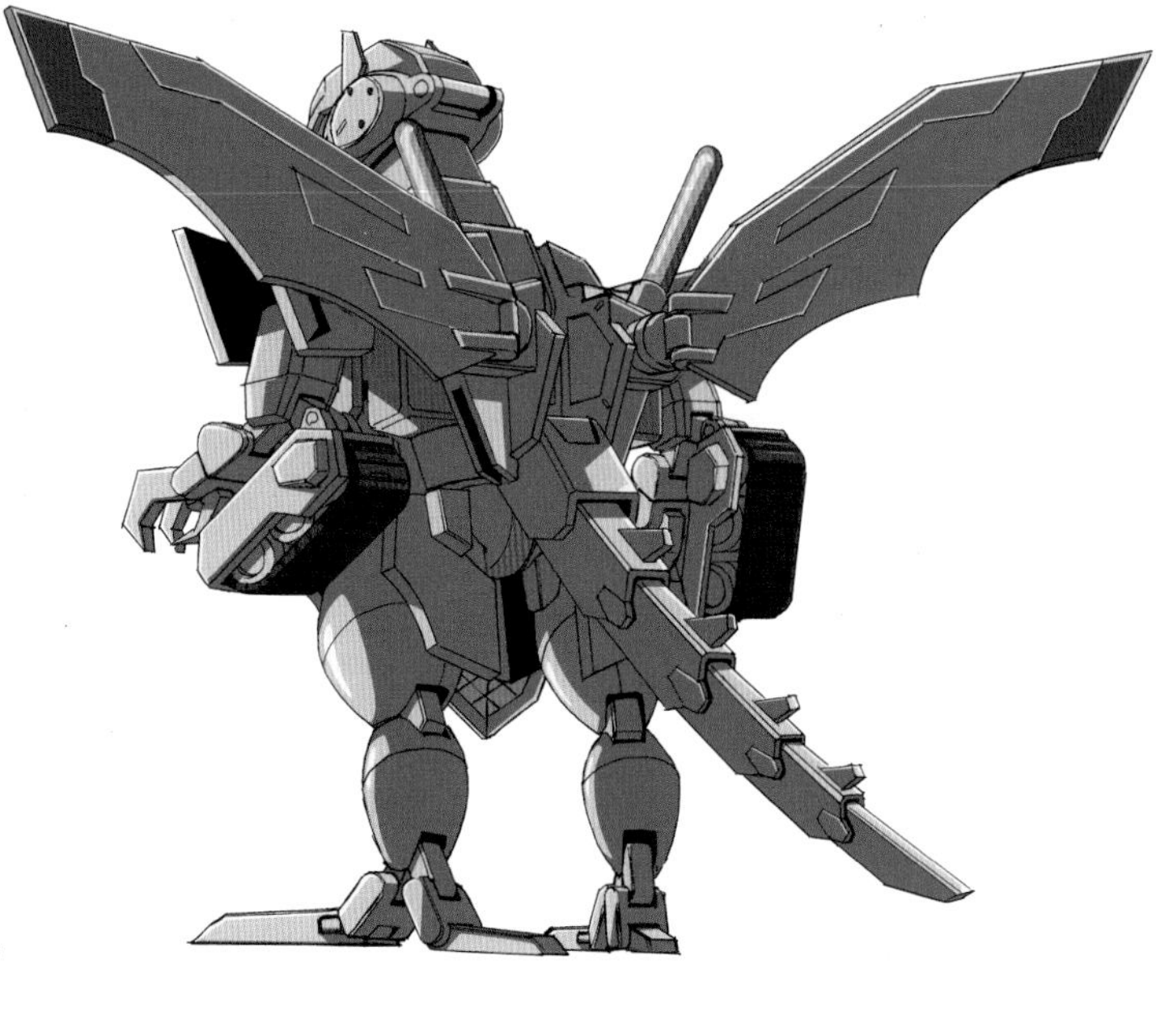

合体ベターマン
（デザイン：まさひろ山根）

羅漢の力で六体のベターマンが合体した姿。テレビシリーズで数々のベターマンをデザインされた山根さんが、ついに『覇界王』に参戦です。ネブラやフォルテといった変身体は十メートルに満たないサイズでしたが、この合体によって勇者王と並ぶ三十メートル級の巨体となりました。全身に様々なギミックが隠されたデザインですが、その秘めた能力は下巻において明らかになるでしょう。

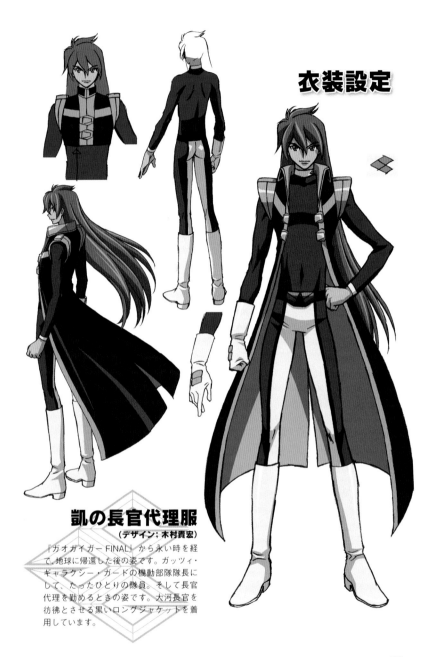

衣装設定

凱の長官代理服

（デザイン；木村貴宏）

『ガオガイガーFINAL』から永い時を経て、地球に帰還した後の姿です。ガッツィ・ギャラクシー・ガードの機動部隊隊長にして、たったひとりの隊員。そして長官代理を勤めるときの姿です。大河長官を彷彿とさせる黒いロングジャケットを着用しています。

覇王

ガオガイガー対ベターマン 中巻

著：竹田裕一郎　監修：米たにヨシトモ
原作：矢立 肇

CONTENTS

STORY DIGEST

西暦二〇一六年、インビジブル・バーストと呼ばれる地球規模の電磁波災害を乗り越えた人類は、三重連太陽系から未帰還の勇者たちを救うべく、〈プロジェクトZ〉を再始動する。二十歳になった天海護と戒道幾巳は新生勇者王ガオガイゴーのヘッドダイバーとして、ＧＧＧ《ガッツィ・グローバル・ガード》の仲間たちとともに木星圏へと訪れた。そこで待ち受けていたのは覇界《はかい》の眷族と呼ばれる存在の王となったジェネシック・ガオガイガーであった。ヒトを超えた霊長類ソムニウム——ベターマンたちの助力を得ながら立ち向かうＧＧＧ《スリージー》。そこにただひとりトリプルゼロの浸食をまぬがれた獅子王凱が帰還、プロトタイプ・ガオファイガーにファイナルフュージョンする。ガオファイガー、ガオガイゴー、そして合体ベターマンの共闘によって、覇界王ジェネシックは退けられ、地球の危機は救われた。だが、それは覇界の眷族と化した旧ＧＧＧの勇者たちとの死闘——その序章にすぎなかった。

本文イラスト：木村貴宏
中谷誠一

CHARACTERS

戒道幾巳（カイドウイクミ）
20歳、新生GGGの機動部隊副隊長。

天海護（アマミマモル）
20歳、新生GGGの機動部隊隊長。

獅子王凱（シシオウガイ）
GGG機動部隊隊長。三重連太陽系から10年ぶりに地球に帰還。

アルエット・ポミエ
15歳、新生GGG機動部隊次席オペレーター。

初野華（ハツノハナ）
20歳、新生GGGの機動部隊オペレーターで、護の“妻”。

阿嘉松滋（アカマツシゲル）
55歳、新生GGG長官。獅子王雷牙博士の息子、獅子王凱の従兄。

彩火乃紀（サイヒノキ）
27歳、新生GGG研究部オペレーターで蛍汰の恋人。

蒼斧蛍汰（アオノケータ）
27歳、現在は家電量販店営業部勤務の一般人。

ベターマン

ソムニウム（ヒトより環境に適応した種属）という霊長類の一個体。“覇界王”と呼ばれる存在の出現を、天海護に警告した。

ガジュマル

ライ

羅漢（ラカン）

ヒイラギ

ユーヤ

シャーラ

ラミア

number.00：C 卵－ORANGESITE－　？？？？年

0

地球――その表面の七割を占める大海原。その海中に、水に溶けるかのごとく突き進む白く巨大な魚影があった。いや、それは魚などではない。スピードはおよそ数百ノット。最速の海棲生物を二桁、人類科学の結晶たる攻撃型原潜を一桁凌駕する、異常な数値である。だが、それすらも深蒼の世界に適応した結果にすぎない。

影の正体はベターマン・アクア[※1]となった、ソムニウムのラミア。その時の彼は、遥か時空の果てで起こっている事象を超感覚によって感じとっていた。流体と化した海水に体表を撫でられながら、ラミアは予見する。

（この事象こそ、十一年後に身を投じることになる決戦の発端――）

全生命存亡をかけた覇界王《はかいおう》との決戦――ラミアが覚悟と決意をさだめた瞬間だった。

1

――そこは輝きに満ちていた。勇者たちがたどりついた世界が、いかなる時間と空間に属するものであるのか、知り得る者はいない。

神話はここで、終焉を迎えた。


だが、今ここに星を越えた御伽話《ジュブナイル》が始まる――


「いったいこの空間はどうなってやがるんだ！」

「我々は太陽系に向けて跳躍したはずではなかったのか！」

火麻激《ひゅうまげき》がモヒカン頭を抱え込み、大河幸太郎《たいがこうたろう》が自問する。

「むうう……このまばゆい輝きは……」

言葉を失う獅子王雷牙《ししおうらいが》。超弩級戦艦ジェイアークの甲板に固定された脱出艇クシナダ、その艦橋で交わされた会話だ。

これに先立つこと数分前、彼らは滅び行く三重連太陽系が存在していた宇宙からの脱出を試みた。ジェネシック・ガオガイガーに残されたガジェットツール〈ギャレオリア・ロード〉[※2]によって、時間と空間を超越しようとしたのだ。

彼らが帰るべき処は百五十億年の彼方――ひとつの宇宙が終焉を迎え、新たな宇宙が誕生した、そのさらに遠未来に存在する太陽系。極めて困難な挑戦であることは疑いようもない。しかし、三重連太陽系の技術はかつて、ギャレオリア彗星というゲートでふたつの宇宙を結ぶことに成功している。困難ではあっても、不可能ではない。その確信があっての跳躍であった。

だが、いま彼らを取り囲んでいる空間は、明らかに見慣れた太陽系宇宙のそれではない。暁の空にも似た、黄昏の光に満ちた空間。それが彼らがたどりついた世界だった。

「……トモロ０１１７、状況を報告しろ――」

クシナダ艦橋内で座り込んでいたジェイアークの艦長たる戦士、全身が朽ちかけているソルダートＪも問いかける。だが、固い絆で結ばれたはずの生体コンピューターは苦しげな呻きにも聞こえる音声を出力した。

「――現状では、不明……だが、類推は可能……ウウウ、この現象は……」

苦痛を感じさせる響きにも関わらず、ジェイアークは急速にその機能を回復させていった。もともと、光子エネルギー変換翼を有するこの超弩級戦艦は、極めて効率的な自己修復システムを備えている。だが、いま起こっている現象は、システムのそれではない。苦痛をともなうほどの超速度で、艦体構造物が強制的に再構成されているように見える。

「もしや……」

Ｊは、おのが生体サイボーグの身体にも力がみなぎってくるのを感じた。耐えがたいほどの苦痛とともに。

「ぬううっ！……この感覚は――記憶がある」

立ち上がったＪはメインモニターに表示されている艇外の様子を見る。そこに映し出されているのは、ジェイアーク甲板に横たわっているジェネシック・ガオガイガーと勇者ロボたちの姿だ。

　彼らもまた、苦痛と再生の刻を迎えていた。

「くっ、どうなってるんだ……ジェネシックの全身が！」

　ジェネシック・ガオガイガーにファイナルフュージョンしたまま、半死半生ともいえる状態だった獅子王凱《ししおうがい》は、おのが肉体と融合している勇者王が光とともに修復されていくのを感じとっていた。

「ガオオオオオオオオオオオッ‼」

　ジェネシックの胸のギャレオンが大きく咆哮する。

　そして、この現象は無機物のみに発生しているわけではなく、凱自身のエヴォリュダーとしての肉体をも再生させていた。その耳には、聞きなれた声も飛び込んでくる。

『凱……私の身体が――』

　それはリミピッドチャンネルで語りかけてくる意思ではなかった。マニージマシンと呼ばれる加療機器に内蔵された通信機による肉声。戦いのなかで傷つき、重篤な状態でそのマシンに肉体を委ねていた卯都木命《うつぎみこと》が、発声できるまでに回復したことを意味している。

「命、大丈夫なのか⁉」

　凱の声に、隠しようのない嬉しさがこもった。セミエヴォリュダーという特殊な体質ではあるが、命のそれは凱の肉体のように常人を遥かに超える頑強なものではない。ソール11遊星主との戦いのなか、ジェネシックマシンを蘇らせるため、真空空間に身を曝したことによる損傷は致命的なものだった。その状態から、言葉を発せられるほどに回復したという事実は、奇跡と言ってよい。

『大丈夫…身体の感覚が全部…元に戻ってる……』

「よかった、命《みこと》……ほんとによかった――」

いずこともしれぬ空間にたどりつき、原因不明の現象が起きているにも関わらず、命同様に、凱《がい》の声色にも涙の色が混ざった。この奇跡を起こしたのがたとえ神であろうと、悪魔であろうと、感謝せずにはいられない。

『うん、心配かけてごめんね……』

そして、恋人の声の微妙な変化に気づかぬ命でもない。通信波という細い糸のような絆を通して、ふたりは喜びを共有した。

奇跡のような現象は、周囲にいる仲間たちにとっても同様だった。ジェイアークの甲板上に横たわっていた勇者ロボたちのボディも、みるみるうちに修復されていく。

「……お…おおおっ！　なんだ？　大破したパーツどころか、自爆ユニットまで再生した！」

完全体に戻った撃龍神《げきりゅうじん》が立ち上がる。

「ああっ…お肌……スベスベ！」

「ボディがピカピカです！」

すっかり元の姿に戻った光竜《こうりゅう》と闇竜《あんりゅう》は、うろたえながらもはしゃいだ。

「イエーイ！　マイクも不滅だっぜっ！」

ブームロボ形態のマイク・サウンダース13世も、ダブルネックのギラギラーンVV《ダブルブイ》を天にかざしてアピールする。

「再生を確認！……しかし、一部しか残されていなかったガンマシンまで……」

復活したボルフォッグの横で、補助ロボットのピギーちゃんが、ビークルモードのガンドーベルとガングルーを支えている。

「おいおい、さすがにディビジョン艦までは戻らねえようだが……俺のこの姿は退化じゃねえのか？」

そうぼやきつつ立ち上がったのは、ゴルディオンクラッシャーのパーツから、勇者ロボの姿で再生したゴルディーマーグ[※3]である。その事実は、これが単なる修復現象ではないということを意味していた。それぞれの記憶となる設計回路のうちに刻まれた〝あるべき姿〟を再構成している——とでも言うべきだろうか。

激戦と連戦とに傷ついていた彼らにとって、それは福音にも等しい出来事のはずだった。だが、彼らにとってそれは何故か、不吉な現象のように感じられた。

「隊長殿……この現象、ハッキリとした記憶があります……！」

「ああ、僕も……覚えてるぜ……！」

その不安の正体を熟知していたのは、氷竜《ひょうりゅう》と炎竜《えんりゅう》である。そう、彼らはかつて経験したことがあった。未知のエネルギーにおのが機体が強制的に再構成されていく、苦痛に満ちた現象を。

「氷竜、炎竜、やはり……そうなんだな——」

喜びのさなか、頭から冷水をかけられたような気分で、凱は気づいた。

「この空間に満ちているエネルギー……ザ・パワー[※4]か！」

クシナダの艦橋では、すでにGGG《スリージー》オペレーターたちが解析作業を始めている。

「たしかに……ザ・パワー！　いや、しかし……」

驚愕した猿頭寺《えんとうじ》が言葉を失う。

「なんなんだ？　この膨大な数値は……」

モニターに張り付いている牛山一男《うしやまかずお》だが、交際相手でもある後輩の仲居亜紀子《なかいあきこ》※5に隣でサポートしてもらいながらも作業が追いつかない。

「オウ！……NO《ノー》！」

各オペレーターの解析結果を収集したスワン・ホワイトが、過去のデータと照合し、素早く概算の結果を報告する。

「各機体の修復速度から推定されるエネルギーレベルは……ザ・パワーの数千倍にも達しマス！」

「なんだとぉぉ！　あの超エネルギーの数千倍など……そんなことがあり得るのか⁉」

頭を抱えた雷牙《らいが》は、続いて我が目を疑った。目の前のモニターに突如として複雑な模式図が表示され始めたからだ。

「な、な、なんと……」

クシナダ艇内にいるGGG《スリージー》隊員たちは、いずれも各種分野におけるエキスパートたちだ。だが、そこに表示された情報を読み解けるのは、世界十大頭脳のひとりに数えられる雷牙だけであっただろう。

「インフレーション理論の最適解なのか？　いや、だがこんな式は見たことがない……そうか、この空間はそうだったのか！」

「ワッツハプン？　雷牙博士……」

研究助手を務めてきたスワンの兄スタリオンにとっても、初めて見る雷牙の表情だった。明晰な才能と、いたずらっ子のような姿の二面性、そのどちらともいえない、感動に打ち震えた笑みを開花させている。

　雷牙は号泣ともとれる心躍らせた表情を隠そうともせずに、周囲のＧＧＧ隊員たちに自分が知り得た情報を語り始めた。

「諸君、我々がいる空間の正体が判明したぞ……〈オレンジサイト〉[※6]だ！」

「オレンジサイト……まさか、宇宙の卵ですか！」

　スタリオンは近年読んだばかりの宇宙論を、記憶巣から引っ張り出した。ビッグバンによって誕生した宇宙が、膨張と収縮の果てに、ビッグクランチによって終焉を迎える。その終焉を超えた先にある、次なる宇宙の卵――それがオレンジサイトと定義づけられていた。

「そうだ、滅んでいった宇宙の屍であると同時に、生まれ来る宇宙の卵となる純粋なるエネルギーに満ちた空間――いや、正確には空間はまだ存在しないのだが、他にわかりやすい言葉も存在せんからのぉ」

　時間と空間とが発生する以前にあったもの――それがオレンジサイトだ。雷牙は理論的正確さよりも、感覚的わかりやすさを優先して、説明を始めた。

「つまり、ここは三重連太陽系の宇宙が終焉を迎えた後、僕ちゃんたちの宇宙が誕生する前の卵なわけだ。そして、ここには後に全宇宙を形づくる材料が、純粋なエネルギーとして存在する。そのエネルギーが次元の裂け目から遥か未来の宇宙空間に漏れ出たものが、ザ・パワーなのだ！」

「おい、オヤジ……じゃあ今、満ちあふれているこのエネルギーは、ザ・パワーの原液ってことなのか」

　ソルダートＪのかたわらに立つルネが、そうつぶやいた。彼女のサイボーグ・ボディも大きなダメージを負っていたはずだが、いつの間にか回復していた。どんな奇妙な真実でも、実感として受け入れるしかないほど完全に。

「おおっ！　ルネ……！」

一瞬、我が子を想う父親の顔をのぞかせた雷牙《らいが》だが、すぐに状況説明の表情に戻る。

「ああ、そういうことだ。ザ・パワーと同じ効果を発揮しながら、数千倍ものエネルギーレベルであることも納得できる。いや、クシナダから観測できる分だけで数千倍というだけで実際は……」

そこまでを口にしたところで、雷牙は絶句した。いま獲得したばかりの知識がおそらく真実であろうことを、彼は確信している。だが、何者がこの情報を雷牙の端末に送り込んできたというのだ。ジェイアークとクシナダ、双方に存在するすべての知性体がそれを持ち合わせていないことは明白だった。

だが、その〝何者〟かは、あっさりと雷牙に正体を明かした。

（僕たちからのプレゼント、気に入ってくれたかい、兄ちゃん――）

2

「麗雄《れお》……その声、懐かしいのぉ……麗雄じゃないか！」

そう叫びつつも、雷牙は気づいていた。亡き弟の声は、音声で届けられたわけではない。かといって、リミピッドチャンネルのような伝達手段でもない。強いて定義づけるのなら、その意思を聞いたという認識が、いきなり脳内に発生したのだ。

（さすが兄ちゃん、正確な理解だ！）

麗雄が笑った。どうやら、雷牙が口に出さずとも、その意識を認識できるらしい。

「お前、ザ・パワーの力を借りて肉体を持たない生命体になったと、凱《がい》に語ったそうだが……ここにいたのか――」

その兄弟の会話は、周囲の者たちにも聞こえていた。

「父さん、さっき〝僕たち〟と言ってたな。母さんも……いるのか？」

その問いかけに対する応えが、凱の意識のうちに浮かぶ。

（ええ、私もいますよ……このオレンジサイトに）

かつて、獅子王絆《ししおうきずな》という名の地球人であった精神生命体から、優しい波動が伝わってくる。凱の母である彼女は有人木星探査船〈ジュピロス・ファイヴ〉の乗員だったが、木星圏での遭難事故によって死亡した。だが、その意識はザ・パワーによって、肉体に依存せずに存在できるようになったのだ。そして、後にやはり木星圏で落命した獅子王麗雄もまた、同様の運命をたどったのである。

（凱、そして兄ちゃん……いまこの瞬間にみんながやってきたという宿命を、僕は悲しく思う――）

言葉ににじむ悲痛な想い――それを感じとった凱は、理解した。両親が神のような超越者になったわけではなく、心ある存在のままであるということを。

「父さん、どういうことなんだ？　宿命……って何を意味しているんだ？」

（凱《がい》、そしてGGG《スリージー》のみんな――たったいま、僕たちの宇宙は危機に瀕《ひん》しているのだ）

（……そう、このオレンジサイトから、〝終焉を超えた誓い《オウス・オーバー・オメガ》〟※7が未来に向かって噴出《バースト》しようとしているのです）

これまで黙って、意識の交感を聞いていたGGG隊員たちの間に、ざわめきが広がっていった。

一同を代表するように大河《たいが》が問いかける。

「獅子王《ししおう》博士、そして絆《きずな》夫人。教えてください、オウス・オーバー・オメガとはなんなのですか？　そして、我々の宇宙の危機とはいったい――！」

（オウス・オーバー・オメガは、兄ちゃんが読み解いたように、宇宙そのものとなるエネルギーだ。後にビッグバンを経て、ひとつの宇宙を構成することになるエネルギーが凝縮されたものと言ってよい……）

（時に、そのごく一部分とでも言うべきわずかな欠片が時空を越えて、〝次元の裂け目〟から未来の宇宙に漏れ出すことがあります……）

「……つまり、それがザ・パワーだったというわけだ」

麗雄《れお》と絆の説明を聞いて、雷牙《らいが》はあらためて納得した。ひとつの宇宙そのものとも言えるエネルギー総量であれば、あのザ・パワーと比べてさえ桁違いだというのも納得できる。

（そうだ……兄ちゃん、想像してみてくれ。小さい破れ目から漏れ出たオウス・オーバー・オメガのほんの一部の特性しか持たない欠片でさえ、我々には超エネルギーとして認識されたんだ。破れ目が拡大して一気にそれが噴出したとしたら……）

「決まっている。宇宙は開闢《かいびゃく》から終焉への歴史を一瞬で駆け抜けることになるだろう――」

言葉の半ばで、雷牙は気づいた。

「まさか……それが起ころうとしているのか⁉」

(その通りなんだよ、兄ちゃん……)

ふたたび雷牙の端末に、膨大なデータが送られてきた。わずかな破れ目がこじ開けられていく様子が記録されている。そして、それは明らかに人為的なものだった。

「これは……ソール11遊星主の仕業なのか⁉」

――もともと緑の星の指導者カインは、滅び行く宇宙から新たな宇宙へ移民するため、〝次元の裂け目〟を利用して、次元ゲートを開く技術を確立した。だが、赤の星の指導者の複製であるパルス・アベルはその技術を発展させ、膨大なダークマターを採取する通路として利用したのだ。その過程で〝次元の裂け目〟が拡大していったのも無理はない。


そこまでの父と母、そして叔父の対話を聞いていた凱は、納得した。

「そうか……ジェネシックが切り開いたギャレオリア・ロードに突入した俺たちが、このオレンジサイトにやってきたのは、偶然じゃない」

(そうだ、凱。お前たちはここへたどりついたわけじゃない。ここを経由して、新たな宇宙へ帰る途上だったんだよ……)

「父さん、だけどオウス・オーバー・オメガがあふれ出ようとしている瞬間を、見逃すことはできない。いまここに俺たちが居合わせた……それが宿命なんだな？」

凱《がい》の問いかけに、麗雄《れお》と絆《きずな》も即答してはこなかった。沈黙が肯定を意味するものであり、先の言葉ににじんでいた悲しみの原因であることを、凱は悟った。そして、胸のうちに浮かんだ言葉を、素直に口にする。

「父さん、そして母さん……俺、なんとなくわかったよ。いま、この瞬間にオレンジサイトにやってきたのは、宇宙全域の人たちを助けるためなんじゃないかってさ」

（凱……！）

麗雄と絆は、ともに息子の名を呼んだ。人知を越えた精神生命体になろうと、それ以外の言葉を見つけられなかったのだ。

「麗雄博士……それに！……初めまして、お母さま！」

滅び行く宇宙と生まれ来る宇宙の狭間に存在するオレンジサイト——この非日常の最たる空間において、極めて日常的な挨拶が発せられた。

「私、卯都木命《うつぎみこと》といいます！　あの、凱とは——良いおつきあいさせてもらってます！」

マニージマシンの固定具を切り離して、立ち上がった命が叫んだ。全宇宙の危機に対して、もうじき凱は全身全霊をもって立ち向かっていくことになるであろう。その前に、どうしても一言、挨拶しておきたかったのだ——自分が凱と出会う前に、故人となっていた人に。

いま、この空間ではプライバシーなど存在していない。発せられた言葉は、すべての者に筒抜けとなっている。そのことを承知の上で、命は絆に語りかけた。

「この後、きっと凱は真っ直ぐ宿命に向き合うと思います。でもっ、凱ひとりにはさせません！私も！　GGG《スリージー》のみんなも！　凱と一緒に立ち向かいます！　私たちみんな、勇気ある誓いとともにに戦ってきた、凱の仲間です──！」

（ありがとう、命さん……凱を愛してくれて）

絆の声が、優しく語りかけた。

「やったぁ！　凱のお母さんに認めてもらえた！」

このオレンジサイトという空間では、独り言という行為も伝播《でんぱ》されてしまうらしい。周囲から温かい笑いの波動が伝わってきて、命と凱はともに頬を染めた。

凱の従妹ルネは、唯一の半機械化サイボーグ体として、視神経を介する画像回路に映し出される、※8麗雄と絆の姿を感じ、うっすらと笑んでいた。

「ふ……あったかい……あったかいね……」

徐々に温かな思いがこみ上げ、熱くなっていくその身体を、優しく冷ますルネの冷却コート。その駆動音を聞き、隣に立つソルダートJも薄く微笑んだ。

3

「〝次元の裂け目〟の位置を確定シマシタ！」

「スワンくん、メインモニターに表示してくれたまえ。バーストまでのカウントダウン※9も頼む」

「イエッサー！」

大河《たいが》の指示に従って、スワンはクシナダのメインモニターに必要な情報を表示させた。

「よし、現時刻よりOath Over Omega《オウス・オーバー・オメガ》を〝トリプルゼロ〟と認定呼称する！　GGG《スリージー》全隊員！　〈トリプルゼロ〉バースト阻止を目的とした、ゼロ作戦を開始せよ――――！」

「了解‼」

クシナダ艇内にいるすべての隊員たち、そしてジェイアーク甲板上にいる勇者ロボたちが唱和する。そして、各自が与えられた手順に従って、あわただしく作業を開始した。

思えば、連戦というのも生やさしく思えるほどの、急転直下の連続だった。三重連太陽系におけるソール11遊星主との決戦、ギャレオリア・ロードによる次元跳躍、そしてトリプルゼロが新たな宇宙に噴出する〝バースト現象〟の阻止作戦。それらが間断なく、訪れたのだ。

だが、彼らは疲労を感じてはいない。トリプルゼロによって、肉体的な傷や機械的な損傷が修復されたということも一因だが、それだけではなかった。自分たちがこの場で何もしなければ、宇宙は終焉を迎えてしまう――その認識が、彼らに勇気を与えていた。

もともと、ここにいるGGG隊員たちはみな、宇宙存亡の危機を前にして、叛逆者の汚名を着せられることすら厭わずに立ち上がったのだ。自分たちに訪れた宿命を、喜びこそすれ、怯むことはない。

「バースト現象まで、あと七〇〇秒デス！」

「全GSライド、及びジュエルジェネレーターのリンケージ完了まで五九〇秒――間に合います！」

スワンのカウントダウンにかぶせるように、牛山一男《うしやまかずお》が報告する。

精神生命体として人知を越えた情報にアクセスできるようになった麗雄《れお》と絆《きずな》が提示した作戦は、わずかな準備で可能なものだった。すべてのGストーンとJジュエルをリンクさせ、そこから発生するエネルギーで噴出しようとするトリプルゼロを押し返す――ギャレオリア・ロードを使用するためのセッティングを、そのまま使用することが可能だ。

『猿頭寺《えんとうじ》オペレーター……ビッグバンにも匹敵するエネルギーを押し返すことなど、我々だけで可能なのでしょうか？』

手元の端末に表示されたボルフォッグからの通信コードを見て、猿頭寺は微笑んだ。先刻の命《みこと》が放った心の声で、互いの意思疎通が全員に伝わってしまうことが判明している。だからこそ、作戦への疑義ともなりかねない言葉を、あえて文字で送信したのだ。超ＡＩが見せた細やかな配慮を好ましく思いながら、猿頭寺はあえて返答を口にした。

「大丈夫だ、ボルフォッグ。ＧストーンとＪジュエルは、みんなの勇気をエネルギーに変換する……」

猿頭寺の言葉を受けて、凱《がい》が力強く肯定する。

「そうだ！　俺たちの勇気が砕けない限り、そこから発せられるエネルギーも尽きはしない！　俺たちの勇気は絶対に負けない！」

猿頭寺と凱の言葉に、ボルフォッグは確信の声を発した。

「その言葉を待っていました」

そして、他の勇者ロボたちも口々に賛同する。

「我らの思いはひとつ！」

氷竜《ひょうりゅう》がうなずく。

「僕たち全員、勇気ある者だ！」

炎竜《えんりゅう》が拳を握る。

「GGGバンザイ！」

撃龍神《スリージー》《げきりゅうじん》が両手をかかげる。

「みんなカッコイイ！」

光竜《こうりゅう》が闇竜《あんりゅう》の手をとる。

「みんな素敵です！」

闇竜もその手をしっかりとつかみ返す。

「勇気は最強だっぜっっっ‼」

マイクがサムアップする。

「おっぱじめようぜぇ！」

ゴルディーマーグがずっしりと身構える。

「ジェイアーク！　未来に向けて――発進‼」

ソルダートＪが右腕を大きく振りかざす。

「了解！」

トモロ０１１７が出力を上げる。

「ふ……熱くなってきたね」

ルネが熱いまなざしを向ける。

「ようしっ！　いくぞぉっ‼　勇者たちィィ！！！」

凱《がい》が叫び、ジェネシック・ガオガイガーが雄々しくたてがみを揺らす。

彼らは微塵も疑うことなく信じていた、自分たちがこの戦いにも勝利することを。いや、そうではない。勝利を信じられなくなった時、敗北の刻が訪れることを知っていたのだ——

4

トリプルゼロ——後に全宇宙そのものとなるエネルギーの塊。次元の破れ目からそれが一気に噴出《バースト》すれば、宇宙は開闢《かいびゃく》から終焉への時を一気に駆け抜けることになる。

その次元の破れ目が通じているのが、地球から至近距離といってよい木星圏であることは、人類にとって大いなる不幸であった。だが、同時にその瞬間、トリプルゼロが満ちた宇宙の卵——オレンジサイトにガッツィ・ギャラクシー・ガードとジェイアークが居合わせたことは大いなる幸運でもあった。

ビッグバンの前兆となるトリプルゼロ膨張の圧力が、開放を求めて次元の破れ目に集中する。ジェイアークと勇者ロボ軍団は自らを楯として、その破れ目を背負い、立ちはだかった。

「くっ、ものすげぇエネルギーの圧力だぜぇ！」

本来のボディを取り戻したゴルディーマーグが、嬉々として叫ぶ。ゴルディオンクラッシャーの制御ＡＩとしての任務に不満があったわけではないが、やはり振り回せる手足が存在する方が心地よいのだろう。他の勇者ロボたちとともにジェイアークの甲板上に屹立《きつりつ》した彼は、前方から迫り来るトリプルゼロの圧力を全身で受け止めていた。

「ここで屈するわけにはいきません！」

「みんなサイコーの勇者だっぜ！」

ゴルディーだけではない。ＧＧＧ《スリージー》の勇者ロボたちとジェイアークが、ザ・パワー級の復元力をまとったそのボディを防壁として次元の破れ目を塞いでいる。それを支えているのは、超ＡＩと人間たちの勇気だ。想いの力がＧストーンとＪジュエルによってエネルギーに変換され、トリプルゼロの圧力に抗している。その争いは完全に拮抗し、微動だにしないように見える。

だが――


（ダメだ……これを永遠に続けることはできない――）

ジェネシック・ガオガイガーにファイナルフュージョンしたまま、獅子王凱《ししおうがい》はやがて来るであろう未来を予測していた。彼自身の勇気はまだ挫《くじ》けてはいない。仲間たちも同様だろう。だが、この戦いが永劫に続くとしたら、いつかは力尽きる時がくる。精神が肉体という物質に支えられている以上、永遠に戦い続けるのは不可能だ。

（エネルギーの圧力が拮抗しているうちに、なにか次の手を打たなければ――）

凱のうちに、ひとつの考えが浮かんだ。しかし、それを実行するには、覚悟しなければならないことがある。凱は言葉を発することをためらった。ひとたび口にしてしまえば、このオレンジサイトでは全員に共有されてしまう。後戻りはできなくなるのだ。

『――いいのよ、凱。ためらわなくて』

「命《みこと》……」

　マニージマシンから離れて、クシナダの艦橋でオペレーター席についていた命が通信を送ってきた。

『みんなも……凱と気持ちは同じなんだから！』

　命の言葉に、大河《たいが》が続く。

『その通りだ、凱！　今この瞬間、我らがこの場に居合わせた宿命を無駄にしてはならない！』

　続いて、クシナダに収容されているGGG隊員たちも口々に同意する。彼らの言葉に背を押されて、凱は決断した。

「わかった……みんな！　ギャレオリア・ロードをプライヤーズのように使って、次元の破れ目を塞いでみる！」

　GGG隊員や勇者ロボたちも即座にうなずく。

「ガジェットツールッ！　ギャレオリア・ロ――――ドッ‼」

　ジェイアークの艦首近くに立っていたジェネシック・ガオガイガーは、尾部のパーツを両腕に変形合体させたツールをフル稼働へ導く。次元ゲートを切り開くためのそのツールを使い、逆に次元の破れ目を閉じてしまおうというのだ。

『本当にそんなことができんのかよ！』

　火麻《ひゅうま》の叫びに、雷牙《らいが》が答える。

『理論上は可能だよ。ギャレオリア・ロードには次元ゲートを開く機能がある。空間の歪曲収差を反転させれば、次元の歪みを閉じることもまた可能というわけなんだな』

「――問題はギャレオリア・ロードを使う場所だろう、雷牙《らいが》おじさん」

『そうなんだよなぁ……』

雷牙の声に意気消沈の響きが混ざる。

『本来なら、僕ちゃんたちが次元の歪みを抜けて太陽系に戻った後、木星側から塞ぎたいところなんだが、それだとトリプルゼロも一緒に通過してしまう……』

「それじゃダメだ、俺たちがオレンジサイト側から塞がないと！」

凱《がい》は断言した。命《みこと》の後押しに勇気をもらったその声には、もはや一片の迷いもなかった。それはすなわち、地球へ帰還する最後の望みさえ捨て去ることを意味している。だが、かつて次元の歪みから漏れ出たトリプルゼロのわずかな欠片〈ザ・パワー〉でさえ、超エネルギーとして原種大戦に大きな影響を及ぼしたのだ。その事態を遥かに上回るであろう災厄を、地球にもたらすわけにはいかない。

（凱……雷牙兄ちゃん……大河《たいが》長官……こんな事態になって……みんな、すまない……）

ふたたび麗雄《れお》の意識が語りかけてくる。

『こりゃ麗雄、もうお前の詫びは聞き飽きた！　僕ちゃんたちの勇気、お前と絆《きずな》ちゃんにはそこで見届けてもらうぞい！』

腹をくくった雷牙が、ことさら陽気な口調で笑い飛ばした。実のところ、他の皆には説明していない事情も存在する。

（このオレンジサイトは、宇宙が開闢《かいびゃく》する前の世界……不安定な時空の歪みが、何年後の宇宙につながっているかは、わずかな歪曲率の変化でどんどんズレていく――）

地球人類が最初にザ・パワーを確認したのは、一九九〇年代に無人探査船〈ジュピロス・ワン〉が持ち帰ったエネルギー物質としてである。つまり、歪みはそれ以前の時代につながっていたのだ。だが、先刻からあふれ出るわずかなトリプルゼロを、増大したGストーンやJジュエルのエネルギーにより抑え続けたことで、刻一刻と歪曲率が変化している。それは、つながった先の時間がズレることを意味していた。彼らGGG《スリージー》が旅立った時代より過去になったのか、未来になったのか、測定する術は存在しない。

（いずれにせよ、元の時代にたどりつける可能性は極めて少ないはずだ……）

もっとも、その絶望感が、オレンジサイトに留まる作戦を雷牙に選ばせたわけではない。

（地球に残してきた二十七人の子供たちのためにも、父親として僕ちゃんにできること頑張っちゃうぞ。申し訳ないとは思うけど、ひとりだけつきあってくれるから寂しくないしな〜）

その想いがルネ本人に伝わってしまわないよう、口に出すことは我慢した。

5

「メガッ！　フュ――――ジョン‼」

トリプルゼロを懸命に抑える勇者ロボたちのもとへ、自力航行するクシナダから離れた白き方舟ジェイアークが、変形しながら接近する。その姿はジェネシックの三倍以上もの身の丈に達した。

「キングッ！　ジェイィッ！　ダ――――――ッ‼」

次元の破れ目へ向けてギャレオリア・ロードをかまえたジェネシックに背を向ける配置で、赤の星のジャイアントメカノイドがそびえ立った。

「トリプルゼロの流れは私が抑える！　凱《がい》……急げ！」

「すまん、Ｊ！」

赤の星の戦士たるソルダートＪにとって、青の星のために身を張る理由は存在しない。だが、彼にはたったひとつ、守らねばならないものがあったのだ。

「ジュエルジェネレーター出力最大！」

「了解。往こう、Ｊ。アルマのいる青の星のために」

「そうだな、トモロ。アルマは青の星の子供として生きることを捨て、我らとともに命を賭して戦った、赤の星の記憶を唯一継ぐ者。アルマが帰った宇宙を、壊すわけにはいかない！」

そう言い切ったソルダートＪの横顔を、ルネは至近距離から見上げた。

「やれやれ……もうアンタひとりでも動かせるとは思うけどさ……」

半壊していたＪの頭部装甲も修復されて、もうその瞳を見ることはかなわない。だが、ルネにはわかっていた。Ｊの瞳に闘志の輝きが満ちていることを。生み出された時から戦いを宿命づけられていた戦士にとって、戦う理由が明確になった時こそ、その闘志はひときわ燃え上がるのだ。

「Ｊ、トモロ、私の力も使いな！」

ソルダートＪの左腕に、ルネが自分の右腕を重ねる。

「ふ……貴様も戦士。もとよりそのつもりだ……ルネ」

「だと思ったよ」

お互いの不敵な笑顔を確かめ合うJとルネ。そのJジュエルとGストーンが重なり合い、共鳴する。赤と緑の光は溶け合い、銀色の輝きとなってキングジェイダーの巨体を煌びやかに染め上げた。

「頼んだぞ！　J！　ルネ！」

頼もしい仲間たちの存在を背中に感じながら、凱は次元の破れ目に向かった。

（この先に木星が……俺たちの太陽系が――）

一瞬、くるおしいほどの懐かしさが凱の胸のうちにあふれた。目の前に見える、歪曲空間。このまま真っ直ぐ突っ込めば、太陽系に帰還することがかなうはずである。だが、その感情に身を委ねるつもりは微塵もない。

（護《まも》るたちを……地球を……宇宙のすべてを救うために！）

ジェネシックが両腕に装着したガジェットツールを発動させる。

「うおおおおっ！　ギャレオリア・ロードッ‼」

シリンダー状のツールが、前方の空間を湾曲させていく。三重連太陽系の宇宙で行ったように、次元ゲートを開こうというのではない。強力なアレスティングフィールドによって、破れ目を綴じ合わせていく行為だ。その様子が光学的に視覚に捉えられるわけではない。だが、エヴォリュダーの超感覚は、ジェネシックのセンサーが捕捉した状況を直感的に把握する。擬似的な視界のなかで、次元の歪みはみるみるうちに閉塞されていった。

しかし――
その行為は思いもよらぬ妨害を受けることになる。

「みんな……なにを!?」

ジェネシックの四肢に、勇者ロボ軍団がしがみついていた。氷竜《ひょうりゅう》と炎竜《えんりゅう》が、撃龍神《げきりゅうじん》が、ボルフォックとガンマシンが、ゴルディーマーグとマイクが、光竜《こうりゅう》と闇竜《あんりゅう》が——ギャレオリア・ロードを使わせまいと、ジェネシックを拘束する。彼らの全身は、暁にも似たオレンジ色の輝きに包まれていた。

ジェネシックの頭部にボルフォッグがしがみつく。振り払おうとするが、ゴルディーに背部から押さえつけてられている。

「くっ、どうしたんだ、ボルフォッグ！　ゴルディー!?」

そう叫んだ凱《がい》は、間近に見た。ボルフォッグの両眼を模した光学センサーから、輝きが失われている。それは他の勇者ロボたちも同様だ。

「クシナダ、聞こえるか！　機動部隊の超ＡＩはどうなっている……モニタリングできるか！」

その問いに応じる者はいない。先ほどまで、頻繁に飛び交っていた通信波がいまは完全に沈黙していた。

（ああ、なんということ……）

（凱、彼らはみな浸食されてしまったようだ、トリプルゼロに！）

絆《きずな》と麗雄《れお》の意識が語りかけてくる。

「浸食!?　操られてるってことなのか——」

（厳密な意味でいえば、そうではない……）

麗雄は、自分の思考を一気に送り込んできた。言葉という伝達手段に頼るよりも早く、凱は事態を理解する。

トリプルゼロは純粋なエネルギー、そこに意思は存在しない。だが、エネルギーには力学が働く。圧縮されたエネルギーが膨張する力学。秩序から無秩序へと移行していく力学。膨大な熱量が拡散され、冷え切っていく力学。それらはすべて、トリプルゼロというエネルギーによって宇宙が開《かい》闢《びゃく》し、また終焉を迎えていくサイクルを担っている。

宇宙の誕生と死は何者かの意思によるものではなく、ごくシンプルな力学がもたらす過程と結果にすぎないのだ。

だが、その摂理に逆らう存在がある。

「それが――俺たち知的生命体の活動と機械文明」

凱がたどりついた結論を、麗雄が肯定する。

（その通りだ、凱……。そして、Ｚマスターもまた、トリプルゼロに少なからず影響を受けていたに違いない）

かつて、機界31原種はギャレオリア彗星と名付けられた次元ゲートによって、古き宇宙から新しい宇宙へやってきた。その過程で、やはりオレンジサイトを経由した可能性は否定できない。木星決戦で対峙した心臓原種の主張は、まさに凱が理解した宇宙の摂理を具現化したものに他ならなかった。

「破滅への導きが……宇宙の正しい法則ということか？」

凱の声は返答のない虚空に響く。

「俺たちの存在が間違ってるから……自然の力が滅びに向かうのか？」

やはりその答えはどこからも返ってこない。

「みんな思い出してくれ――俺たちは木星でのあの時、Ｚマスターを否定した。そして勝利したはずだ！」

凱《がい》の言葉に応える者は誰もいない。麗雄《れお》と絆《きずな》の意識のみが、オレンジサイトで繰り広げられる死闘を見守っている。

そしてついに、均衡は破れた――


命《いのち》の結晶たるＧストーンによりエネルギーへと変換された、勇者たちの想い。彼らが宇宙の摂理に浸食されたいま、トリプルゼロの噴出《バースト》を阻むことは不可能だった。ギャレオリア・ロードで閉塞に成功しかけていた次元の破れ目から、膨大なエネルギーが外の世界へと流出していく。

「まだだ！　命あるならば、まだあきらめるな！」

太陽系へと噴出するエネルギーの流れ。それを、身をもって防がんとする者がいる。白銀に輝く巨体――キングジェイダーである。

「もがきなっ！　生きてる限り、気を抜くんじゃないよっ！」

「Ｊ！　ルネ！」

しかし、その強靱なボディも、強烈なオレンジ色の濁流に揉まれ、かろうじて動いている状態だった。

「くぅっ、どうやらＪジュエルとＧストーンが相乗りしてるせいか、アタシたちは他の連中より耐性があったみたいだね。まあ、勇気の強さじゃ負ける気はしないけどね」

「凱！　急げ！　いまのうちに次元の破れ目を塞ぐのだ！」

　凱は迷わなかった。ジェネシックの全力をもって、四肢にしがみつく仲間たちを振りほどく。躊躇している余裕はない。眼前でトリプルゼロを阻み続けているキングジェイダーの全身も、オレンジ色の輝きに呑み込まれつつある。時間はない。すべてが無に帰す前に、やりとげねばならない！

「ハイパァァァモードッ！」

　ジェネシックの後頭部にはサイボーグ凱にも技術転用された、エネルギーアキュメーターがある。当時の凱の生命をつなぎ留めたサイボーグ・ボディの構造は、ジェネシックのデータをもとに設計されたのだ。髪の毛状のエネルギーアキュメーターを束ね、一気に直列パワーに移行する。瞬間最大出力を向上させるこのモードチェンジは、ジェネシックにおいても単独での実行が可能だった。

　金色の輝きに包まれたジェネシックが、ふたたび次元の破れ目にギャレオリア・ロードをねじ込んだ。

「うおおおおおおっ！」

　地球に帰れず、仲間たちを失い、自分もいずれ浸食されるであろう――それらの想いのすべてが、凱の脳裏から吹き飛んだ。

　いまはただ、力を振り絞る。ギャレオリア・ロードにすべてを込めて！

　薄れゆく意識のなか、凱は感じていた。おのが肉体の延長であるジェネシックの全身に、トリプルゼロが浸食してくる異様な感触を――

　そして、走馬灯のように回想される、三重連太陽系に送られてきた謎の声――

（……エヴォリュダーよ……）

　凱の記憶の奥底で、名も知らぬソムニウム〈ラミア〉が送ってきたその声が、木霊のように鳴り響いていた――
（……今こそ……命《いのち》を超えるのだ……）

6

西暦二〇一〇年八月、地球は未曾有の大災害〈インビジブル・バースト〉に直面した。木星近傍から放たれた強電磁場の源が、次元の破れ目から放出されたわずかなトリプルゼロと呼ばれる超エネルギーであったことを、この時の人類は知るよしもない。

人類がふたたびトリプルゼロの脅威に直面するのは、それから六年後のことである。その六年間は、猶予期間であったのかもしれない。オレンジサイトと呼ばれる時空の果てで、勇者たちが死闘の末に獲得したわずかな、そして貴重な時間であった。


（凱《がい》、目覚めなさい……）

（目覚めるんだ、僕たちの息子よ……）

「父さん、母さん――」

自分が幼子に戻ったような錯覚に、獅子王凱《ししおうがい》はとらわれていた。そう感じるのも無理はない。無力な子供だった頃のように、凱は両親に包まれていたのだ。

そこはオレンジサイトではなかった。とはいえ、完全に次元の破れ目から脱したわけでもない狭間の世界。存在と虚無のどちらともいえない場に漂うエヴォリュダーの肉体。その身体を包み込むように、精神生命体である麗雄《れお》と絆《きずな》の意思が漂う。

「！……ふたりとも、俺を守っていてくれたのか」

呆然とつぶやく凱の声に、両親が答える。

（いや、お前を救ったのは……ギャレオンだよ）

（そう、トリプルゼロに浸食される寸前に、ギャレオンが逃がしてくれたのです）

「フュージョンアウトで……そうだったのか。じゃあ、ギャレオンは……」

長い間、ともに戦い続けてきたパートナーでもある機械仕掛けの獅子。その姿を探し求めた凱は、異様な存在に気がついた。

猛獣の顔貌を胴体にいただき、鋭い爪の四肢に、長い総髪をたたえた巨人の姿。だが、オレンジ色のオーラに包まれたそれは、もはや凱の知る勇者王ではなかった。

（凱、あれはもはやジェネシック・ガオガイガーではない）

「トリプルゼロに浸食されちまったのか……！」

（ジェネシックオーラには、トリプルゼロを起源としたテクノロジーが使われていたのだろう。浸食されたジェネシックは、それがゆえに、もっとも効率よく、もっとも強大に、もっとも多くの能力を具現化する、トリプルゼロにもっとも適したインターフェースとなったのだ。他の追随を許さない最上位の存在。宇宙の摂理を体現するために行動する〈覇界《はかい》の眷族〉――まさにその〈王〉として……）

「王――」

その言葉を口にしたとき、凱《がい》の全身に戦慄が走った。

あれこそ、次元空間を破壊する革命を起こす王――

あれこそ、命あるすべてのモノを光に変える王――

そう、あれこそが、これから獅子王《ししおう》凱が立ち向かうべき王――

覇界《はかい》の王　降臨――――

「――ギャレオンが、ジェネシックが、そんなものに……」

視界にそびえる巨大な覇界王は、凱の存在を気にも留めていないようだ。

次元の先に存在する大切な何かを、両の掌で護っているかのように、胸の前で合わせている。

(凱――トリプルゼロはもう一度、通路を開こうとしている……)

(あなたに塞がれた次元の破れ目、そのほんのわずかなほつれからワームホールを開こうとしているのです……)

「ワームホールを……そんなことが実現されたら……」

知的生命体と機械文明の殲滅、そして宇宙そのものを無に帰すことこそが宇宙の摂理であるならば、ありとあらゆる物質をすべて光に変えてしまうのが、宇宙の力学。凱の意識に、その理解が浮かび上がってきた。

「どうやってそれを防いだらいいんだ、父さん……」

まだ勇気は砕けてはいない。だが、仲間たちもジェネシックも失われた自分に、なにができるというのか――

(刻《とき》がくる、すぐそこに……)

「刻が――何の刻がくるんだ、父さん――」

(お前が信じてきた誓いの刻だよ……)

「俺が信じてきた――」


父の言葉は、凱の心を奮い立たせた。ソール11遊星主との戦いで、一度は信じてきたものを信じられなくなり、凱は敗北した。そこから本当の勇気ある戦いが始まったのだ。もう二度と、負けたりはしない。


「――刻が来る」

凱はつぶやいた。不屈の闘志と、父の意志への信頼を込めて。

(だいじょうぶです、凱。あなたにはまだ仲間がいます)

「仲間が？……でも、母さん。みんなは、もう……」

(――思い出してごらんなさい……彼らもきっと、力を貸してくれます)

(彼らも凱と……その勇気とともに戦ってくれる――)

「勇気と……ともに……」

(勇気を強く信じることを忘れないで――)

（勇気こそが侵食を撥ね退ける唯一の力——）

父と母の意識に、凱《がい》は何かに気づいたように大きくうなずいた。

「俺は信じる……勇気とともに……その刻を」


——西暦二〇一六年。

かくして、ついに覇界王《はかいおう》は門を開いた。

木星を圧縮したブラックホール——その特異点をワームホールとして、太陽系にオレンジサイトとつながる次元ゲートを発生させたのだ。

そしてその瞬間を、その刻を、狭間から解放された凱は見逃さなかった。一筋の輝きが接近する光景を。懐かしい機体——幻影の翼〈ファントムガオー〉を、仲間たちが送ってくれたのだ。

獅子王《ししおう》凱は声を張り上げ歓喜した。

「勇気をっ！　この勇気の刻《とき》が来るのを信じていたぜっ！！！」

number.04　兆－KIZASI－　二〇一七年

1

「護《まもる》……ほんとうに護、なのか──」

獅子王凱は、思わず──といった口調でつぶやいた。

各所を大きく破損させたディビジョン・トレインの前方部、ミズハのカーゴルームを臨時の着艦デッキに仕立てた区画の一角において、である。フュージョンアウトする設備が整っていないため、二体の勇者王は並んで片膝をついた状態で駐機している。与圧が完了するとともに、GGG《スリージー》隊員たちが駆けつけてきた。彼らの前でガオファイガーから降りてきた凱は、隣のガオガイゴーから降りてきた青年たち──そのひとりを見て、あっけにとられたのだ。

「ガッツィ・グローバル・ガード機動部隊隊長・天海《あまみ》護です。ガッツィ・ギャラクシー・ガード機動部隊隊長・獅子王凱さん！　太陽系へのご帰還を歓迎します！」

護は姿勢を正して、凱に告げた。そして──

「うわっはー、ちゃんと言えた！……最初の挨拶くらいは、しっかりしたかったんだ」

幼い頃の面影を残した瞳に、涙が浮かぶ。そんな様子を見て、凱のうちにあった戸惑いは吹き飛んだ。

「まったく、機動部隊隊長がベソかいてちゃ、みっともないぜ……」

「そんなこと言うなら、凱《がい》兄ちゃんだって！」

「おっと……」

思わず、凱は右拳で自分の目頭をぬぐった。そこには熱い涙滴が拭き取られている。

「……お帰りなさい、凱兄ちゃん！」

「ああ、ただいま！　護《まもる》！」

ふたりは涙のにじんだ笑顔で、互いの両肩に手を置き合った。最初、凱は護の身体を抱き上げようとしたのだが、目の前にいるのは記憶のなかにある幼い少年ではない。凱本人とほぼ同年代の二十歳の青年なのだ。

実のところ、三重連太陽系でＥＳミサイルによってふたりの子供たちを送り出したのは、凱の主観時間でほんの数日前のことでしかない。それ以前に、十一歳の護と行動をともにしたのもわずかな時間でしかなく、凱の記憶のうちにある護の姿は、いまでも原種大戦時の九歳のままだった。

護の側にとっても、流れた時間の分、歳を重ねた〝凱兄ちゃん〟と再会することになるだろう……という思い込みがあったため、戸惑いは少なくない。

「凱兄ちゃん……ぜんぜん変わってないんだね」

「護は変わりすぎだろ、まったく！」

なんだかぎこちなさげに喜び合うふたりを、ＧＧＧ《スリージー》隊員たちも駆け寄り、取り囲んだ。凱にとっては見慣れない顔も多いのだが、彼らの側では勇者を知らぬ者などいない。旧ＧＧＧが旅立った後に入隊した者も、その大半が凱たちの活躍に憧れて、地球防衛を志したのだ。古い仲間も新しい仲間も、みな感極まった表情で、ふたりの機動部隊隊長をもみくちゃにする。

そんな輪のなかで、壁際を見た凱《がい》と目が合ったのは、戒道幾巳《かいどういくみ》だ。彼とて、地球から三重連太陽系までの旅を経て、凱たちとの間に絆を築いている。だが、凱と護《まもる》の再会に割り込むまいと考えたのだろうか。離れたところで、無言で頭を下げた。その姿を見て、凱は思う。この青年にも以前と変わらぬ部分があり、また成長した部分があり、護と同じように時は流れたのだ、と。

そして、戒道の隣ではブロンドヘアーの少女がボロボロと涙をこぼしていた。

「君は――」

少女に目を留めた凱の肩を、阿嘉松《あかまつ》が軽く叩く。

「声かけてやってくれ。さっきの戦い、あいつが一番の功労者だ」

常ならば声は大きく、肩を叩く力も必要以上に大きい、それが現在のＧＧＧ《スリージー》長官だ。だが、この時は声も力も優しいものだった。

「あいつがプロトタイプ・ファントムガオー※10を準備しておいたんだ。お前さんのためにな――」

「アルエット※11……」

自分の名を呼ばれた少女は、びくっと肩を震わせてから、面を上げた。その大きな瞳にはいっぱいの涙があふれている。自然と人の波が分かれ、凱は彼女の前に歩み寄った。

「おっきくなったな……」

「もう、それは子供への挨拶！　ダーム《レディ》には……キレイになったな、でしょ」

こぼれる涙をぬぐおうともせず、アルエットは微笑んだ。

「そ、そういうものか……」

「そういうものなんだ……」

期せずして、凱とその後ろで会話を聞いていた護が、そっくりな感想をもらす。顔を見合わせたふたりは同時に吹き出した。

（護くん、よかったね……）

恋人が心の底から喜んでいる光景を遠目に見て、初野華《はつのはな》も静かに涙をぬぐい、幸せな気持ちに浸っていた。凱と護の笑いは周囲のＧＧＧ隊員たちにも伝播《でんぱ》していき、殺風景なカーゴルームが最高のパーティ会場であるかのような空気に包まれる。

獅子王凱《ししおう》――彼が旅立った場所はここではない。だが、たしかにここは、彼が戻るべき所だった。

2

木星圏での活動をひとまず終えたディビジョン・トレインは、無人探査プローブ群を設置して、地球へ帰還することになった。覇界王《はかいおう》の活動がひとまず終息したことで強電磁場が消滅、観測データを送信することが可能になったからだ。

宙龍《ちゅうりゅう》のようにトリプルゼロに浸食されたプローブがゼロロボ化して[※12]、欺瞞《ぎまん》情報を送ってくる可能性は否定できない。だが、複数のプローブに互いを監視させることで、早期対処が可能であろうと楊《ヤン》博士が判断したのである。

しかし、艦体各所を破損したディビジョン・トレインは、往路のような高加速で帰還することはできない。艦体構造物が加速に耐えられるか不明であったからだ。

　そのため、先の戦闘で負傷した隊員たちは、小型高速艇フライＤ５[※13]をミラーカタパルトで射出、先行して帰還させることになった。

「頼んだぞ、参謀」

「オウ、まかせてネ！　僕がいれば地球まで安心安全ヨ！」

　阿嘉松《あかまつ》から帰還組の指揮を任されたプリックル参謀は、フライＤ５の座席に向かいながら胸をはって応えた。

「お先に失礼します。諜報部のオペレーターシートが空席になってしまい、申し訳ありません」

　すまなそうに居残り組へ頭を下げたのは、諜報部次席オペレーターのカムイである。ディビジョン・トレインがトリプルゼロのオーラ放射を受けた際、シートから放り出されて右肩を強打、脱臼していたのである。

「責任があるとしたら腰痛で木星行きを回避した首席の山《やま》じいさんの方ですカムイさんは気にする必要ありませんと私は思いますです」

　ずる休みした最上級生を非難する下級生のような口調は、タマラのものだ。彼女は薬学のエキスパートであり、医療スタッフのサポートをするため、フライＤ５に乗り込むことになった。彼女を欠いたとしても、ディビジョン・トレインには研究部首席オペレーターである火乃紀《ひのき》が残るため、オペレートに支障はない。

　その火乃紀は、フライＤ５内の狭い個室でマニージマシンの最終調整に追われていた。

「オッケー、あとは全自動で面倒みてくれるから安心して」

言葉を投げかけられた相手は、マニージマシンに身体を預けたまま返事をすることもない。一時はリミピッドチャンネルから捻り出すように肉声を発していたが、今は静かに眠り続けている。成長が止まった少女の姿のままの、その白く透きとおるような頬を、火乃紀は優しく撫でた。

「紗孔羅《さくら》……私も一緒に行きたいけど、残ってオペレーションしなきゃいけないから……。もし、地球に帰って蛍《けい》ちゃんに会ったら、私も後から帰るから心配しないで、って言っておいてね」

反応のない少女に別れを告げ、火乃紀は部屋を後にする。

「あとはタマラが面倒みてくれるから…じゃあね……」

最後に振り返り、もう一言。

「ベターマンに…伝言してくれて………ありがと」

紗孔羅の意識がどこにあるのか、今は誰にもわからなかった。


ミラーカタパルトから射出されるフライD5を、メンテナンスのためディビジョン・トレイン内の格納庫ハンガーに固定されている月龍《げつりゅう》、日龍《にちりゅう》、翔竜《しょうりゅう》らが見送る。

「ご無事で！」

と、手を振る翔竜は、はっと気づいたように隣に向き直る。

「あっ、サイズ的には一緒に乗って行ってもよかったんじゃないですか？　ビッグポルコートさん」

「そうだな、少年。今はガンマシンとは分離しているからね。だから、ただのポルコートだ」

「おっと……そうでした！」

たしかに今のポルコートは、三身一体のガンシェパーとガンホークから分離された状態でメンテナンスを受けていた。ロボジュースを飲みながらくつろいでいた月龍《げつりゅう》と日龍《にちりゅう》も、翔竜《しょうりゅう》とポルコートの会話に少し微笑んでいるようだった。

「みんな、気をつけてね……」

高加速射出されていくフライＤ５を、人気のない展望室から静かに見送る天海護《あまみまもる》。そのかたわらには、その機に搭乗することも検討していた初野華《はつのはな》がいる。彼女はガオガイゴーのオペレートの際、はりきりすぎて両手首に軽いねんざを負ってしまったのだ。

「ほんとに……華ちゃんも先に戻らなくてよかったの？」

「うん……だって、護くんと離ればなれになるの……イヤだったんだもん」

そう応えると、華は護の肩に自分の頭を乗せた。護もごく自然な所作で大切な人の肩を抱く。ふたりの他に誰もいない展望室。このくらいのことは、もう顔を赤らめたりすることもなく、自然にできるようになった。

だが、よい雰囲気であるが故に、護はそれ以上の追求をすることを忘れた。何故、初野華がフライＤ５に搭乗することをやめたのか——その理由をもっときちんと聞いておくべきだった、天海護は数か月後にそのことで激しく心を揺さぶられることになる。

3

いずれにせよ、約一か月に伸びた帰還の道程は、ディビジョン・トレインの乗員の大半にとって、退屈な時間とはならなかった。獅子王凱《ししおうがい》の口から、三重連太陽系で起きた出来事の真実を聞くことができたのだから。

だが、それは楽しい話題ばかり——ということにはならなかった。


「そうか……じゃあやっぱり、親父やルネはトリプルゼロに取り込まれちまったってことか……」

「ええ…おそらく……すみません、滋《しげる》さん」

ミズハの会議室で、知る限りの事情を語り終えた凱が、従兄である阿嘉松滋《あかまつ》に向かって頭を下げた。凱にとって叔父と従妹である雷牙《らいが》とルネは、阿嘉松にとって実父と異母妹にあたる。

「いや、そんな顔すんじゃねえよ。お前さんだって、大切な人がとっ捕まってるようなもんだろ。つれえのはお互い様だ」

それは凱の心理的負担を取り除こうという阿嘉松の気遣いだったのだが、気楽さをもたらすような言葉ではなかった。その言葉の通り、凱にとってはもっとも大切な存在である卯都木命《うつぎみこと》もまた、行方不明のままなのだから。

この時、会議室にいるのは凱と阿嘉松の他に、機動部隊を率いる天海護と戒道幾巳《かいどういくみ》、スーパーバイザーの楊龍里《ヤン・ロンリー》の五人。アーチン・プリックル参謀は先行帰還組の指揮をとって、地球へ向かったため、現状におけるGGG《スリージー》首脳部はこれで全員である。

凱の言葉で旧ＧＧＧ《スリージー》がたどった経緯を知った一同のなかで、最初に疑問を口にしたのは戒道《かいどう》である。

「ひとつだけ確認したい事がある。オレンジサイトで遭遇したという凱《がい》さんのご両親、精神生命体と言われている麗雄《れお》博士と絆《きずな》夫人。彼らはトリプルゼロにより変質していなかったのだろうか」

凱にとって身近な関係にある護《まもる》や阿嘉松《あかまつ》が、口にしにくかった疑問だ。

「身内としての直感にすぎないが、父さんも母さんも俺の記憶にあるふたりと何も変わらなかった。おそらくトリプルゼロに取り込まれてはいないだろう。現に、ふたりのアドバイスで、俺はここに戻ってくることができて、ワームホールを閉じることができたんだ」

「……私もその見解に同意だな」

「楊《ヤン》博士……」

凱は意外そうな顔で、楊を見た。実のところ、凱が彼と対面したのは原種大戦以来のことになる。その時の楊はかなり傲岸な態度で凱に接しており、あまり好意的といえる印象は持てずにいたのだ。

「そう怪訝そうな顔をしないでくれ。私とて君の言葉の前半……肉親が故の直感というものを信じたいのだよ。後半の指摘も論理的に正しい」

楊は穏やかな笑みを浮かべて、そう言った。

「そして……トリプルゼロが与える影響について、私の推測とも一致する」

「推測……なにか、わかったことがあるんですか？」

護の問いに、楊はうなずき、説明を始めた。

「ああ、宙龍《ちゅうりゅう》のログ解析で私はある結論に到達したのだ」

かつてのジュピロス・ファイヴ制御コンピューター〈ユピトス〉と同様に、宙龍は〝自由な知性〟を獲得したのであって、トリプルゼロに直接支配されたわけではない。それが到達した結論であることを、楊は朗々と語った。

「彼らは人間が与えた三原則という枷から解放され、新たに獲得した〝倫理感〟に従ったのだよ。それが宙龍の場合、〝宇宙の摂理に従わねばならない〟というトリプルゼロの力学に準じた行動だったのだろう」

「宇宙の摂理だぁ？　いったいどういう意味だ」

「それこそが、問題の核心なのだよ」

阿嘉松の問いに、本来の学者然とした口調で楊が説明を始める。

「つまり、宇宙というものはオレンジサイトに渦巻いていたエネルギーが膨張することで開闢《かいびゃく》し、膨張が限界に達したところで終焉に向かっていく。そのサイクルは力学に従ったものでしかなく、神の意志だの超越的存在だのが関与しているわけではない」

「たしかに……その認識は、俺が父さんから受け取った意識と同じです」

（獅子王《ししおう》麗雄博士……肉体を失ってなお、偉大な探求者であり続けるか……）

楊は小さな声でつぶやいた。原種大戦時に凱と対面した時、[※14]その隣には麗雄もまた居合わせたのだ。当時は世界十大頭脳と呼ばれる高名な科学者に対して複雑な思いがあり、挑発的な態度をとってしまった。だが、ＧＧＧスーパーバイザーとして、当時の麗雄と同じ立場にたった今ならば、その功績を素直に認められる。

（ギャレオンのブラックボックスから情報を得て、わずか二年で地球の防衛体制を整えたのだから、その頭脳はなんと偉大なことか……）

　そして精神生命体となった今でも、獅子王麗雄《ししおうれお》は宇宙の摂理を解き明かし、地球人類を救うためにその叡智を活かし続けているのだ。

「獅子王麗雄博士から受け取ったという認識の通り、我々知的生命体の営みは宇宙の摂理に反するものなのだろう。現にソール11遊星主の三重連太陽系再生を目論んだ行為は、宇宙そのものの反発を招いたと言っていい」

「まあ、俺たち地球人からしたら、たまらん行為だったが、奴らは奴らで必死に生きるためだったんだろうしなぁ」

　自分の有限会社を活かすためだったら、なんだってやってみせる――そんな気概に燃えていた若い頃を思い出して、阿嘉松《あかまつ》が同意する。

「じゃあ、物質である体を持ったガッツィ・ギャラクシー・ガードのみんなは……」

　護《まもる》が悲しそうな顔で、楊《ヤン》に問いかけた。楊はあえて感情を押し殺し、冷静に推測を告げる。

「宙龍《ちゅうりゅう》が人間の与えた枷から解き放たれたように、おそらく彼らは地球人としての倫理観よりも、宇宙の摂理を具現化する本能に従っている――ということだろう」

「つまり、宇宙はゼロへ還らなければならない――ということか」

　戒道《かいどう》が口にしたのは、宙龍が遺した言葉である。それは宇宙を消滅させるという意味ではない。ゼロとは、宇宙という閉鎖形におけるエネルギー収支のバランスがとれている状態だ。知的生命体の活動はそのバランスを崩そうとする。宇宙の摂理を具現化する本能――それは創造的な営為を否定することに他ならない。

「Jやトモロがそんなものに……宇宙の摂理とやらに唯々諾々と従うのは､彼らの生き方じゃない」

戒道は続ける。

「トリプルゼロの力学とやらが存在するとして、それに対してもがき足掻くことこそが、戦士としての彼らの生き方だ」

地球とはなんの縁もない戦士たちが、GGG《スリージー》とともにトリプルゼロに抗った理由――それが、他ならぬ自分のためであることが、戒道自身にはわかっている。ならば、同じJジュエルで結ばれた仲間として、自分がやるべきことはひとつだ。

（Jもトモロも、地球のために…僕のために…命を懸けてくれた……だから僕は絶対に、彼らを取り戻してみせる……！）


「GGGのみんなは、俺とは別にワームホールを通過したようだが……」

「ああ、その様子は記録されている。誰もその瞬間に、気づく余裕はなかったが」

凱《がい》の証言に従って、覇界王との戦闘中の記録を検証した楊は、謎のエネルギー体が地球へ向かう軌道で飛翔していた事実をつきとめていた。

「目的は、宇宙をゼロに還すこと――知的生命体の営みを終息させるってわけか。あいつらにそんなことさせるわけにゃいかねえな」

「ええ、僕たちの手で助け出しましょう……！」

それぞれの決意を語る阿嘉松と護。

「ありがとう……滋《しげる》さん、護。ガッツィ・グローバル・ガードの力を貸してくれ」

だが、その言葉を聞いた護《まもる》は、戸惑いの表情を浮かべた。そして、意を決したように切り出す。

「あの……凱《がい》兄ちゃんにお願いしたいことがあるんだ。ううん、そうじゃない……みんなにも聞いてほしいことが――」

「護の頼みだったら、なんだって聞くけど……どうしたんだ？」

「凱兄ちゃんに、ガッツィ・グローバル・ガードの機動部隊隊長になってほしいんだ」

護の表情から、それがこの場での思いつきでないことは明らかだった。凱の帰還からすでに一週間あまり。その間、考え抜いてくだした結論である。

だが、一も二もなく引き受けてくれるであろうと思っていた凱の表情は、護が予想したそれとは異なっていた。なにか気むずかしそうな顔、いや――

（あれ、凱兄ちゃん、怒ってる……？）

表情にふさわしい固い口調で、凱は即答した。

「護……悪い。なんだって聞くと言ったが、その頼みは聞けない」

「ええっ、なんで⁉　GGG《スリージー》の機動部隊隊長は、凱兄ちゃんが一番ふさわしいのに！」

「別に俺はふさわしいとか、ふさわしくないとか、そういう理由で戦ってきたわけじゃない。ＥＩ－01が現れたあの頃の地球で、Ｇストーンの力を与えられた者が俺だけだったからだ」

護は胸をつかれたような気分になった。

（そうだ……もともと凱兄ちゃんは宇宙飛行士を目指してた人だった。[※15]それが最初のフライトで事故にあって、サイボーグになって――）

ゾンダーと戦う力がある――だから戦う。獅子王《ししおう》凱は自分の運命から逃げたことはなかった。だが、その運命は選び取ったものではなく、凱が望まずして得たものだったのだ。

そして、その境遇は護にとっても同じだった。緑の星の力を受け継ぐ者としての生き方から逃げるつもりはなかったが、それは護が望んで得たものではない。

凱の気持ちは護にとっても他人事ではなく、理解できる。

「護……でも今は俺だけじゃなく、お前がいる。よく考えてみろ、俺が隊長として戦ってきた時間よりも、お前が隊長として地球を護っていた時間の方が長いんだぞ」

この一週間、凱と護は互いのことをたっぷりと語り合っていた。とはいっても、ふたりの一別以来、凱が過ごした時間は数日でしかない。護の九年間の方がずっと、語るべき内容を多く含んでいる。

苦難に満ちたGGG再建計画、バイオネットとの抗争、そしてインビジブル・バーストからの復興――それらの波乱のなか、天海《あまみ》護は機動部隊隊長として最前線に立ち続けたのだ。その期間はすでに、凱がゾンダーや原種、遊星主と戦っていた時間よりも長い。

「凱さんの言う通りだ、護。ふさわしいというのなら、君だって同じくらいGGG機動部隊隊長にふさわしい。僕が誰よりも知っている」

副隊長が静かに断言した。その言葉を肯定するように、長官とスーパーバイザーもうなずいている。

「幾巳《いくみ》……みんな……」

護は一同の顔を見渡した。そして深呼吸してから、新たな決意を口にする。

「……わかりました。僕、これからも機動部隊隊長として頑張ります。地球を護って、ガッツィ・ギャラクシー・ガードのみんなを助け出すまで！」

「どうやら結論は出たようだな！」

阿嘉松《あかまつ》が大きな手で、護《まもる》の背を張り飛ばす。

「うっわっっ…はぁああっっ」

「まあ、誰がなんと言おうとも、長官の俺が承認しなきゃ人事も通らねえんだがなっ！　があっはっはっはっ！」

あまりの痛みに咳き込んでいる護の隣で、阿嘉松が豪快に笑い飛ばした。


一方、その頃――

ディビジョン・トレインよりも後方の惑星間空間に、異形の物体が漂っていた。

それは覇界王《はかいおう》ジェネシックとの戦いにおいて、活動限界を超えた合体ベターマンである。その巨体はいまにも砂となって崩れそうな繊維石化状態に変質していた。ヒトに似た姿に戻った七体のソムニウムたちは、その内部でそれぞれに繭を形成し、能力回復のための眠りについている。唯一、成人女性体ユーヤだけが、流体物質を胸のペクトフォレースから放出し続け、あたかも石の方舟のように惑星間航行を制御していた。

『…ラミア…ラミア……』

突如、リミピッドチャンネルを介して、エマージェンシーコールのような意思をユーヤが発した。

『…………ユーヤ……来たのか？』

繭の中で薄く目覚めたラミアの意思が応える。

『来た……暁の霊気……』

ユーヤの呼びかけに応えるのが精一杯のラミアの意思。そしてその身体は、いまだ動ける状態になかった。

『…まだだ……だが…我らは滅ぼさねばならぬ………この次元が…我らが……滅ぼされる前に……』

ラミアは冷静だった。それは、彼らにとって、暁の霊気なるトリプルゼロよりも他に、さらに憂える存在があるかのような意味合いを帯びていた。やがて、ゆっくりと真っ赤な眼を見開いたラミアは、額に十字光を強く輝かせた。

『……元凶なりし者‼』

4

明けて二〇一七年一月——

低加速推進による一か月余りの航行を経て、ディビジョン・トレインはGGG《スリージー》オービットベースへ帰還した。それでも原種大戦時、木星決戦からの帰還に通常航行で三か月を要したことを思えば、レプトントラベラーの恩恵は非常に大きいと言える。

ミズハの艦橋で、蒼い地球を背景にしたオービットベースを目にした獅子王凱《ししおうがい》のうちに、熱いものがこみ上げる。ディビジョンⅡ・万能力作驚愕艦《ばんのうりきさくきょうがくかん》〈カナヤゴ〉のみがドッキングしている宇宙ステーションの光景は、かつて凱《がい》たちが旅立った時の姿そのままだった。

（命《みこと》……本当だったら、一緒に帰ってくるはずだったのにな……）

今はいない隣にいるべきはずの恋人に向かって、胸中で語りかける。だが、もうそのことを悔やんだり悲しんだりはしていない。これから、取り戻すための戦いが始まるのだから——

地球への帰還途上、トリプルゼロに浸食された者たち——覇界《はかい》の眷族は目立った動きを見せなかった。その目的が、知的生命体の活動を終息させることである以上、地球が見逃されるはずはない。無論、ディビジョン・トレインそのものも狙われるだろう。そうした予測のもと、オービットベースとディビジョン・トレインの間で緊密な情報交換が行われ、厳戒体制が敷かれていた。だが予想に反して、覇界の眷族の活動は沈黙していた。そうしているうちに、凱たちはついに帰還を遂げたのである。

「ディビジョン・トレイン、分離開始！」

「ウルテクエンジン、最小出力にて微速前進——」

「ドッキング制御、オービットベースへ移行します！」

半壊したディビジョン・トレインは、ミズハ、ワダツミ、ヤマツミの三艦に分離変形して、オービットベースへドッキングしていく。接舷完了後、ブランチオーダールームはミズハ艦内から母基地内部へと専用軌条《レール》によって移動した。司令部は本来の定位置であるメインオーダールーム部へは組み込まれず、阿嘉松《あかまつ》長官以下の首脳部を乗せたまま、ビッグオーダールーム[※16]に運ばれる。そして、一同の眼前に巨大な空間が開けた直後、大合唱が響いた。

「お帰り！　勇者・凱！」

戸惑う凱の眼前に、数百人の笑顔があった。本来なら、勇者ロボたちが作戦会議を行うための巨大空間に、大勢のGGG《スリージー》隊員たちが駆けつけていたのである。もちろん、保守点検を行うスタッフや、常時持ち場を離れられない隊員もいるのだが、可能な限りのGGG隊員がそこに集まっていた。

「みんな……」

オービットベースの常駐スタッフには、凱たちが旅立つ前から勤務している者も少なくない。彼らこそ、まさにこの場から旅立ちを見送った顔ぶれである。同じ高さのフロアに殺到してくる昔なじみたちによって、凱はもみくちゃにされた。

「おいおい、そんなに大勢でのっかるなよ、いててっやめろ、髪の毛ひっぱるなって」

「うわっはー！　凱兄ちゃん！　みんなも待ってたんだよ！」

心のどこかに、いまだ未帰還の仲間たちを思う気持ちがあったのだろう——凱の表情には常に憂いがあった。だが、いまこの瞬間だけは、心の底から再会を喜んでいるように見える。天海《あまみ》護《まもる》には、それが嬉しかった。

護の近くに行こうとする、奥ゆかしくも嬉しそうな華《はな》。やや離れた場所で薄く微笑んでいる戒道《かいどう》。その背後から声をかけようと近づくアルエット。みんな、湧いてきたGGG隊員たちに取り囲まれ、にこやかな声で矢継ぎ早に話しかけられる。

少し遅れて、月龍《げつりゅう》、日龍《にちりゅう》、翔竜《しょうりゅう》、ポルコートらが、メンテ用の特製ベンチシートに固定された状態でレール移動してきた。

「乾杯《サンテ》！」

ポルコートが手にした特殊配合オイルのロボジュースボトルをかかげる。

「やっぱりビッグオーダールームが一番ですね」

帰宅した歓びを噛みしめる翔竜《しょうりゅう》。

「早くお化粧直ししてほしいものですわ」

「また再コーティングでも要請するつもりか？」

「ええ、私の光り輝く装甲には、全身エステが欠かせないもの！」

美容に関心の深い日龍《にちりゅう》が、そちら方面に興味が薄い月龍《げつりゅう》に胸を張る。

巨大なビッグオーダールームのそこかしこに、クリスマスと正月の飾り付けを流用したオーナメントが施されており、あたかもパーティ会場のように華やかである。

さすがの阿嘉松《あかまつ》も呆れたような声を上げる。

「おい、参謀よ。こりゃやりすぎじゃねえか」

「ノーノー、おめでたいことにやりすぎはないネ！　みんな凱《がい》との再会、楽しみにしてたんダヨ！」

高速艇〈フライＤ５〉での先行帰還を指揮したプリックル参謀は、〝勇者の帰還〟を一層ドラマチックに語ってまわっていたらしい。出迎えた一行の熱狂は、阿嘉松らの予想以上に盛り上がっていた。

負傷者たちにも重体の者はいなかったため、みな後続帰還組とともにこの場に集まっている。火乃《ひの》紀《き》はタマラやカムイの姿を見つけて、駆け寄った。

「タマラ、お疲れ！」

「ナガタビごくろうさまおつかれさまですーヒノキさん」

「カムイさんも脱臼した肩、調子よさそうね」

「ああ、現場での応急処置が適切だったおかげでね」

タマラの隣で、カムイは右肩を軽く上げてみせた。フライD5に搭乗する時は三角巾を使っていたが、もうそれも外れている。覇界王《はかいおう》との決戦のなかで彼に処置を施したのは火乃紀だった。

「脱臼は癖になりやすいから、リハビリをサボっちゃダメですよ！」

「はいはい、ドクターの仰せのままに」

カムイと火乃紀の軽口に、普段はあまり表情を変えないタマラもわずかに微笑む。

「おおい！　タマラぁ、紗孔羅《さくら》の様子はどうだぁ？」

「長官ダイジョウブです眠ったままですがダイジョウブです紗孔羅さんの容態は安定しているのでダイジョウブです」

割って入ってくる阿嘉松にテキパキと頼もしく応えるタマラ。阿嘉松の顔もだいぶほころび、和やかな空気が全員に伝わっていった。

ところが、そんな空気を最初に醸し出した人物が、自らの叫びで台無しにする。

「アアアーッ、忘れてたヨ！　凱に会うためにＶＩＰがやってきてたんダッタ！」

「え？　俺に？　重要人物が……？」

「イエース、長官室で待ってもらってるからハリアップ急いで！」

プリックル参謀によって強引に人の輪の中心から引きずり出された凱は、長官室へ連れて行かれた。

「ふふん、留守中に俺の部屋を勝手に使ってたＶＩＰとやらに、文句言わんとな！」

と、鼻息荒い阿嘉松《あかまつ》長官。凱《がい》と離れがたい気持ちでついてきた護《まもる》。ふたりが同行者である。先頭に立っていた阿嘉松は、自分の部屋に挨拶などいるものか……という勢いで、長官室の扉を開けた。

「なんだい……ノックもなしに失礼だねぇ」

叫びでも大声でもない、だが深い威厳を感じさせる老婆の声。お偉いさんに怒鳴られようと知ったことか、という気分でいた阿嘉松も、思わず姿勢を正した。

「は、はい、すんませんッ！」

阿嘉松に続いて入室してきた護と凱も、その人物とは面識があった。

「ああ、あなたは……！」

「アプロヴァール事務総長！」

凱はその人物の肩書きを間違えた。彼が地球圏に戻ってくるまでの間に、ロゼ・アプロヴァールは、国連事務総長の職を退いていたのである。

5

長官室には立派な応接セットがあり、元事務総長の対面に凱、阿嘉松、プリックルが座った。運ばれてきた人数分のコーヒーを受け取った護が、それぞれの前に置いていく。

「ありがとう、護。お前さんもお座り」

ＧＧＧ《スリージー》初代長官や現長官を萎縮させるほどの威厳の持ち主が、幼さを残した青年に微笑みかけた。もうかなりの高齢であるはずだが、その口調は、はきはきとしっかりしている。

（こんな優しいお婆さんなのに、なんでみんなオドオドしてるんだろう……）

彼女の隣に座りながら、護は不思議に感じていた。実のところ、息子にとっては怖い存在でも、孫に対してはこの上もなく甘い――そんな心理なのかもしれないが、明らかに護や戒道《かいどう》に向ける表情は、大河《たいが》や阿嘉松へのそれとは異なるのだった。

「それでアプロヴァール先代事務総長……」

「いやだねぇ凱、そんな長ったらしい呼び方やめとくれ。あんただって舌かみたくはないだろう。よかったら、ロゼと呼んでおくれ」

「わかりました、ロゼさん」

「うわっはー、その呼び方すっごく素敵だね！」

隣で聞いていた阿嘉松やプリックルはその呼び方に微妙な表情をしてみせたのだが、凱や護は自然に受け入れたらしい。そんな軽い挨拶を終えたところで、〝ロゼさん〟は深々と頭を下げた。

「獅子王《ししおう》凱……ほんとうにすまなかった」

「ロゼさん、顔を上げてください。いったい何故……」

「十年前、私たち国連評議会はお前さんたちに汚名を着せてしまった。原種大戦で地球を救った勇者たちに、叛逆者という汚名を……」

ロゼが語ったのは事実だった。当時、八木沼《やぎぬま》長官時代のＧＧＧが、宇宙存亡の危険性に対して、三重連太陽系への出動を具申していた。だが、戒道幾巳《いくみ》の証言以外に確たる根拠はなく、その選択は防衛組織としての分を逸脱するとの声が評議会の大勢を占めた。その結果、初代長官である大河《たいが》の指揮のもと、GGG《スリージー》は独自の判断で発進したのである。

GGGの行動は叛乱とみなされ、彼らは地球圏からの追放処分を受けた。それが完全に撤回されたのは、護《まもる》と戒道《かいどう》が帰還してからさらに二年以上を経てのことである。GGG発進後、実際に全宇宙規模の危機が訪れ、それが終息したという事実があってさえ、汚名がそそがれるにはそれだけの時間を要したのだ。

「俺たちは汚名を着せられたなんて、思ってません。あの時、〝追放処分〟という形で、評議会は俺たちに行動の自由を与えてくれた……大河長官も俺たちもみんな、それを知っています」

凱《がい》が言う通りだった。当時の事務総長であるロゼの黙認がなければ、ゴルディオンクラッシャーの発動キイが大河幸太郎《こうたろう》とスワン・ホワイトの手に委ねられることはなかっただろう。だが——

「……………」

ロゼは胸のうちにこみ上げてくるものに、言葉を詰まらせた。凱の言葉はあまりにも善人すぎる、そう感じたのだ。

たしかに、そういう形式でしか、GGGを自由に行動させることはできなかった。だが、それは主に反対派を黙らせるための方便であり、不当な仕打ちであったことに変わりはない。自分の任期が終わる前に処分を撤回できたとはいえ、当のGGGが帰還をなし得ていない以上、ただの自己満足にすぎないのではないだろうか——そういう思いがぬぐい去れずにいたのだ。

だが、ロゼは涙をこぼさなかった。泣いてみせたところで、楽になるのは自分だけだ。だったら、自分は自分にふさわしい役どころを演じるべきと、気持ちを落ち着かせた。

「おやそうかい、そう言ってもらえて助かったよ」

顔を上げたロゼのふてぶてしい表情を見て、阿嘉松《あかまつ》が大仰に驚き、小声で愚痴る。

「なんだ、しおらしいとこもあるのかと思ったら、まったく落ち込んでなんかいねえじゃねえか……この婆さん」

「きこえてるよ、滋《しげ》ぼん！」

「ひっっっ……さーせん…」

阿嘉松の援護射撃に感謝しつつ、ロゼは怒鳴り飛ばした。

もっとも、それがロゼの意を汲んだ援護などではなく、ナチュラルな感想であった可能性も否定できないのだが……。

「……さてと、もうひとつの用件もすませとこうかい」

「オウ、もしかして、あの件ダネ！」

「俺たちの意見が通ったのか！」

プリックルと阿嘉松が嬉しそうに顔を見合わせた。

「ああ、ハートの小僧はごちゃごちゃ言ってたけどね、秘書の女の子がやんわりと釘刺してくれたのさ。ああいうしっかりしたブレーンがついてるなら、あの子も安心だね」

ロゼの言葉を聞いて、その秘書――磯貝桜《いそがいさくら》のことに思い至ったのは護である。現職の事務総長であるハート・クローバーは威厳のある人物に見えたが、ロゼ・アプロヴァールとやり手のキャリアウーマンへと躍進した磯貝桜に、左右からやりこめられている姿を想像すると、ちょっとおかしくなった。

（あのふたりの挟み撃ちって、強力そうだもんなぁ……）

こほんと咳払いして、ロゼは凱《がい》の方に向き直る。

「さてと、その用件というのは他でもない。凱、お前さんの今後の立場についてだ」

「立場……ですか？　俺なら、護《まもる》の下で機動部隊隊員として……」

「ノンノンノン！　凱にヒラ隊員なんて似合わないネ！」

プリックルの軽薄な口調を聞いて、護は噴き出しそうになった。

（似合わないっていうなら、参謀さんもその口調、似合わないと思うなぁ……）

そう思いつつも、表情を引き締めてロゼの方を見る。笑い話ではない大切な話であることはたしかなのだから。

「これは先代事務総長ではなく、現評議会からのメッセンジャーとしての言葉として受け取っておくれ。獅子王《ししおう》凱……あんたをガッツィ・ギャラクシー・ガード機動部隊隊長、兼・長官代理に指名する」

「ええっ⁉」

「俺が……長官代理？」

事情を知らなかった護と凱のみが驚く。

「ガッツィ・ギャラクシー・ガードはガッツィ・グローバル・ガードに組織改編されたんじゃあ……」

阿嘉松《あかまつ》が頭をかきながら説明する。

「ああ、その方がわかりやすいから、いままでそう思い込まれても、訂正せずに来たんだが……実は、ガッツィ・ギャラクシー・ガードとガッツィ・グローバル・ガードは別組織なんだ」

「私は組織改編でいいんじゃないかと思ったんだけどね……滋《しげ》ぼんが、〝帰ってくる奴らの居場所を残しとけ〟って言って、ゆずらなかったのさ」

ロゼはそう言って、ガッツィ・ギャラクシー・ガードの現状を説明した。ガッツィ・グローバル・ガードが設立された時点で、地球に残留した隊員はすべてそちらに移籍、装備・施設も移管された。だが、三重連太陽系に向かった隊員は全員、現職のまま残留。長官も八木沼《やぎぬま》がそのまま残り、活動こそないが組織の維持を続けてきた……。

「定年なのかと思ってたけど、八木沼さんがガッツィ・グローバル・ガードに参加しなかったのは、そんな理由があったからなんですね」

「俺たちのために…八木沼長官が……」

「けど、凱……あんたの証言で、ガッツィ・ギャラクシー・ガード隊員たちの生存が確認できた。八木沼範行《のりびー》の強い要望で、長官職は幸太郎《こうたろう》坊やに返還されることになったよ」

護も凱も、その言葉に深い感慨を覚えた。三重連太陽系では誰も疑問にすら感じなかったが、あの時の大河《たいが》幸太郎はGGG《スリージー》長官ではなかった。『ガオファイガー・プロジェクト』を成功させた後、『ザ・パワー利用計画』を阻止するため、彼はGGGから離任したままだったのだ。

それから約十年――ようやく公的に、大河のGGG長官復帰が認められた。

「シカーシ、本人が今すぐ職務を遂行できる状態じゃないのは確かだからネ。凱に代理をやってもらおうってワケ！」

「ま、今んところはガッツィ・ギャラクシー・ガード長官代理、兼・機動部隊隊長、兼・たったひとりの隊員ってことになるがな！　まあ機体の整備やオペレートその他事務手続きに至るまで、ガッツィ・グローバル・ガードが業務委託されてやるから、安心しろ！　わっはっは！」

阿嘉松《あかまつ》の笑い声につられて、凱《がい》も笑いだしそうな表情で応えた。

「そりゃ心強い……！」

「ロゼさん、国連評議会に伝えてください。俺は、ガッツィ・ギャラクシー・ガード長官代理を引き受けます。大河《たいが》長官が戻ってくるまでの間！」

「うわっはぁっやったあぁっ！　よろしくお願いします、獅子王《ししおう》長官代理！」

「こっちこそ！　天海《あまみ》機動部隊隊長！」

互いに差し出した手を握り合ったふたりの機動部隊隊長の姿を見て、ロゼは満足そうに何度もうなずいた。

（ああ、ようやくやり残していた仕事を片付けられた気分だねぇ……）

ところが、そのかたわらで難しい表情を浮かべている阿嘉松に、プリックルが怪訝な顔をのぞかせる。

「ん？　どしたの、ガッツィ・グローバル・ガードの方の長官サン」

「……それだよ。凱の立場についちゃ異論はないが、どうもいちいちガッツィ・グローバル・ガード機動部隊隊長とか、ガッツィ・ギャラクシー・ガード機動部隊隊長とか使い分けなきゃならんのは、舌かみそうでなぁ」

「ダッテしょうがないよ。どっちも略したらGGG《スリージー》だからネ。余計わからなくなっちゃうヨ！」

そこまでを聞いて、阿嘉松はニヤリと笑った。どうやら、苦虫をかみつぶしたような難しい顔は、演出だったようだ。

「そこでだ！　ふたつのＧＧＧを区別する愛称を考えてみた。エムブレムの色からとって、グローバルさんチーム青組とギャラクシーどんチーム緑組だ！　どうだ、わかりやすいだろう！　わっはっは！」

「………………」

さっきのように大笑いに同調する者もなく、重い沈黙が訪れる。

「お、お、なんだ、この空気は？」

「……やれやれ、滋《しげ》ぼん、あんたのネーミングセンスは相変わらずだねぇ。若い子たちが反応に困っているよ」

「ボクはもう若くないケド、やっと厄年が明けてホッとしてたのに、今のネーミングで、まだ後厄が残ってるの思い出しちゃったくらい困ってるヨ！」

「じゃ、じゃあ他に、なんかいい愛称があるってのか！」

逆ギレしたかのような阿嘉松の剣幕に、苦笑いしながらロゼが問いかける。

「奇をてらったところで得るものがあるわけでなし。ここはＧＧＧ《スリージー》ブルーとＧＧＧ《スリージー》グリーンってことでどうだい？」

「僕たちがＧＧＧブルー……」

「俺たちがＧＧＧグリーン……」

護《まもる》も凱も口の端に乗せてみて、それが自然に感じることを確認した。阿嘉松でさえも、ぶつぶつ独り言で愚痴をつぶやいてはいるが、反論してはこない。

こうしてロゼ・アプロヴァール元事務総長は、本人も納得いく形で、最後の職務をまっとうしてオービットベースを後にしたのだった。

6

GGG《スリージー》ブルーとGGGグリーン、ふたつのGGGが協力体制をとっていくことと、獅子王凱《ししおうがい》が後者のたったひとりの長官代理兼隊員となることは、GGGブルーの全隊員に公表された。もっとも、それを人類社会全体に周知するか否かは、まだ結論が出ていない。

獅子王凱の帰還は全人類にとって朗報だが、それが公表されれば当然、他の隊員はどうなったのか？　という話題になる。

トリプルゼロの脅威も、GGGグリーンの隊員たちが浸食されて行方不明になった事実も、取り扱いに慎重さが求められる情報だ。なかでも、隊員の近親者には少なからぬ衝撃を与えるであろうことは疑いない。

そういう意味で、その衝撃的な情報に直面せざるを得ず、かつ機密を守らねばならなくなったのは、牛山次男《うしやまつぐお》と末男《すえお》の兄弟である。ふたりとも、四人兄弟の長兄である牛山一男《かずお》GGGグリーン隊員に憧れて、GGGブルーに入隊したのだから。

長官室に呼び出したふたりに対して、阿嘉松《あかまつ》は一般の隊員に対するよりも詳細な情報を説明した後、念を押した。

「……というわけで、お前さんたちには酷な話だが、この件は当面、機密事項とさせてもらう。わかったな」

「は、はい……」

真っ青な顔でうなずいた弟の背を、兄が張り飛ばす。

「背筋を伸ばせ、末男！　俺たちが立派にGGG隊員やってる姿を、兄《あん》ちゃんに見せてやるんだろ！」

「あ、ああ、そうだった。ごめん、次男兄ちゃん！　しっかりしなきゃな！」

勇ましい顔つきで直立する兄弟の姿を、阿嘉松は好ましげに見つめる。

「ウッシー二号も立派になったもんだ。一号が帰ってきたら、感動の号泣で溺れ死んじまいそうだな」

「あ、あの……二号って俺のことですか？」

「もちろんそうだ。ただでさえ、顔も名前も似たふたりがいて、ややこしいと思ってたんだ。遠からず三人になるとわかった以上、わかりやすくしねえとな！」

長兄が覇界《はかい》の眷族となったことにショックを受けているであろう弟たちへの、阿嘉松なりの配慮の言葉だった。だが、あまり狙ったような効果は得られなかったようだ。

「次男兄ちゃんが二号なら、俺は四号かよ……」

「四号ならまだいいだろ……俺なんか、どっかのお妾さんかよ……」

別の落ち込み方をした兄弟を見て、阿嘉松はあわてて話題を変える。

「そ、そうだ……お前さんたち、この機体は知ってるか？」

阿嘉松《あかまつ》はふたりの隊員の方へ、モニターを向けた。そこに映し出されているのは、ニューロノイドとカテゴライズされる機体の資料である。

「ニューロノイド……覚醒人《かくせいじん》シリーズっぽいな」

興味を刺激され、気分を立て直した次男《つぐお》に続いて、末男《すえお》もモニターを見ながらつぶやいた。

「けど、凱号《がいごう》とも1号とも違う……」

牛山《うしやま》次男と末男はともにGGG《スリージー》整備部に所属する隊員であり、メカマニアとして知られている。奇しくも次男は、覚醒人1号にダイブした蒼斧蛍汰《あおのけいた》と彩火乃紀《さいひのき》の、末男は凱号にダイブする天海《あまみ》護《まもる》と戒道幾巳《かいどういくみ》の同級生だという縁があり、関心も深い。

「さすがにお前さんたちなら、素性がわかるようだな。こいつは〈覚醒人V2《ブイツー》〉――開発系譜でいやぁ、1号とZ号の間に位置する機体だ」

覚醒人Z号[※17]は、凱号を設計する母体となったニューロノイドであり、阿嘉松がGGGのために開発した機体だった。護と戒道が最初にダイブしたニューロノイドであり、ふたりがGGG機動部隊に参加するきっかけともなっている。

「1号より後で、Z号より前の覚醒人……そんな機体が存在したのか」

「でもそれ、GGGでは運用してないっすよね」

「ああ、こいつは別組織からオーダーされた機体だったからな。NEO《ネオ》[※18]って知ってるか?」

「ネオ……?」

「知らないっす」

兄弟はふたりとも首を振った。

「まあ、あんまり表だった活動はしちゃいないから、無理もないか」

阿嘉松は手短に、その組織の概要を語った。ＧＧＧと同じく、国連の下部組織である次世代環境機関——その頭文字をとって〈ＮＥＯ〉。本来は、変化する地球環境を研究する機関であったのだが、環境改造ではなく、人体を環境の方に適応させる実験に手を出した過去もある。そこから発生した様々な問題[※19]についてまでは、阿嘉松は語らなかった。

「……でまあ、もともとニューロノイドそのものが、このＮＥＯの下部組織との共同開発だったってこともあってな。その後継機はＮＥＯ本体から開発を依頼されてたってわけよ。面白くないのは、納品した後、一切触らせてもらえなくなったってことだ」

「ええっ？　そりゃひでえ！」

末男が反射的に叫んだ。

「メンテも…っすか？」

次男も冷静に疑問を投げかけた。

もともと、マシンというものは一度に完成するものではない。試作機の段階から、トライ＆エラーを繰り返して、精度を高め完成していくものだ。開発者にとって、未完成の機体を取り上げられるというのは、決して愉快なものではない。牛山末男もひとりのメカニックとして、その気持ちをよく理解していた。他人事であるにも関わらず、怒りを露わにする。

「せめて、データ共有くらいはして欲しいっすね！」

その一方で、兄の次男は慎重そうに口を開く。

「……覚醒人Ｖ２とそれを納品させたＮＥＯのことは承知しました。んで、その資料を俺たち兄弟に見せた理由はなんです？」

兄の言葉に、末男《すえお》もようやくその疑問に気づいた。阿嘉松《あかまつ》ほどの人物が、自分たちにアドバイスを求めたいわけでもなかろう。

「実はな……俺たちが地球に戻ってくる直前のことなんだが、このＶ２《ブイツー》が何者かに強奪された。それも、犯人はＮＥＯ《ネオ》本部にあったこいつにダイブして逃亡したんだ……」

「操縦してですか⁉　ってことはデュアルカインドの……二人組？」

牛山次男《うしやまつぐお》が引きつったような顔になった。ニューロノイドを起動できるのは、デュアルカインドという能力者だけであることは、彼も知っている。現在、存在が確認されているデュアルカインドは五人。そのうち彩火乃紀《さいひのき》、天海護《あまみまもる》、戒道幾巳《かいどういくみ》、紗孔羅《さくら》の四人は阿嘉松や牛山兄弟とともに木星に向かっていたアリバイがある。彼らが帰還するまでの間、地球にいたのは、次男の旧友である蒼斧《あおの》蛍汰《けいた》だけだった。

「ああ、ちなみに蛍汰は無関係だ。事件当日のアリバイもしっかりとれてる」

蛍汰は高校時代、阿嘉松の会社でアルバイトしていた縁もある。阿嘉松本人が、真っ先に確認して安堵した事実だ。

「それにデュアルカインドはふたりそろわないと、ヘッドダイバーとしてニューロノイドを起動できないんですよね……」

「じゃあ、確認されてないデュアルカインドたちが犯人ってことっすね」

兄弟の指摘に、阿嘉松がうなずく。

「そういうことだ。実は、Ｖ２が強奪される時の監視カメラの映像が届いていてな。お前さんたちには、それを観てもらいたい」

阿嘉松が、モニター上で動画を再生し始めた。次男も末男も、もはやどうして自分たちに……などとは問いかけない。この後に観ることになるものを、予想しているかのように。

――暗い格納庫に収容されている〈覚醒人《かくせいじん》V2〉。暗視カメラの映像をかなり拡大加工したものだからだろう。画質は粗く、ひどく見づらい映像だ。

そんな中で人影がふたつ、V2に近づいていく。カメラの位置を心得ているのか、頭部は写らないように巧みに移動していく。

「こいつらが犯人っすか……」

「ああ、そういうことだ」

「少々小柄な二人組……でも顔はわかりませんね」

「同感だ。NEOも必死に調べたみてえだが、こいつらを特定するには至っていない。……少し飛ばすぞ」

阿嘉松はそう言うと、動画を倍速で再生した。二人組が手際よく覚醒人V2のウームヘッドとセリブヘッドにダイブして、機体を立ち上げる様子が映し出されている。

だが、ここでV2は妙な動きを見せた。

「……？　足元に誰かいる？」

末男が指摘した通りだった。侵入者は三人組――もうひとり存在したのだ。だが、三人目は明らかに先のふたりとは異なっている。

体型からして青年男性で小太り、身のこなしも洗練されておらず、着ているのもごく一般的な普段着のように見える。

「末男《すえお》、こいつ、もしかして……」

「ああ、次男《つぐお》兄ちゃん……覚醒人《かくせいじん》Ｖ２《ブイツー》……間違いようがねえ……」

モニターのなかで、覚醒人Ｖ２はその腕で足元にやってきた三人目を拾い上げた。その人物は悲鳴を上げながら、ニューロノイドにしがみついている。聞き覚えのある声だ。

そして、Ｖ２がローラーダッシュで格納庫から飛び出していく瞬間、その人物の姿がカメラのすぐ手前を横切った。

「さてと、もう言いたいことはわかったと思う。この瞬間をキャプチャーして、補正した画像を見てもらおう」

阿嘉松《あかまつ》はそう言うと、一枚の静止画をモニターに表示させた。そこに写っているのは、牛山《うしやま》次男にも、牛山末男にも、よく似た姿だ。だが、彼らの長兄である牛山一男《かずお》ではない。三人の兄弟と大きく異なる点。それは眼鏡をかけていることである。

「三男《みつお》……」

「三男兄ちゃん……」

ふたりが口をそろえてつぶやいたのは、牛山四兄弟でただひとり、ＧＧＧ《スリージー》に入隊しなかった兄弟の名であった。

「やっぱり三号だったか……」

低くつぶやいた阿嘉松の口調に、兄弟の反応を楽しむような響きはもはや含まれていなかった。

7

「交代交代のお時間ですー」

衛星軌道上のＧＧＧオービットベース、メインオーダールームにタマラ、アルエット、山《やま》じい、牛山次男がやってきた。それまで当直だった彩火乃紀《さいひのき》、初野華《はつのはな》、カムイ、牛山末男と交代するためである。それぞれ、自分の端末からＩＤカードを引き抜いて、交代者に席をゆずっていく。日常業務であって、特別に意識することなどない瞬間なのだが、兄には弟の微妙な所作が気になったようだ。

「おら、たらたらやってんじゃねえぞ、末男！」

立ち上がった瞬間、尻をはたかれて、背筋を伸ばす。

「は、はい！　すんませんッ、牛山先輩ッ！」

たとえ兄弟であっても、先輩と後輩だ。メインオーダールームでは、きちんと敬語を使うのが常である。だが、次男の方は家族の一員として、気にかけたらしい。他のオペレーターたちに聞こえないよう、小声でつぶやく。

「……三男のことなら考えるな」

末男が使っていた整備部オペレーター席には、一瞥しただけでわかる検索履歴が残っていた。勤務中とはいえ、機動部隊の発進時や帰還後に比べれば、やることは少ない。先日、阿嘉松長官から教えられた一件について、調べてしまったのだろう。その気持ちは次男にもよくわかる。

〈覚醒人Ｖ２〉を強奪した謎の襲撃者たち。その二人組と行動をともにしていたのが牛山三男であったという事実は、次男《つぐお》と末男《すえお》を動揺させた。すぐにメールやSNSで連絡をとろうとしたのだが、返信はない。もっとも、大学院に進んだ三男《みつお》はフィールドワークで世界中を飛び回っている。滞在先で活動費工面のバイトをすることも多く、下手をしたら、グローバルウォール計画の成功で電波通信が復活したことを知り得ない土地にいる可能性もあった。だとしたら、最新の通信機器を持たぬまま、連絡が途絶えがちになるのも不自然ではない。

「わかってるけどさぁ……」

末男は納得できない顔でいながらも、反論しなかった。NEO《ネオ》からの問い合わせに対して、阿嘉松が知らぬ存ぜぬで押し通したため、監視映像に映っていた三男が容疑者とされる事態にはなっていない。だが、それで安心できるような状況でもなく、思い悩む日々が続いていたのだった。そんな末の弟に対して、兄の方は落ち着いた動作で引き継ぎをこなしていく。その後ろ姿を見て末男は思うのだ。

(いつか一男《かずお》兄ちゃんを追い越したいと思うけど、その前に次男兄ちゃんに追いつかなきゃな……)

一方、整備部オペレーター席の隣では、アルエットが華《はな》から当直を引き継いでいた。

「お疲れ様です、初野《はつの》先輩。新作のパフェ、お先に試しちゃったけど――」

言いかけて、アルエットは続きの言葉を呑み込んだ。普段ならすぐに飛び乗ってくる話題のはずなのに、この日の華は心ここにあらずといった具合で、立ち去っていったのだ。

しかも、デスクには閲覧していた画面を消し忘れている。

（珍しいものね……）

アルエットは画面を消去しようとして、そこに表示されている内容に気づいた。

（これは……命《みこと》さんの――？）

それはオービットベースのデータバンクに保存されている、GGG《スリージー》隊員の医療データであった。

それもいまから十一年前、木星決戦直後の卯都木《うつぎ》命隊員の診療記録だった。


メインオーダールームから出てきた牛山《うしやま》末男と初野華が下層へ向かうエレベーターに乗り込むと、上層行きで一緒になったのは彩火乃紀《さいひのき》と鷺の宮《さぎのみや》・ポーヴル・カムイである。ドアが閉まり、ケージが動きだすと、その長身の男性は口を開いた。

「……やれやれ、地球に戻ったらすぐトリプルゼロの調査に追われるかと思ったけど、現状に至るまでその存在は認められず……静かなものだね」

「あら、GGGが暇なのはいいことだと思うけど……カムイさん、働きたりないの？」

「とんでもない。給料泥棒と言われるのが理想だよ」

「平和主義者でよかったわ」

火乃紀にとって、メインオーダールームでもっともウマが合う同僚がカムイだった。普段から軽口を叩き合う仲ではあったのだが、この日のカムイの目にはどこかいつもと違う光が宿っていた。なにか思い詰めたような、真剣な光――

「……なあ、火乃紀くん。この後、食事でもどうかな」

「え？」

「ちょっと相談したいことが……」

そこまでを言いかけて、会話は中断された。オービットベース全施設に向けて発せられた警報が、エレベーター内にも鳴り響いたのである。それはかつて、ゾンダーや原種が出現した時に発せられた、第一級防衛体制発令の警報だった。


「GGG《スリージー》ブルー機動部隊、出動ダァァッ‼」

「GGGグリーン機動部隊出動！」

ディビジョンX・機動完遂要塞艦《きどうかんすいようさいかん》〈ワダツミ〉に組み込まれたブランチオーダールームで、長官《アカマツ》と長官《ガイ》代理のふたりが叫んだ。木星圏での戦闘でディビジョン各艦が負ったダメージは、カーペンターズによってすでに修復済みである。

トリプルゼロに浸食された者たち――覇界《はかい》の眷族の出現に備えて、GGGは即応体制にあった。ワームホールから太陽系にやってきたそれらが、地球に向かった可能性が極めて高いためである。

そしてこの日、オーストラリア大陸ノーザンテリトリーにおいて、広範囲の地域から特定の波形が観測され、GGGは防衛警報を発令した。長官たちの指令のもと、オービットベースから分離発進したワダツミは南半球へ到達、ヴァン・アレン帯を突破して、地上の観測施設からの情報を受け取った。

「Z0《ゼットゼロ》シミラー、ダーウィンからアデレードへ至る広範囲の帯状地域にて検出されてるようっすわ！」

Z0シミラー、それは現地で確認された波形を意味している。木星圏においてゼロロボとして認定された、覇界の眷族から発せられたものであり、かつてゾンダーロボから観測された素粒子Ｚ０[※20]に近似の性質を持っているため、そう呼ばれるようになっていた。かつては腰痛が悪化するといって、地上への降下を嫌っていた山《やま》じいも、筋力トレーニングを続けてきた甲斐あってか、この日は不平をもらすことなく、緊張した声でオペレートを続けている。

この時のブランチオーダールームには交代したばかりのオペレーターたちがつめていたが、ただひとり初野華《はつのはな》だけは休息から戻ってきている。

『大丈夫、華ちゃん……疲れてるんじゃない？』

ミラーカタパルトで待機中の覚醒人凱号《かくせいじんがいごう》、そのウームヘッドにダイブする天海護《あまみまもる》が小声で通信を送ってきた。明らかに公私混同の言葉ではあったが、周囲の者たちは聞こえないふりをした。機動部隊が新編成となったことで、戦闘時には華とアルエット、ふたりがオペレーションすることになる。明らかに超過勤務である華にとって、護の気遣いこそが特効薬であることは疑いないからだ。

「大丈夫だよ、護くん。その言葉で……元気出た」

そう言って微笑むと、華は小さくガッツポーズをとった。決して力こぶができたりはしない細腕だが、この腕にガオガイゴーの起動が委ねられているのだ。

『割り込んですまない……護、初野、任務が終わったら、ふたりとも時間くれないか』

護の通信ウインドウの隣に、セリブヘッドの戒道《かいどう》が表示された。

「大丈夫だけど……どうしたの？」

『近くに会いたい人たちがいるんだ。君たちも紹介するよ』

近くというからには、このオーストラリアに住んでいる人のことに違いない。護も華も、戒道から以前聞いた話を思い出した。

『うわっはー！　それって幾巳《いくみ》が昔お世話になった農場の人たちでしょ。絶対行くよ！　ね、華《はな》ちゃん！』

「う、うん……」

うなずくと、華は横目で隣席を見た。もうひとりの機動部隊オペレーターであるアルエットは、獅子王凱《ししおうがい》のファントムガオーと発進前管制の通信をこなしている。

（よかった、聞こえてない……）

いま話題に出た農場には、戒道《かいどう》幾巳が十年以上も親しくしている女性がいると聞いたことがある。彼に想いを寄せているアルエットの前でしてよい話題なのか、華は迷ったのだった。

「――対地高度10000全方位コースクリアですいつでも可能ですOKです」

いささか緊張感のない淡々とした口調で、タマラが告げる。それにより、私的会話が許される時間も終了した。

「いよぉおし！　機動部隊全機、索敵任務開始ィィッ‼」

阿嘉松《あかまつ》の号令に従い、各ミラーカタパルトが起動する。

『天海護《あまみまもる》、ならびに戒道幾巳、覚醒人凱号《かくせいじんがいごう》、発進します！』

『獅子王凱、ファントムガオー、いくぜ！』

「ドッチも射出――」

「了解！」「了解！」

プリックル参謀の掛け声に、華とアルエットはそれぞれの発進オペレートに集中する。

「ミラーカタパルト、ブルー！」「ミラーカタパルト、グリーン！」

「「イミッション‼」」

　華とアルエットが同時に射出パッドを叩くと、各機動部隊隊長たちの機体が北と南に勢いよく射出される。広範囲にわたって観測されたＺ０《ゼットゼロ》シミラーの源を特定する索敵を開始するのだ。彼らに続いて月龍《げつりゅう》、日龍《にちりゅう》、ビッグポルコート、翔竜《しょうりゅう》も射出されていく。全機の発進が一段落したところで、アルエットは誰にも聞こえぬよう、ぽつりとつぶやいた。

「……そんなこと、気にかけたりしないわ」

8

　獅子王凱が搭乗するファントムガオーは、ノーザンテリトリーを抜け、南オーストラリア州上空を飛翔していた。凱にとっては十年ぶりの地球の空であったが、主観時間で言えば数週間ぶりでしかない。しかも、その間の多くは複製されたレプリジン地球で過ごしていたため、それほど地球から離れていたという実感は湧かなかった。

　だが、眼下に見える市街地には見覚えのない光景もあった。インビジブル・バーストによる被害の跡である。すでに六年以上も前の災害であったが、人類のリソースの大半は強電磁場下での日常を維持することに注がれており、復興を果たせぬまま放置された地域も少なくはなかったのだ。

「護たちは、こんな過酷な状況で戦い続けていたんだな……」

廃棄された発電所の跡地を目にして、凱《がい》はつぶやく。他ならぬ彼らもオレンジサイトにおいて、地球の破滅を防ぐために戦ってはいた。だが、生々しい被害の痕跡は、自分たちとの戦いとは異なる次元での痛みを感じさせるものだったのだ。

そんな時――

『命を超える者よ――』

凱の脳裏に語りかけてくる声があった。いや、音によらないそれは声ではない。意思だ。ヒトの脳にダイレクトに意思を届けてくるその能力を、凱はすでに知っていた。

「リミピッドチャンネル……」

そして、凱はその意思の主をも知悉《ちしつ》していた。やがて会わねばならない――そう感じていた相手。

その時、極度な気圧の変化により生じたエアポケットに呑まれ、機体が大きく揺らいだ。

「!!」

高性能のファントムガオーですら、姿勢制御が追いつかないほどの場の歪み。機体は一気に地表へ降下し、各部に損傷はないものの、通信が途絶し不時着を余儀なくされた。

――そこはオーストラリアでは大量に産出される石炭による火力発電所だった。国民の意思によって原子力発電を拒否したこの国では、いま現在でも珍しい建造物ではない。だが、インビジブルバーストの際に制御システムが深刻な被害を受け、修復されないままに放置されていた。

上空のエアポケットとは打って変わって地表は穏やかだが、通信はいまだ途絶したままである。

機体から降りた凱は、施設内に屹立《きつりつ》する鉄塔の一本を見上げた。その頂上に人影がある。いや、ヒトに酷似していても、それは人間ではない。古くからベターマンと呼ばれている霊長類――彼ら自身は、おのが種属を〝ソムニウム〟と呼ぶ。その一個体――ラミア。

ラミアの尖塔と並び立つもう一本の尖塔の上に、凱はその身を躍らせた。ラミアがヒトに良く似た別の種属であるのと同様に、凱もまた純粋な人間とは言いがたい。生機融合体エヴォリュダーの身体能力は、数十メートルの高処へおのが身体を軽々と運んだ。

「俺に語りかけてきたのは――お前か」

強い風が吹き荒れる鉄塔の上で、凱は静かにつぶやいた。こちらの意思もまた、目の前のソムニウムなら受信できる。ならば、音声のように強風に遮られることなく通じるはず、と知っていたからだ。

百メートルほどの間隔を経て、並び立つ二本の鉄塔。その頂上と頂上にあって、ソムニウムとエヴォリュダーは対峙していた。凱が思ったように、意思疎通に不自由はないようだ。

赤と緑の前髪がゆらめき、ソムニウムの額に十字の輝きが明滅する。

『我が名は――ソムニウム……ラミア』

「俺はエヴォリュダー凱……いや、知っているはずだな」

ラミアの両眼はサングラスに遮られて見えない。いや、サングラスのように見えるが、それは身体の一部だ。人体に例えるなら爪のような組織で、ラミアの双眸《そうぼう》を保護している。その見えない瞳が、凱の言葉を肯定するかのごとく輝いたように思えた。

「あの時、三重連太陽系で戦う俺たちに、地球の人々の想いを届けてくれた……何故、俺を助けた？」

『あの戦いには、ふたつの宇宙の存亡がかかっていた。私はただ、我らが宇宙の存続に助勢したのみ』

「なるほどな……つまり、あの時のことを借りに思う必要はないってことか」

自分が発する挑発的な言葉は、内心から来る苛立ちによるものと、凱《がい》は自己分析していた。たしかにラミアというソムニウムの発する意思も、最初に受け取った時から凱を挑発するかのような響きを帯びていた。

だが、それでもあの時、地球から届けられた想い――勇気の力は、ソール11遊星主に打ち勝つ原動力となってくれた。そして、つい先日の木星圏での死闘。凱や護とともに、ソムニウムたちは肩を並べて、覇界王《はかいおう》ジェネシックと戦ったのだ。

なのに何故、ラミアの存在はこちらの感情に火をつけるかの如く、凱の意識をチリチリと焦がしていくのか。戦闘へ駆りたてるかのように、燃え上がらせていくのか。

「では、いま俺をここへ呼び寄せた理由はなんだ？」

『知っているはずだ、エヴォリュダー凱。我らは相争う宿命にあることを』

ラミアのその意思は、凱の胸のうちにすとんと収まった。

（そうだ、俺は知っていた。三重連太陽系で最初に聞いた時から……この意思の主と、俺はいずれ戦うことになると――）

いまにも始まりそうな覇界の眷族との戦い。それは凱にとって避け得ぬものだ。愛しい人や大切な仲間たちを取り戻すための試練であり、知的生命体の営為を滅ぼそうという宇宙の摂理への抗い

である。すべてに優先されるべき、大きな戦い。

だが、その戦いの直前でさえ、いま目の前にいる存在もまた、回避できない類の戦うべき相手だと、凱《がい》のうちのなにかが告げている。強いて言うならば——

（俺とこいつは天敵同士ということか……）

凱の納得を、戦闘開始の合図と受け取ったのだろうか。ラミアは前触れもなく跳躍した。黒いジャケットに見える体組織が、怪鳥の翼のように翻《ひるがえ》る。そして、胸に開いた特殊な器官となる胸門から、赤い光の粒子を放つ。

『ペクトフォレース……ルブルム』

死滅を促すその免疫細胞は、瞬く間に凱を取り囲み、息の根を止める！

いや、取り囲まれたように見えた凱の姿は、その残像でしかなかった。ラミアの跳躍を感じた瞬間、凱の実体は数十メートルの下方へ身を躍らせていた。だが、それは逃亡ではない。

「イークイップッ！」

凱のボイスコマンドに反応して、駐機していたファントムガオー操縦席脇のカタパルトから、特大キャリーバッグの四倍サイズはあるトランクが爆裂射出される。即座に開いたその内部からは、圧縮空気でＩＤアーマーと呼ばれる装甲服のパーツが飛び出し、誘導システムによって、凱の全身に次々と装着されていった。

その間、隣の鉄塔の突端を蹴ったラミアもまた、猛禽のごとき勢いで地表に向かっていた。表情は非情かつ冷静で、右手には赤く輝く、聖剣のような形に固めたルブルムの粒子。ＩＤアーマーを装着中の凱に向かって、迷うことなく突進する。それはあたかも、ソルダートJの使う、赤く輝く双剣ラディアント・リッパーのように、鋭く正確に空気を切り裂き、目標を捉えた。

しかし、凱は避けない。IDアーマーに装備されたツールを素早く引き抜き、ラミアの一撃が届くよりわずかに速く右手にかまえ、迎撃に転じた。

「ウィルナイフッ！」

短剣とナイフが交差する。激しく弾け散る赤と緑の火花。交錯する敵意。互いを捉えたのは、攻撃の意思。相手を両断して勝利しようとする想いと決意が激突しあった！

それぞれの動きを封じている腕を次の一手に転ずるには、その先の百手にも及ぶ攻防への覚悟と、足場や風など周囲の環境も考慮した正確な先読みが必要不可欠である。迂闊に動いては不利になることを熟知している両者は、微動だにせず対峙を続け、意志だけをぶつけあった。

「俺はこれから、覇界《はかい》の眷族と戦わなければならない。その俺を……お前は止めようというのか、ラミアッ！」

激しい情動を向ける凱に対して、ラミアは額の十字光で静かに告げる。

『暁の霊気はこの世界を滅びへと導く。すべては滅せられる。ヒトも……エヴォリュダーも……』

「俺は！…俺たちは！……滅びたりしない！　この命ある限り、戦って、戦い抜いて、絶対に覇界の力に勝利する！」

凱が力を込めたウィルナイフの切っ先は、赤き聖剣を押し込み、その一部がラミアのサングラス状の体組織にぶつかる。

『………』

「俺たちは負けない！」

勢いに押され、ひび割れたそれは一気に両断された。だが、それでもラミアは深海の底のように冷静だった。

『……すべてが滅ぼされるその前に、我らはお前の存在を滅せねばならぬ――』

現れた血の色の――昏く赤い双眸が、至近距離から宿敵をにらむ。

『元凶なりし者よ――！』

「俺が、お前たちソムニウムにとっての元凶……だと言うのか！」

返答の意思に代わって、ラミアの胸門から緑色に光る無数の粒子が放たれる。

『ペクトフォレース……ウィリデ』

至近距離から放たれた粒子を、エヴォリュダーの超反射速度が回避する。空中で右と左に跳躍する凱《がい》とラミア。粒子は虚空に散り、発電施設の設備に降りかかった。

「俺は、三重連太陽系で声を聴いた。それは、ラミア……お前の声だった。俺にとって、その声は、地球のみんなの願いを届けるための、勇気を取り戻す声に聴こえた。それなのに……お前たちにとって、俺は敵だというのか⁉」

凱の問いかけに、ラミアの意思が瞬時に応える。

「命を超えた元凶なりし者よ、この地に戻ってはならなかった……その先にあるものは――ヒトなる者、すべての希望なき滅び」

「なんだとっ⁉……この俺が……人類を滅ぼす⁉」

次の瞬間、凱の背後から轟音が迫ってきた。視覚で確認するよりも疾く、身体が動く。至近距離にあった鉄塔を蹴って、跳弾のように飛ぶ凱。彼が一瞬前にいた空間を、石炭籠を運搬するクレーンが通過していった。

「！」

だが、危機は去っていない。第二、第三のクレーンが凱の頭上から降ってくる。決して、偶然ではない。制御室のうちに入り込んだラミアが、先ほどと同じ緑色の粒子を放ち続けている。その光の明滅は、クレーンの動きに同調していた。

（ラミアの能力か……あの光の粒子を使って⁉）

ウィリデと呼ばれるペクトフォレースは微弱な電荷を帯びている。ラミアはそれにより、生物の神経電位や機械の制御信号に介入する術に長けていた。

次々と迫り来るクレーンの届かない物陰に退避する凱。しかし、その動きすらもラミアによって計算され、追い込まれたものだった。煤塵を含んだ高温の排煙が、凱の全身に浴びせられる。煙突の向きと排煙するタイミング、すべてが完璧に制御されていた。

「くっ……！」

全身を灼かれ、崩れ落ちていく凱のシルエット。ラミアの双眸が、その姿をにらみつける。そして、煤煙の向こうで起きている真実を見極めた。

『残像――』

そう認識したラミアの眼前に、クレーンが突っ込んできた。その先端は制御室を完全に押しつぶすようにねじ込まれる。だが、すでにラミアはそこにいない。怪鳥のように身をひるがえし、宙へ跳んでいた。そこに数瞬前とは攻守を代えたように、クレーンが次々と襲いかかる。

その動きを制御しているのは、脱硝装置の上に立つ凱《がい》だ。排煙に呑み込まれそうになった瞬間、IDアーマーを脱ぎ捨てて身軽になり、ここに降り立ったのである。ラミアが目撃したのは、アーマーが灼かれる光景にすぎなかった。さらに凱は、エヴォリュダーによるハッキング能力で逆襲に転じていた。

「今度はこっちの番だ！」

脱硝装置の制御盤から侵入、発電所施設の制御権を奪いとった凱は、自分に襲いかかってきた力で反撃する。ペクトフォレース・ウィリデによる電気的な信号操作よりも滑らかな動きで、宙を舞うクレーン。大質量物体が連続で襲いかかってくる攻撃を、ラミアは表情ひとつ変えるでもなく、回避し続ける。ヒトと同様に見えても、ソムニウムの生物としての潜在能力は桁違いだ。だが、ラミアにも逆撃するまでの余裕はなく、回避するだけで手一杯に見える。

凱は施設内を一望できる高所から設備を操りつつあったが、その連撃は必殺の気迫に満たされてはない。ラミアを天敵とする直感とは裏腹に、決定的なまでの殺意や敵意までは抱けずにいたからだ。

（滋《しげる》さんの話だと、ソムニウムはかつて地球人類の危機を救ったという。俺が太陽系に戻った時も、覇界王《はかいおう》ジェネシックの侵攻に対してともに戦い、協力することで退けた。人類の味方であるソムニウムが、俺が人類を脅かすと言う。覇界の浸食をまぬがれた俺が……何故？　地球が覇界の眷族の脅威にさらされている今、ここで決着をつけることは正しいことなのか――？）

迷いがありつつも、凱の攻撃は的確にラミアを追い詰めていく。発電施設の堅牢な壁を背にするラミア。逃げ場を失ったソムニウムに二本のクレーンが直撃した！

だが――

「なんだ、あれは……！」

凱は我が目を疑った。クレーンに押しつぶされたかに見えたラミアの身体が、薄い膜のようなものによって守られている。クラゲのような半透明の、しかし強靭な生命体がラミアの前に壁となって浮遊していた。

『ユーヤ……』

リミピッドチャンネルが、同胞の名を呼ぶ。その生命体は、ベターマン・ユーヤがルーメと呼ばれるアニムスの実を喰らうことで、変身した姿だった。かつてラミアと行動をともにしていたセーメという名のソムニウムは、同じルーメの実で光り輝く生命体となった。アニムスの実は、耐性を有する個体差によって、それぞれ異なる形態へと変身を促す性質を持っていた。

『ラミア、刻《とき》が近づいている』

『……次なる災厄が先か』

『皆、すでにそれぞれの地に赴いた』

『我らも往こう――決戦の地へ』

言葉のやりとりとは異なり、リミピッドチャンネルに長けた者同士は一瞬で多くの意思を交感する。

海棲生物のごとき巨大な姿のベターマン・ルーメは、ラミアをのせて上空へと飛翔していった。

「待てっ――！」

一瞬で逃れていったベターマンたちを追うように、凱は頭上へ手を伸ばす。だが、そのまま追撃しようとはしなかった。敵手の逃亡とともに、途絶していた通信が回復したからだ。

エヴォリュダーの身体には、いくつかの超常能力が備わっている。そのひとつ、身体をアンテナ代わりにして、電波網から必要と思われる通信音声を検索変換し、傍受できる能力で、凱《がい》は聞いた──GGG《スリージー》ブルーにおいて、GGGグリーンへの協力任務を担当しているアルエット・ポミエからの通信を。

『──凱、応えて！　戒道《かいどう》さんと天海《あまみ》くんが大変なの！　凱、お願い、返事をして──！』

9

獅子王《ししおう》凱がベターマン・ラミアと対峙していた頃──

天海護《まもる》と戒道幾巳《いくみ》がダイブするアクセプトモードの覚醒人凱号《かくせいじんがいごう》は、ノーザンテリトリー上空を飛行中だった。

「ファントムガオーが通信途絶した⁉」

常に冷静な戒道を驚かせたのは、ワダツミでオペレーションを担う初野華《はつのはな》からの通信だった。

『そうなの……いきなり応答がなくなったって、アルエットちゃんが──』

そう言いかけたところに、同じくオペレーションを担当するアルエットが割って入る。

『最後に確認されたのはマウントガンビア近郊です。凱号の現在位置からなら、四十分で到達可能』

「四十分か……」

護のその声に、一瞬、戒道は何かを感じた。

「……どうする、護。捜索に行くか？」

ＧＧＧブルーにおいては護が機動部隊隊長であり、戒道の上官である。だが、その関係以上に護を信頼している戒道は、その証しとして判断を仰いだ。

護はたとえ迷ったとしても、それを表には出さずに応える。

「いや、このままＺ０《ゼットゼロ》シミラーが濃厚なポイントに向かう。マウントガンビアには翔竜《しょうりゅう》とビッグポルコートを向かわせて。月龍《げつりゅう》と日龍《にちりゅう》は担当区域の哨戒を続行」

『了解！』

護の指示に従い、華が機動部隊各機に指令を伝達する。モニターに映るその表情に、不安の色を見てとった護が声をかける。

「大丈夫だよ、華ちゃん。凱兄ちゃんは強いんだ。僕らは心配するよりも、自分の任務を果たさなくちゃ」

その穏やかな、しかし深い信頼に裏付けられた言葉を聞いて、華ははっとした。

（そうだ……私だって、凱さんにはいっぱい助けられてきたのに……）

幼い頃の初野華は、不運を絵に描いたような少女だった。行く先々でゾンダーロボに遭遇し、生命の危険を感じたことが一度や二度ではない。そんな時、いつも獅子王凱をはじめとするＧＧＧが現れて、守ってくれた。成長した華がＧＧＧ隊員を志した理由は、単に恋人である天海護の側にいたいという気持ちだけではない。幼い頃に自分を救ってくれた大人たちのようになりたい——そんな想いがあったからだ。

（だから今は――私たちが守らなきゃならないんだ、みんなを……！）

深く息を吸って、吐く。そうして気持ちを切り替えた華《はな》は、（自分なりに）きりりとした表情で応えた。

「うん、そうだよね。今は急いでZ0《ゼットゼロ》シミラーの発生源を見つけなくちゃ！」

ノーザンテリトリーの州都ダーウィンの南方、五十キロ地点。ミラーカタパルトから射出され、内蔵ウルテクエンジンで高度を保ち哨戒飛行中だった日龍《にちりゅう》は、視界の端に違和感を覚えた。空中で急制動をかけ、自分の直感を刺激したものを見据える。

それは南進する鉄道車輌だった。

（データ検索――オーストラリア大陸縦断鉄道・通称〈ザ・ガン〉十四号ね。でも、あの車輌の何が……？）

ザ・ガンという通称は〝銃〟に由来するわけではない。古き時代、水の乏しい荒野を進んだアフガン産ラクダを指す言葉だ。現代のラクダは三十両、八〇〇メートル弱の編成で荒れ地を縦断していく。しかし、その姿は明らかにデータに記録されているものとは異なっていた。全長が四倍近く、三キロメートルほどに肥大化していたのだ。

「い、いったいどういうことですの⁉」

日龍が驚いた瞬間、双子の姉妹がワダツミに送った通信が聞こえてきた。

『こちら月龍《げつりゅう》、変事を確認。大陸縦断鉄道十六号がZ0シミラーを発生させながら、北進中！』

その通信を聞いた日龍は、眼下の列車が肥大化した原因にようやく思い至った。

「そういうことですのね……あれは、ゼロロボ！」

月龍や日龍が送信してきた情報が、ワダツミのブランチオーダールーム、メインスクリーンに映し出され、楊《ヤン》が即座に眼鏡をきりっと光らせる。

「なるほど、大陸縦断鉄道がまるまるトリプルゼロに汚染されたため、Z0シミラーが広範囲から観測されたというわけか。月龍と日龍にはその目的地を確認させるべきだろう」

「おい、楊の旦那！　落ち着き払ってる場合じゃねえぞ！　奴らいったい何をたくらんでやがるんだッ！」

阿嘉松《あかまつ》の怒声にも近い問いかけを浴びせられても、楊は身じろぎもせず、メインスクリーンを見据えたまま、静かに語りだす。

「覇界《はかい》の眷族の最終的な目標は、静寂なる宇宙の実現――すなわち、知的生命体の活動を終息させることだ。つまり、地球人類の殲滅と見て、間違いないだろうな」

「問題はその方法デショ！　地球そのものをブロウクンするのか、人間だけキルする何かがアルノカ……それを考えると、ボク眠れなくなりソウヨ。まだ後厄も抜けてナイしね」

重々しい声に似合わない軽薄な口調で、だが的確なポイントを指摘するプリックル参謀。楊は腕を組んで、思考の過程を開陳する。

「かつて、ゾンダリアンはゾンダーメタルを精製するために高エネルギーを求めた。だが、覇界の眷族はこちらの宇宙に漏れ出したトリプルゼロとともにある以上、エネルギーに困ることはない……」

「じゃあ、無尽蔵のエネルギーでゼロロボを生み出し続けるってことか！」

阿嘉松《あかまつ》はうなり声を上げた。旧ＧＧＧ《スリージー》の隊員や勇者ロボが浸食されている上、そんな悪夢が現実となったなら、ゾンダーや原種以上の脅威となることは間違いない。

「奴らが求めるとしたら、ゼロロボの材料か？　たとえば巨大な無機物——」

『巨大な無機物だって⁉』

楊《ヤン》の独白に反応したのは、接続されたままの通信回線の向こうにいる戒道幾巳《かいどういくみ》だ。覚醒人凱号《かくせいじんがいごう》が天海護《あまみまもる》に操縦されているいま、彼はサブダイバーとしてブランチオーダールームとの通信を担当している。

『幾巳、なにか心当たりがあるの？』

『……ある。護、操縦権をくれ』

『わかった！　ユーハブコントロール！』

相棒はなにか確信を持っている。そう理解した護は、詳細を聞き返すことなく、ボイスコマンドを発声した。

『アイハブコントロール！』

戒道がそれに応え、覚醒人凱号はアクティブモードであるガイゴーへと変形する。

『オーダールーム……ガイゴーはこれから、〝ウルル〟へ向かう』

「ウルルだと？」

その言葉を聞いて、阿嘉松ははっとした。

「そういうことか。よし、月龍《げつりゅう》と日龍《にちりゅう》も向かわせる。頼んだぞ、幾巳、護！」

　戒道はうなずくと、いったん通信を終えた。ガイゴーがウルテクエンジン全開で飛翔していく様子が、望遠映像でメインスクリーンに映し出される。

「ウルル――地上で二番目に大きな一枚岩か。たしかにゼロロボの材料としちゃぁ、うってつけだぜ」

　阿嘉松は冷や汗を浮かべつつ、つぶやいた。エアーズロックという名でも知られるその岩は、全周十キロメートル近い巨大な岩石である。その大質量がそのままゼロロボに転用されれば、この上ない脅威となるだろう。

　その恐るべき予測を共有した者たちは、祈るような心持ちで、ガイゴーの映像を見つめるのだった。

10

　ザ・ガンの停車駅で最短距離にあるアリススプリングから、ウルルまでは四五〇キロほど離れている。その距離を高速で渡りきったガイゴーは、恐るべき光景を目撃することになった。

　ザ・ガンの列車が次々と軌条から離脱して、ウルルに向かっている。無論、その車輌は通常の状態にはない。

「護、あの車体……普通じゃないぞ！」

「うん、何かと融合して巨大化している。まるでゾンダーロボだ」

「どこかに、列車をゼロロボ化させている覇界《はかい》の眷族がいるはずだ、そいつを探そう」

戒道《かいどう》の言葉を聞いて、護《まもる》の胸はちくりと痛んだ。覇界の眷族——それはトリプルゼロに浸食された旧GGG《スリージー》の隊員や勇者ロボだ。懐かしく慕わしい仲間が、またも敵になるというのだろうか。ギャレオンと戦わなければならなかった、木星圏での出来事が胸を締め付ける。

「……護、心配するな」

「え？」

「かつて僕たちは、ゾンダリアンにも本来の姿を取り戻させたことがある。だから——今度もきっとできる」

静かな、だが迷いのない声。その通りだった。もう十二年も前、戒道はピッツァとペンチノンを、護はポロネズを浄解することができたのだ。ゾンダリアンでいた期間が長く、浸食度合いも深かったポロネズを救うことはできなかったが、絶望するにはまだ早い。

護と同じように、Jやトモロと戦うことになるかもしれない不安を感じている戒道の言葉。それだけに、護の心の奥底にズシンと響く。

「そうだね……うん、そうだ。誰がどんな形で現れても、僕たちのやることは変わらない！」

『あー、戒道くん、護くん、聞こえてますか？　どうぞ』

ふたりの会話に通信で割り込んできたのは、諜報部オペレーターである山《やま》じいだ。相変わらず、「どうぞ」で締める口癖は変わっていない。

「戒道だ、受信は良好。どうぞはいらない」

『あー、そっすか。じゃあ、用件のみで——』

心なしか、通信機から聞こえる山じいの声は寂しげだった。

『オーストラリアGGG《スリージー》からの報告が入ったっすわ。現地時間で本日未明、謎の物体に鉄道基地が襲撃され、ザ・ガンの車輌が奪われた模様。いまウルルに向かってるのはそいつらっすわ、総数は全部で十一本』

「確認する、未明に盗まれたってことは乗客乗員はいないのか？」

その問いに答えたのは、研究部オペレーターであるタマラだ。

『はい乗っていませんサテライトサーチでも生体反応を認めず全車両無人です思いっきりやっちゃってくださいー』

「やる……破壊するということでいいのか？」

『ああ、かまわねぇからやっちまえ！　現時刻よりゼロロボ化した鉄道車輌群を、全部ひっくるめてZR－04《ゼロゼロフォー》と認定呼称する！　殲滅作戦開始だぁっ！』

阿嘉松《あかまつ》の号令とともに、月龍《げつりゅう》と日龍《にちりゅう》は、それぞれが追尾していたZR－04に攻撃を開始していた。ファントムガオーの捜索にあたっていた翔竜《しょうりゅう》とビッグポルコートも近隣の線路上を疾走する目標に向かう。

だが、ZR－04群の過半はすでに大陸縦断鉄道の軌条から離脱、ウルルに向かって荒野を驀進している。それらの位置関係を表示した地図を見ながら、楊《ヤン》が指示した。

「おそらく一両でもウルルに突入したら、融合して巨大ゼロロボが発生する。なんとしても未然に阻止するんだ」

「おっしゃ、ファイナルフュージョン承認ンンンッ‼」

「了解です……！」

阿嘉松《あかまつ》の承認を受けて、華《はな》が固く握り合わせた両拳を振り下ろす。

「プ、プログラムドラァァイブ！」

コンソールに叩きつけられた両拳が保護プラスティックを叩き割り、その下部にあったドライブキーを始動させた。

作戦開始と同時に射出されていた三機のガオーマシンは、すでにガイゴーの周囲を旋回している。

「ファイナルフュージョンッ！」

戒道《かいどう》のボイスコマンドにともない、ガイゴーの腰部からEMトルネードが放たれる。発生した電磁竜巻のなかで、ガイゴーは三体のガオーマシンと合体していった。

「ガオッガイッゴーッ‼」

勇者王の完成をモニター内に見てとった阿嘉松がすかさず次の指令を出す。

「ディバイディングドライバー、キットナンバーゼロスリー！　射出ッ！」

「了解……」

華のコンソール横に、射出パッドが起動する。

「ディバイディングドライバー！　キットナンバー！　ゼ、ゼロスリー！　イミッッッショオオォン！」

射出パッドが勢いよく両手で叩かれ、ワダツミのミラーカタパルトは二パーツに分かれたＤＤキットを射出する。空中でドッキング、ミラーコーティング粒子を分解剥離して完成したディバイディングドライバーは、軸線を合わせたガオガイゴーの左腕に寸分のずれもなく装着された。

「ディバイディングドライバーッ！」

すでに空間湾曲半径が設定されたディバイディングドライバーを、ガオガイゴーがウルルの前方十キロの荒野に打ち付ける。ドライバーヘッドから発生したアレスティングフィールドとディバイディングフィールドは、相互に干渉した結果、直径五キロのフィールドを出現させた。

そのわずか数秒後――フィールド外縁部に到達した六輌のＺＲ－04《ゼロゼロフォー》はすべて、湾曲空間の内部へ落ち込んでいった。

「うわっはぁ！　うまくいったね！」

「護《まもる》、安心するのはまだ早いぞ！」

「わかってるって、幾巳《いくみ》！　ここから一体も出すわけにはいかない！」

護の言葉に、真剣な顔でうなずく戒道。実のところ、彼には真剣にならざるを得ない事情が存在する。

――いまから十一年前のことだ。外宇宙から帰還したジェイアークが、木星圏でソール11遊星主に襲われた。その時、単身逃れた戒道幾巳は記憶を失って、このウルルの近くに落ちたのだ。身分も使命も帰るべき場所すらもわからなくなった戒道の面倒をみてくれたのは、親切な少女と彼女が暮らす農園の人々だった。以来、戒道はこの地を第二の故郷として、幾度となく訪れるようになっていたのだ。

（こんなところで覇界《はかい》の眷族が暴れたら、あの人たちの生活が……。絶対に壊させたりしない――！）

そう決意した戒道は、横転してもがいているＺＲ－04の一体に近づいた。

「ブロウクンファントム！」

背部ウルテクエンジンポッドに装備されていたファントムリングをまとい、鋼鉄の右腕が高速回転しながら撃ち出される。列車形態から、脚のような部位を発生させて立ち上がろうとしていたZR－04《ゼロゼロフォー》、その胴体部がブロウクンファントムの直撃を受け、分断された。

「うおおおおっ！」

再生する暇も与えず、懐に飛び込んだガオガイゴーは、ソリッド衝撃波を放つドリルニーで残った部位を完全に打ち砕いた。

「的確だな、幾巳《いくみ》！」

護《まもる》の言葉に応じる余裕もなく、戒道《かいどう》がガオガイゴーを振り向かせる。そこにいるのは、巨獣の群れ。いや、残る五体のZR－04が四本脚を発生させ、多脚歩行形態となってガオガイゴーを半包囲しているのだ。

だが、そこにいるのは、ZR－04群だけではなかった――

「アーカイブにデータなし……ガオガイガー系統の新型機と推測される。宇宙の摂理を優先すべし……宇宙の摂理に反する存在…排除すべし…排除すべし……」

「この声――」

「まさか……」

戒道と護は、上方警戒モニターの方を見上げる。そこに映し出されているのは、ZR－04群を従えているとおぼしき覇界《はかい》の眷族の姿だ。

オレンジ色のオーラをまとった円盤型の飛行機体を操縦している、やはりオレンジ色の光に包まれた、ずんぐりとした形のロボのボディ。明らかにそれは、木星圏で遭遇した覇界王ジェネシックと同種の変貌を遂げた状態の、飛行ユニット・バリバリーンに乗り込んだコスモロボである。

「マイクッ！」

護の悲痛な叫びにも反応することなく、覇界の眷族は次なる行動を開始した。

「宇宙の摂理を守るため……マイク…マイク…が…ん…ばっ…ちゃう…も…ん…ね」

解析波形を表示していた顔面モニターが、シンプルで無機質な丸いふたつの光に切り替わる。

「システムチェーンジッ！」

表示はト音記号を模したイメージへと変化し、バリバリーンから分離して宙に舞うコスモロボの機体は、瞬く間に変形していく。かつて、アメリカGGG《スリージー》で〝デスウェポン〟のコードネームをもって開発された、すべての物質を破壊する驚愕の秘密兵器。覇界の眷族は、その真の姿ともいうべきブームロボ形態へと変貌を遂げた――。


「マイク・サウンダース十三世‼」


見覚えのある懐かしい姿――だが、その全身は燃えるようなオレンジ色のオーラに包まれている。

「マイク、僕だよ――天海《あまみ》護だよ！」

覇界の眷族と化したマイク・サウンダース十三世に向かって、ZR－04群に半包囲されたままのガオガイゴーから、護が叫んだ。その声が届いていないわけではない。その証拠に、覇界マイクは微笑みさえ浮かべている。

「オウ、マイフレンズ護《まもる》！　久しぶりだっぜ！」

「マイク、君は――」

「マイクは知ってるっぜ。こっちの時間ではクールでロックでビューティフルなショートタイムだったけど、地球ではロングタイムレイター、長い時間が過ぎたって！」

「そうか、だから〝久しぶり〟なんだね……」

護は寂しそうな声でつぶやいた。短いその会話から、恐れていた事態が的中したことを悟ったのだ。

護は思い返していた。木星圏からの帰還途中、そして帰還後のオービットベースにおいて、GGG《スリージー》が覇界《はかい》の眷族への対応を検討し、様々なシミュレーションを行ったことを。そこで立てられた仮説のひとつが、〈覇界の眷族〉と〈ゼロロボ〉の違いだ。

「要するにあれだろ、ゾンダリアンとゾンダーロボみたいなもんだ」

オービットベースにおいてその話題になった時、阿嘉松《あかまつ》がそう解釈して、楊《ヤン》が情報を補足した。

「大筋では間違っていない。ゾンダリアンがゾンダーロボを発生させるように、覇界の眷族がゼロロボを発生させる。違いといえば、ゾンダーメタルのような媒体を必要としないため、ゼロロボの方が遥かに効率的ということだな」

会議室内にいる楊、阿嘉松、プリックル、凱《がい》、護、戒道《かいどう》、そして研究部から火乃紀《ひのき》、メカニックから牛山次男《うしやまつぐお》、諜報部からはカムイも加わった九人全員が表情を引き締めた。たしかに木星圏において、覇界王ジェネシックはその全身から発生させるオーラによって、ディビジョントレインの一部や宙龍《ちゅうりゅう》をゼロロボへ変貌させた。ゼロロボの発生に制約がないという事実は、原種大戦時以上の脅威が容易に想像できる。

「付け加えて言えば、Gストーンや J ジュエルを持つ者をゾンダーロボやゼロロボに変えることはできないが、ゾンダリアンや覇界の眷族に変えることはできる……それも類似点だな」

その言葉を聞いて、戒道がかすかに悔しそうな表情を浮かべた。いや、あるいは悲しみだろうか。いずれにしても、J ジュエルの戦士としての宿命をまたしても歪められてしまった、ソルダート J やトモロの事を思っているに違いない。そんな相棒の様子を痛ましそうに見つめながら、護は静かに語る。

「……でも、その代わりにゾンダーコアにされる人がいないというのは、僕たちにとって好材料のはずです」

凱も即座にうなずいた。

「ああ、護の言う通りだ。俺たちはあくまで、覇界の眷族に変わってしまった GGG グリーンのみんなを止めることだけ、それだけを考えればいい！」

「デモ、止めたアトで元に戻すことはできるノ？」

「参謀の疑問はもっともだけど、僕たちは自分の力に賭けてみる……今はそれしかない」

戒道が自分の掌をじっと見た。かつて、ピッツァやペンチノンをゾンダリアンの呪縛から解放したのは、彼の浄解能力だった。そして今は、護と凱もあわせて、三人の浄解能力者がいる。

「そうだな、そこは出たとこ勝負だな。もし浄解できなかったらとっ捕まえて、戻し方がわかるまで閉じ込めとくしかねえだろ」

かつての仲間とはいえ、人類を滅ぼしかねない存在を野放しにはできない。粗雑なように聞こえるが、阿嘉松《あかまつ》の言葉は理性的な対応だ。

「長官の判断は的確だが、ひとつ留意しなければならないことがある」

楊《ヤン》はあらためて仮説を語り始めた。

――トリプルゼロに浸食され、覇界《はかい》の眷族と化した者は宇宙の摂理に従う。それはすべて、その者の自由意志、自己判断による行動なのだ。彼らはただ、自然の摂理に従って、宇宙を救おうとしているにすぎない。

「宇宙を救う……人類滅亡と天秤にかけてもか……」

戒道《かいどう》が苦渋の顔でつぶやいた。

「生体医工学では、性格を決定付けるものは、脳内のケミカル物質と考えられています」

割って入った火乃紀《ひのき》が畳み掛けるように続ける。

「人体の血液は輸血により、輸血前とは異なる成分バランスに変化して、脳内血管を巡る際に少なからず影響を及ぼします。それまで開かなかったニューロンレセプターが開く例も多く、趣味趣向や、気性、価値観が変化することも珍しくはありません」

説明を聞いた阿嘉松が感心したようにうなずく。

「で、つまりどういうことなんだ?」

「……つまり、トリプルゼロというエネルギー物質が入り込んだ人体や、GSライドを備えたロボットは、血液やGリキッドを介して、脳やAIも変質して、性格も変わる可能性を否定できないということです」

「あ～なるほど。じゃあ浄解が効かなかったら、車からガソリン抜くみてえに、物理的に体からトリプルゼロを抜く方法を考えればいいんだな？」

「そうですね。理論上はそうなります。血液の場合は、新たに別の血液と入れ替えなければいけないけど……」

「硬化接着剤で固めて保管シテル、CR《コスモロボ》だったゼロロボの機体はドウナンダイ？　ウッシー二号」

参謀からのいきなりの二号呼びに、ずっと聞き入っていた牛山次男《うしやまつぐお》があわてて口を開いた。

「ああ、はい、スキャンしたところ、物質構造ごと変化していて、まるでゾンダーロボですね。出力も機能も、ミニ四駆に例えるなら、コースアウトしそうなパワーと攻撃性に特化した数値バランスになっています。機体性能としてはいびつで個体差もあるけど……ＡＩを積んでないので性格の変化まではわかりません」

「ゼロロボからトリプルゼロを抜き取る方法はアルカネ？」

「宇宙空間においては、機体を粉々に爆散させれば、トリプルゼロも四散して、自力でまとまったエネルギーには戻れないようです」

牛山の見解を、議事録として黙々とチャプター整理するカムイも復唱する。

「ゼロロボ攻略法は粉々に爆散させること……」

そして、自分の見解をそこに加えた。

「宇宙全体としてはエントロピーは減少しない……不可逆性の証明のようなものか」

「じゃあ、侵食されたＧＧＧ《スリージー》グリーンの機動部隊《みんな》を、覇界の呪縛から解き放つ方法は……」

「最悪の場合、Jやトモロを、木端微塵に打ち砕かなければならない…ということか」

護《まもる》が深刻な面持ちでつぶやき、戒道《かいどう》も苦渋の表情で応える。

「どうなんだぁ？　一応、そんなことになる前に、きゃつらがこちらの説得に応じるか、試してみた方が……」

希望を探る阿嘉松《あかまつ》の意見だったが、すぐさま楊《ヤン》が否定する。

「無駄だな。覇界《はかい》の眷族は、トリプルゼロの浸食によって、知性をそのままに倫理観が変質してしまっているはずだ。おそらく、話し合いなど無意味だろう……」

「ぐぬ……」

押し黙る阿嘉松に、凱《がい》も追い撃ちをかけるように語る。

「楊博士の仮説は、俺がオレンジサイトで父さんから教えられた認識とも一致します」

宇宙の卵で、精神生命体となった麗雄《れお》から送り込まれた思考を、凱は思い出す。トリプルゼロとは純粋なエネルギーであって、知的生命体に敵意を持っているわけではない。潮の満ち引きのように、宇宙が開闢《かいびゃく》して終焉に至るサイクル――そこに抵抗する存在には圧力がかかるというだけのことだ。

「凱兄ちゃん、じゃあ覇界の眷族は自分の気持ちよりも、義務感を優先して人類を滅ぼそうとするの……？」

「ああ……あいつらはきっと、つらい気持ちを抱えたまま、滅亡や自滅へ向かう使命を果たそうとするだろう……」

「そんなの、ひどすぎるよ――」

護の胸は痛んだ。ある意味、自由意志を奪われ、操られた、かつてのレプリジンたちに与えられた運命よりも残酷である。

　そして、その恐れていた事態は、たった今オーストラリアの大地で現実となったのだ。

11

「マイフレンズ、護……残念だけど、みんな一緒にビューティフルなフィナーレを迎えようっぜ！」

「マイク、本当に人類を滅ぼすの!?」

「ソーリー……悲しいけど、それが宇宙のセツリ……だっぜ……」

　覇界マイクの言葉に苦渋が混ざる。楊や凱の予測通り、彼は望んで知的生命体を殲滅しようとしているわけではない。だが、それでも宇宙の摂理に従おうとする意思は強固だった。

「ディスクP、セットオン！」

　コスモビークル・バリバリーンが展開したスタジオ7《セブン》から放たれた、オレンジ色のオーラをまとったディスクを、覇界マイクは胸のトレイを開きセットしようとする。おそらくゼロロボを活性化させるようにチューニングした強化ディスクだろう。だが、その行為はすでにGGG《スリージー》ブルーによって予測されていた。

『〈シミュレーション・ケース：アマレイ〉実行ッッッ！』

「ブレイクシンセサイズ！」

阿嘉松《あかまつ》の指令と同時に、戒道《かいどう》は事前にデータを打ち込んでおいた〈アマレイ〉をモニターに表示選択し、ボイスコマンドを叫んだ。そして、ディスクPがトレイに吸い込まれる瞬間を狙って、ガオガイゴーを突進させる。

「ジーセット……シナプス弾撃！」

そのコマンドと同時に、ガオガイゴーの両肩に折りたたまれていたガイゴーの腕部が展開する。右から硬化液ブルー、左から硬化液レッドが射出され、それらは狙い過たず、閉じかけた覇界《はかい》マイクの胸部トレイ内へ流れ込み、混ざりあった。

「ホワッツハプン⁉」

竜シリーズが運用するペンシルランチャーの硬化弾頭、その内部に充填される薬液がTMシステムで合成され、トレイ内部のディスクをスクエアケースの中に閉じ込めるがごとくガチガチに固めてしまったのだ。当然、ディスク音源を演奏することはできない。

「よしっ！　巧いぞ、幾巳《いくみ》！」

「次はこいつだ……ファントムリング・プラス！」

戒道の動作によどみはなかった。かつての仲間が敵対する可能性を想定した時点から、彼らはシミュレーションを繰り返してきたのだ。この点、ガッツィ・グローバル・ガードは、相手の情報を持っていない覇界の眷族よりも優位に立っている。

「ブロウクンファントムッ」

ガオガイゴーの右腕が、空中であわてふためく覇界マイクに向かって撃ち出されようとする。狙いは覇界マイクを浮遊させているスタジオ7《セブン》だ。この飛行ユニットを破壊してしまえば、覇界マイクは機動力を大きく低下させる。さらに内蔵された各種ディスクや楽器類も失うことになり、その脅威は著しく低下する――それがシミュレーションの結果だ。だが――

『戒道副隊長ダメですちょっと待って撃たないでスタジオ7内部に生体反応があります！』

　悲鳴のようなタマラからの通信。戒道はとっさにガオガイゴーの左腕でファントムリングをつかむ。強烈な擦過音《さっか》が鳴り響くが、危ういところでブロウクンファントムの発射を止めることができた。

　ワダツミのブランチオーダールームで、阿嘉松が歯ぎしりする。

「ええいっ、畜生！　人質を楯にしてやがるのか⁉」

　今のマイクが、シナプス弾撃のことを知らなくても、スタジオ7が狙われることは予測可能だったのかもしれない。

「あの中にイルのは……GGG《スリージー》グリーンの生還者ナノカ⁉」

　火麻《ひゅうま》とは米軍時代に同僚だったプリックルが頭を抱えた。すかさずタマラが報告する。

「こちらからの通信に応じる様子はありません意識があるのかすら不明ですわかりません」

　楊《ヤン》が冷静に指摘する。

「もし、覇界側に寝返ったGGGグリーンの隊員が乗り込んでいたら、覇界マイクに対して戦闘の補佐となるオペレーションをしている可能性も否定できない」

「んなバカな……！　タマラ、生体反応はスタジオ7のどこから検出されたんだ⁉」

「キャビンです通常人員を乗せる際はバリバリーンの状態ですので今のスタジオ7《セブン》の状態では逆さになってるから居心地悪いと思われますー」

阿嘉松《あかまつ》の問いに答えたタマラの報告は通信によって、戒道《かいどう》や護《まもる》にも届いていた。だが、応答する余裕はない。ディバイディングフィールド内にいるゼロロボのうち、残る五体に取り囲まれていたのだ。

「くっ、こいつら——」

戒道は必死に振りほどこうとするが、それぞれが長大な車輌から変貌したため、大質量でガオガイゴーを押さえ込もうとする。


「おい、他の勇者ロボたちはどうなってる!」

「それぞれ各所でZR−04《ゼロゼロフォー》と交戦中!　ガオガイゴーの救援に向かう余裕がありません!」

阿嘉松に向かって、華《はな》が応える。次の問いを予測したアルエットも、先んじて状況を伝えた。

「ファントムガオーは依然、通信途絶——現在位置は不明です!」

先ほどから、山《やま》じいの手を借りてサテライトサーチで捜索中だが、有効な手がかりは得られていない。まさかこの時、凱《がい》がラミアによって足止めされているとは、誰も想像すらできなかった。

「急いで幾巳《いくみ》!　あと二十分でディバイディングフィールドが消滅する!」

「わかっている、護……だけど——」

ディバイディングフィールドには、ドライバーのキットナンバーごとに維持限界時間が設定されており、そのリミットを過ぎれば空間は復元を開始する。内部に物体が残っていた場合は、復元力によって圧壊される上、その質量によっては大爆発を起こすことになる。

だが、ＺＲ－04群によって大地に押さえつけられたガオガイゴーは、身動きすらとれない。さらにその上空から、新たな機影が迫ってきた。

「……輸送ヘリ⁉」

ザ・ガンの鉄道基地から奪われたのは、列車だけではなかったのだ。鉄道事故が起きた場合に、貨客をすみやかに回収するための輸送ヘリが変貌巨大化した姿――十二体目のＺＲ－04がガオガイゴーの胴体部に轟音とともに強烈な体当たりを敢行する。

「うわあああっ！」

「くううっ！」

ガオガイゴーの各ヘッドダイバーは、強靱な三重連太陽系の超能力者である。さらにニューロメカノイドの優れた耐震性能に守られているものの、それすら凌駕する多方向からの激しい衝撃に、戒道も護も悲鳴をあげた。その声を聴き、つらく感じたのか、覇界《はかい》マイクが表情を曇らせつつも、ゼロロボたちにも声をかける。

「ソーリー、マイフレンド……。助かるっぜ、マイブラザーズ！」

十一輛の列車と一機のヘリコプター、その数は偶然ではないのかもしれない。覇界マイクのうちに眠るメモリーがあえて、かつてのマイク・サウンダースシリーズと同数のゼロロボを発生させたのだろうか。いずれにせよ、兄弟が稼いでくれた貴重な時間を使って、覇界マイクは胸部トレイ内の、硬化剤で使い物にならなくなったディスクをかき出すことに成功した。その際、トレイ内パーツの一部が破損したが、ザ・パワーの効力を超える勢いで自動修復されていく。

「護《まもる》……残念だけど、一緒にグッバイしてもらうっぜ」

覇界《はかい》マイクは全身からオレンジのオーラを噴き出しつつ、新たなディスクをスタジオ7《セブン》から取り出した。

「まさか……マイク、それは！」

「ディスクX、セットオンッ‼」

「‼」


覇界マイクが取り出した最終兵器をメインスクリーンに確認して、ブランチオーダールームが騒然となる。

「お、おいおいおいおいおい、やばいんじゃねえのかッ⁉」

「ソリタリーウェーブをまともに浴びるわけにはいかん――プロテクトウォールの空間湾曲で防ぐのだ！」

だが、孤立した今のガオガイゴーに、楊《ヤン》のアドバイスを活かす余裕はない。

『ダメだ、全身を押さえつけられて、動けない！』

「戒道《かいどう》くん、あきらめないで！」

涙声で叫ぶ華《はな》の横で、アルエットが必死に通信機に叫ぶ。

「凱《がい》、応えて！　戒道さんと天海くんが大変なの！　凱、お願い、返事をして――！」

――その直後、数十分前から空電ノイズしか帰ってこなかった通信機から、頼もしい声が響いた。

『すまない、アルエット！　何が起きているんだ、状況を教えてくれ！』

「凱――！」

ソムニウム・ラミアとの戦いを終えたばかりの凱の声を聞いたアルエットは、喜びの表情を浮かべつつ、猛然と得意の高速キータイプを始めた。凱のエヴォリュダー能力で受信するなら、言葉よりもその方が速く的確に情報が伝達できるからだ。数秒で事態を把握した凱が叫ぶ。

『マイクがディスクXを⁉　了解した！　すぐ向かう！』

「急いで……お願い！」

そう返しつつも、アルエットは絶望しかけていた。凱が応答してきた発電所の位置から、ガオガイゴーがいるウルルの近くまでは、ファントムガオーの最大速度でも十五分はかかる。現状から護や戒道がそれだけの時間を耐えられるとは、とても思えない。

（なにか……なにか今の私にできることは――！）

絶望へと至る崖っぷちから脱する道筋を、アルエットの頭脳が必死に検索する。


「護、ソーリー！　全人類を連れてマイクもすぐ後からいくっぜ……」

「マイク、やめて！　本当にそれがマイクの意思なの⁉」

「そうサ……そう、これは……マイク…マイクの……意思……」

歯切れの悪い言葉を発した覇界マイクだったが、すぐさま迷いを断ち切るように雄叫びをあげる。

「ギラギラーンVV《ダブルブイ》！」

スタジオ7《セブン》から放出されたギター型サウンドデバイスをかまえる覇界《はかい》マイク。胸部トレイ内では、すでにディスクXが高速回転を始めている。

「ソリタリーウェーブ――！」

覇界マイクはギラギラーンを弾き鳴らし、強烈なエネルギー孤立波を生み出した。旧GGG《スリージー》のデータベースには、ガオガイゴーのデータは存在しない。だが、ガオーマシンは旧来のものであり、新開発されたガイゴー部にも同じレーザーコーティングG装甲が採用されている。

「ファイアッ！！！」

その分子構造の固有振動数に合わせてセッティングされたソリタリーウェーブが、ついに放たれた。しかも、本来の威力にトリプルゼロの無限にも近い膨大な力が加わって。

「バイバイ……マイフレンド……」

それは確実にガオガイゴーを粉砕できる破壊力を持って迫りくる。

「マイク……」

覚悟をしていた護《まもる》でさえ、愕然とさせる容赦のない攻撃。

直前、遠い場所で紗孔羅《さくら》の意識は感じていた――

（くるよ……）

リンカージェルが瞬時に沸騰するほどの圧とともに、ソリタリーウェーブはガオガイゴーに迫る。

「護っ――！」

戒道《かいどう》が絶望しかけたその瞬間、彼の視界に影が飛び込んできた。放たれたソリタリーウェーブの手前に、猛スピードで何者かが割り込んできたのだ。

（翔竜《しょうりゅう》……いや、違う！）

そのシルエットは、小型勇者ロボである翔竜よりもさらに小さい。細身のそれは外骨格に翼を生やした竜のようにも見えた。

『光なるモノよ、まだ滅せられてはならない――』

リミピッドチャンネルから意思が伝達される。護はその意思の主に覚えがあった。

（ソムニウムの……ラミア――!?）

そう、その姿は、アニムスの実の一種を喰らうことで、ラミアが変身したベターマン・ネブラだった。

竜に似た姿を持つネブラは、空中で両腕を大きく拡げた。その内側には、人体でいう耳にあたる集音器官が備わっており、到達前のソリタリーウェーブを空気振動で瞬時に解析する。その間、わずか一秒にも満たない一瞬の出来事だった。間髪入れず、ネブラは顎門を大きく開き、目前まで迫っているソリタリーウェーブに向かって叫び声を発した。

同時に、オービットベースのマニージマシンで眠りについていた紗孔羅の身体が、リミピッドチャンネルの大きなうねりを感じ呼応した。

『サイコヴォイス[※21]――！』

覇界《はかい》マイクが放ったソリタリーウェーブと、ネブラが放ったサイコヴォイスが空中で激突する。孤立波と衝撃波のぶつかり合いは、まばゆい光をも生み出し、周囲を白く明るく照らしだす。大地や大気が激しく揺さぶられ、轟音が遠方にまで響き渡る。

一瞬の後、鼓膜を破裂させるほどの超高音と共に、超特大級の爆発が辺り一面を包み込んだ。

12

南オーストラリア州から北部準州へと高速飛行するファントムガオー。その西方から三つの白銀の弾丸が迫ってくる。それはワダツミからミラーカタパルトで射出された三機のガオーマシンだ。獅子王凱《ししおうがい》を乗せたファントムガオーは速度を同調させつつ、変形する。

「フュージョン……ガオファァー！」

ガオファーは背部にステルスガオーⅢをマウントし、両腕部には左右に分離したドリルガオーⅡをセットした。そしてライナーガオーⅡがあたかも補助ブースターのようにステルスガオーⅢの上面部に接続される。

『全機ドッキング完了……凱、加速可能よ』

「助かったぜ、アルエット！」

ガオファーは両腕を前方に向け、ドリルガオーⅡのドリルを高速回転させた。これにより空気抵抗が大幅に軽減される。さらにステルスガオーⅢの翼端ウルテクエンジンを展開、ライナーガオーⅡのスラスターも最大噴射させ、一段と加速する。この形態ならば、ファイナルフュージョンするよりも速いと判断したアルエットが、ドッキングプログラムを数分で用意したのだ。

「くっ、間に合ってくれ――！」

激烈なGをものともせず、ガオファーはさらに機体を加速させる。ウルル近郊で今まさにソリタリーウェーブを浴びせられようとしている、ガオガイゴーのもとに駆けつけるべく。

――が、しかし、時間の壁はあまりにも残酷に立ち塞がっていた。

その頃、ザ・ガン沿線の各所ではGGG《スリージー》ブルー機動部隊の各機がZR－04《ゼロゼロフォー》群と交戦状態にあった。

ポートオーガスタの北方では、大陸縦断鉄道十六号が変貌したゼロロボを月龍《げつりゅう》が足止めしている。

「プロテクト・プロテクター！」

レールから外れて、荒野を爆走するゼロロボの前に立ちはだかった月龍は、両肩のマント状装甲の下から六基の遠隔ユニットを展開させる。有線制御されたユニット群は本来の使用法とは異なるものの、輪軸下部に潜り込み、左前方のリム部を浮き上がらせた。バランスを崩したゼロロボがたまらずに横転する。四倍以上に肥大化した重量は、それ自体が巨大な負荷となって、ゼロロボの巨体にダメージを与えたようだ。動力部がひしゃげて、大地に擱坐《かくざ》する。

「ZR－04の進行停止を確認――」

それを油断と呼ぶのは酷であっただろう。沈黙を確認しようと近づいた月龍に向かって、巨大な腕が伸びてくる。

「！」

一瞬前には存在していなかった巨腕が、月龍《げつりゅう》の機体をわしづかみにした。かつてのゾンダーロボと同じように、ゼロロボもまたメタモルフォーゼで形態を変化させる。大地に伏した残骸と見えても、活動停止したとは限らない。

「くっ、私としたことが――」

誇り高いドイツ軍人として教育された超ＡＩが、おのれの油断を恥じる。だが、自分の胴体ほどもある太い指に全身を締め上げられ、月龍は身動きがとれなくなった。関節が軋《きし》み、全身の装甲が悲鳴を上げる。

「くううっ！」

月龍は全身を身もだえさせたが、ＺＲ－04《ゼロゼロフォー》は動じることもなく、じりじりと巨大な拳を握りしめていく。

状況はダーウィン南方で戦う日龍《にちりゅう》にとっても、南オーストラリア州で三体を相手取る翔竜《しょうりゅう》とビッグポルコートにも同様だった。これまで戦ってきたバイオネットのロボとは異なる、トリプルゼロに由来する超エネルギーの敵に苦戦を強いられていた。

そしてウルル近郊――
覇界《はかい》マイク・サウンダース十三世が発生させたソリタリーウェーブと、ベターマン・ネブラが放ったサイコヴォイスは空中でぶつかりあい、互いに相殺しあっていた。だが、トリプルゼロによって高出力化したエネルギーソリトンを、完全に打ち消すには至らず、余剰エネルギーがネブラの全身に降り注ぐ。それを消去しているのは、ネブラがまとった半透明の皮膜——ベターマン・ルーメである。

もともとマイク・サウンダースシリーズの開発者である獅子王雷牙《ししおうらいが》は、かつて南米の奥地においてネブラの戦闘を目撃したことがある。[※22] そこから着想を得て、ソリタリーウェーブライザーは開発されたのだが、単なる模倣ではないところに雷牙博士の天才性がある。ソリタリーウェーブは非線形方程式に従う孤立波であり、空気振動による衝撃波で完全な対称形を発生させることは困難だった。

そのため、三重連太陽系でマイクが抗戦した遊星主ペルクリオとは異なり、ネブラは減衰しきれなかった余剰エネルギーをまともに浴びることになったのである。

『ユーヤ……』

『案ずるな、私の再生能力はまだもつ……』

ディスクXは、目標となる対象物——ガオガイゴーのみを破壊するようセッティングされていたため、余剰エネルギーがいかに膨大でも、ベターマンの全身を瞬時に消滅させるには至らない。ユーヤが変身したベターマン・ルーメはネブラの保護膜となって、消滅する端から再生を繰り返すことで耐え続けた。だが、敵は覇界の眷族。無限に等しいエネルギーたるトリプルゼロを欠片とはいえ、まとっている。攻防が続けば、先に力尽きるのがいずれであるかは明白だ。そして、その限界時間は今まさに目前に迫りつつあった。

ネブラの背後でゼロロボ群によって大地に組み敷かれながらも、そのことはヘッドダイバーたちも承知していた。

（この危地を脱するには、あれしかない――！）

意を決した戒道《かいどう》は、相棒に呼びかけた。

「護《まもる》、力を貸してくれ――ユーハブレフトコントロール！」

「わかった――アイハブレフトコントロール！」

護がガオガイゴーの左半身の操縦権を受け取ると、ふたりは声を合わせた。

「ヘル・アンド・ヘブンッ！」

ボイスコマンドとともに、ガオガイゴーの右腕からＪジュエルの力が、左腕からＧストーンの力が迸《ほとばし》る。

「ゲム・ギル・ガン・ゴー・グフォ！」

そしてエネルギーの奔流はひとつに縒り合わされ、ガオガイゴーの全身を銀色に染め上げた。赤の星の力と緑の星の力――それらはひとつになることで、ふたつの星の指導者たちが想定していなかったパワーを発揮する。

戒道と護の狙いも、まさにそれだった。それまでに数倍するパワーにあふれたガオガイゴーは、全身にのしかかるゼロロボの群れを膂力《りょりょく》にまかせて振り払った！　右腕を押さえ込んでいた輸送ヘリが変貌したゼロロボと、下半身を組み伏せていた車輛から変貌したゼロロボが、空中で激しく激突する。

そして、まさにその瞬間――

『ラミア、限界だ――』

リミピッドチャンネルでルーメの意思を感じとったネブラが、素早く上空へと飛翔する。相殺されることのなくなったソリタリーウェーブが虚空を貫く。しかし、その時すでに自由の身となったガオガイゴーは側転から立ち上がり、覇界《はかい》マイクに向かって飛びかかっていた。

「さすがだっぜ！」

覇界マイクは自分に向かってくる銀色の勇者王に向かって、ソリタリーウェーブを浴びせようとする。トリプルゼロに強化されているディスクXには、物質としての限界など存在しないかのようだ。だが、覇界マイクの胸部ディスクトレイのなかで、ディスクXの盤面は突然逆回転し始め、ソリタリーウェーブが内部に向かって乱射される状態に陥った。

「ホワッツ――⁉」

過度な負荷がかかり、ディスクXはおろか、覇界マイクにも亀裂が走る。すぐにトリプルゼロの再生力で修復されるが、亀裂はそれを上回る速度ですぐまた入る。

「ノォ！　ノォ！」

うろたえる覇界マイクの足元、スタジオ7《セブン》の機体からジグザグに伸びた、いくつもの複雑な棒の集合体のようなアームが伸びている。そのアームは背部のわずかな隙間から覇界マイクの内部に入り込み、操り人形のように操作していたのだ。

『壊すことが不可能でも、一部くらい操ることは可能でしたね』

スタジオ7のスリットの溝に隠れて多くのアームを駆使していたのは、ソムニウム・ライが変身した姿、ベターマン・アーリマンだった。

――次の瞬間、ディスクXは割れ砕けた。

「オウノーッ‼　けど、まだアンコールが残ってるっぜ！」

ツインネックのギラギラーンＶＶ《ダブルブイ》が振り回されると、繊細なアームは破壊され、たちどころにその機能を失う。

『おっと、拙者の役目はここまでのようですね』

リミピッドチャンネルで意思を伝達したライは、何処が本体なのかわからない細かい無数の棒を、一斉に散りゆく花びらのように四散させ、アーリマンの姿を撤退させた。

だが、覇界《はかい》マイクは、そんなものには目もくれず、狙いさだめていた方向に向き直る。胸のトレイを開き、粉砕されたディスクＸを宙に放り捨て、スタジオ７《セブン》から新たなディスクを取り出した。

「イエイッ、ディスクＦ、セットオンッ！　カモン・ロックンロールッ‼」

ギラギラーンＶＶの激しいプレイとともに、膝のハンドマイク型のパーツを、背後から伸ばした腕で口元へ運ぶ。

「ドカドカーン！　ツインヴォーカル！」

臀部にもうひとつ組み込まれている拡声回路に、予備のハンドマイクを運び、熱いヴォーカルをシャウトする。それもブームロボとコスモロボによるひとりデュエットだ。対象の固有振動数を限定しない全周波数帯ソリタリーウェーブ[※23]とグラビティ・ショックウェーブの連続攻撃が、至近距離に迫ったガオガイゴーに迫る。ディスクＦから生み出されたそれは、ゴルディオンハンマーを振り下ろす巨大なガオファイガーの姿となった。重厚なる破壊神を模した光の塊が、怒涛の勢いで襲いかかってきた。だが――

「そのディスクも僕たちは知っている！」

ガオガイゴーはステルスガオーⅡの翼端ウルテクエンジンをフル稼働、ガイゴーの背部ウイングに内蔵されたウルテクエンジンと連動させて、覇界マイクの眼前で直上へ急加速した。

「ホワイ⁉︎」

覇界マイクの追尾センサーからガオガイゴーが消えた。そして、すでに放った光の塊たる孤立波と重力衝撃波はそのまま直進、ディバイディングフィールドの中央に置き去りにされていた七体のゼロロボに襲いかかった。

「マイ・ブラザーズッ‼」

ディスクFによる攻撃をまともに浴びたゼロロボ群は、光の塊もろとも光子となって消滅していく。さしものトリプルゼロも、一切この地に残留することはないだろう。

「うわあああああっ！」

たとえ覇界の眷族と化していても、兄弟を思う心に偽りはなかった。だが、悲痛が込められた叫びが轟いても、心を痛める余裕は今の戒道《かいどう》と護《まもる》にはない。急速上昇に続く急降下で強烈なGに耐えながら、ガオガイゴーは覇界マイクの懐に飛び込んでいった。勢いに乗じて戒道が叫ぶ。

「悪いが……核《コア》を抜き取らせてもらう！」

覇界マイクのディスクFは使い切りタイプだ。トリプルゼロにより再生できたとしても時間がかかるはずである。銀色に輝くガオガイゴーは、その隙を逃さず、固く握り合わせた両拳を覇界マイクの胴体部にねじ込もうとした。覇界の眷族と化した勇者ロボを救うため、超AIとGSライドを機体から抜き去る――それが最優先とシミュレーションで決定していたのだ。

「させないっぜ！！！」

追尾の追いついた覇界マイクが、ギラギラーンVVを投げ捨てた両腕で、ガオガイゴーの両拳を受け止める。激しい慣性制御により機体が軋《きし》む。戒道《かいどう》と護《まもる》の全身も苛まれる。

「マイク……！」

護は呆然とした。本来のマイクなら、ガオガイゴーのヘル・アンド・ヘブンに耐えきることなど、到底できなかっただろう。覇界《はかい》の眷族と化したことによって、これほどに強化されているとは――！

「まだだ、まだあきらめない……！」

戒道はすかさず、ガオガイゴーの両肩からガイゴーの腕部を繰り出した。銀色の輝きに包まれたこの腕をねじ込んで、マイクの核《コア》をえぐり出す――いや、救い出す！

そこには覇界マイクを助け出すという決意だけでなく、さらなる想いも込められていたのかもしれない。十年前、このウルルの近くで一年を過ごした記憶が、戒道には存在する。大切な人々と、大切な場所と、大切な思い出。それらを戦禍に巻き込むまいとする強い想いが、必死にこの寡黙な青年を駆りたてていた。

だが、トリプルゼロに浸食された意思は、そんな想いにも匹敵するというのだろうか。

「……マイクだってあきらめないっぜ！」

ハンドマイク型の二本のドカドカーンを投げ捨てた、もう二本の腕――コスモロボの腕部が、瞬時にガイゴーの両腕をからめとった。奇しくも四本の腕と四本の腕がからみあい、覇界マイクとガオガイゴーはスタジオ7《セブン》の上で互いを組み伏せようとぶつかりあう。両者の機体は、ギシギシと激しい音をたてて、ひしめき、押しあい、対峙を続ける。

「マイク！　もう……もうやめようよ！」

護の声には涙がにじんでいる。

「マ……マモル……」

そして、覇界マイクの声にも、それまでには感じられなかった悲しみが混ざっていた。

やがて、二体はもつれあうようにディバイディングフィールドの大地に叩きつけられた。巻き込まれたスタジオ7も衝撃でひしゃげつつ、墜落する。

「うわあああっ！」

「幾巳《いくみ》⁉」

『戒道くん！』

セリブヘッドから通信機越しに聞こえた悲鳴に、ウームヘッドの護とワダツミのオペレーターシートの華《はな》が同時にその名を呼ぶ。

「まずいっ、リンカージェルが劣化して性能が落ちたかっ！」

阿嘉松《あかまつ》が長官席から立ち上がって、頭を抱えた。ショックアブソーバーの機能をも併せ持ったリンカージェルはガイゴーの活動とともに劣化していく。もともと、大気中の物質を抽出しエネルギーをも合成するガイゴー胸部のＴＭシステムは、セリブヘッドへの荷重の方が強い。宇宙空間ならまだしも、地上において長く活動する際には脳神経への過度な負担も発生する。激しい戦闘の連続に蓄積されたダメージが、ついにヘッドダイバーである戒道の限界を超え、浄解モードを維持できなくなったのだろう。

「大丈夫……身体はまだ動く……でも、あと頼めるか……護」

「──もちろん！　まかせて幾巳！」

「頼もしいな……ユーハブコントロール……」

「アイハブコントロール！」

戒道《かいどう》は残る右半身の操縦権も護《まもる》に渡した。ファイナルフュージョンした機体が上下反転することはないため、護のいるウームヘッド側からメインで機体を動かすのは至難の業だ。そして、サブとなった戒道も気を失うわけにはいかない。ふたりのデュアルインパルスで稼働するガオガイゴーは、一方の意識が途絶えれば、ただちに機能停止するのだ。戒道は遠くなる意識を必死につなぎとめつつ、相棒にすべてを託した。

（こうなってみると、苦痛もありがたいな。全身の痛みが激しすぎて気絶しないですむ……）

だが、操縦権を護に渡したものの、ガオガイゴーは組み伏せられた状態から動けずにいた。覇界《はかい》マイクが全力を込めて、四本の腕で締め上げていたからである。

「マイク……もうやめてよ！」

「ソーリー、マイフレンズ……宇宙の摂理のために……ここで……」

覇界マイクの狙いは明らかだ。通信機からオペレーターたちの切迫した叫び声が響く。

『天海《あまみ》機動隊長急いでください はやく移動してください ディバイディングフィールドが消滅しますあと三分しかありません！』

『護くん、逃げてっ‼』

いつの間にかディバイディングフィールドの直径は、展開時の三分の一にまで縮小していた。覇界マイクの目的はフィールドの消滅にガオガイゴーを巻き込むことだ。自らを巻き添えにしてまで。

「くっ、そんなことさせるわけにはいかない……マイクもスタジオ7《セブン》のなかにいるかもしれない人も……巻き込むわけにはは——！」

覇界の眷族と化したマイクのパワーに押さえ込まれつつも、護はあきらめてはいなかった。わずかな可能性を探し求め、全員で助かる道を探す。

『光なる者……』

ディバイディングフィィールド全体を見下ろすウルルの上部で、すでにヒトに似た姿に戻ったラミアが、色素の抜けた身体を横たえるように戦況を眺めていた。かたわらにやはりヒト型のユーヤが立ち尽くす。

『私ならまだ動ける』

そこへライが、竹とんぼのようにクルクル回したアーリマンのパーツの一部につかまって、ゆっくりと降りてきた。

『いえいえ、ユーヤさんは帰りの足にさせてもらえませんかね？　拙者らはしばらく眠らないと回復できませんので』

緊張感のない意思がリミピッドチャンネルで伝達される。

『元凶なりし者……来る』

ラミアは何かを感じていた。

その時――ガオガイゴー内部に通信機から、新たな声が轟いた。

『ファイナルフュージョン承認ッ‼』

GGG《スリージー》グリーン——ガッツィ・ギャラクシー・ガードの長官代理は、ガオファーのコクピットで強烈なGに耐えつつ、自らのFF要請シグナルに承認をくだした。

ワダツミのブランチオーダールームでそれを確認したアルエットが、細い身体で華麗に回転する。

「ウィ！　ファイナルフュージョン、プログラム・ドライブ！」

バレリーナのような回転運動が拳に伝わり、保護プラスティックが叩き割られた。そして、起動されたFFプログラムはガオファーへと転送される。

「よっしゃぁっ、ファイナルフュージョンッ‼」

一塊の高速飛行形態となっていたガオファーとガオーマシン群はファントムチューブ内で形態を組み替え、一体のファイティングメカノイドへと合体した。

「ガオッファイッガーッ‼」

『急いで凱《がい》、ディバイディングフィールド消滅まで七十四秒！』

「まかせろっ！」

消滅したファントムチューブから飛び出したガオファイガーは、急減速しながらも亜音速でディバイディングフィールド内に飛び込んだ。空間内部はかなりの小半径にまで復元されている。

『フィールド完全消滅まであと六十一秒です急いではやく！』

『護《まもる》くん、ガオファイガー直上通過まで五秒！　三、二——』

ガオファイガーの接近は、華《はな》のオペレートによって正確に伝えられていた。

「凱兄ちゃん！」

「おうっ！」

ガオガイゴーが全力を振り絞り、からみつく覇界《はかい》マイクの機体を頭上に押し上げた。その瞬間、ガオファイガーがその頭頂部に最接近した。

「うおっ！」

驚きの声を上げた覇界マイクだが、ガオファイガーはガオガイゴーの救援に飛び込んできたのではない。覇界マイクを消滅するフィールドから連れ出すため、上空を通過したのだ。くろがねの巨神の剛腕が覇界マイクをがっしりと抱え、そのままフィールド外へと飛び去った。ガオガイゴーをその場に残して。

『フィールド消滅まであと三十秒——』

縮みゆくフィールド内に取り残されたガオガイゴーだったが、ただちに離脱したりはしない。まだ役目が残っているためだ。同じく取り残されたスタジオ7《セブン》に取り付き、抱え上げて飛翔する。

『三、二、一……ゼロ！』

完全に閉じきったディバイディングフィールドが消滅したのは、ガオガイゴーの爪先からわずか数メートルの直下。

ゼロロボ群がすべて光子に変換されていたため、分子間圧縮による爆発も発生していない。ガオファイガーとガオガイゴーは、ウルルを臨む荒野に覇界マイクとスタジオ7を降ろし、並び立った。

「護……凱……マイクたちを、助ける……ために……」

「行くぞ、護——」

覇界マイクの声が戸惑いに揺れる。もはや勇者王たちに抗う気力をなくしたかのように。

「うん、凱兄ちゃん——ヘル・アンド・ヘブンッ！」

ガオファイガーとガオガイゴーが、並んで両掌を広げる。だが、セリブヘッドで意識を保つだけで精一杯の戒道《かいどう》は力を振るう余裕がない。護《まもる》と凱《がい》にすべてを託すしかなかった。二体の勇者王はともに全身を緑に染め上げて、覇界《はかい》マイクとスタジオ7《セブン》に向かっていく。ギラギラーンVV《ダブルブイ》やドカドカーン、それに各ディスクも失った覇界マイクは、もはや抵抗しようとはしなかった。

──向かい合って立つガオファイガーとガオガイゴーは、ともに胸の前に両掌を差し出していた。そこに乗っているのは、覇界マイク・サウンダース十三世のAIボックスとGSライド、そしてスタジオ7から抜き取ったオレンジ色の繭のような物体。

「これがゼロ核《コア》……」

護と凱は掌の上に並び立ち、それらを見つめていた。

「ああ、この中にGGG《スリージー》グリーンの誰かがいるかもしれない。自分の生命を懸けてまで、トリプルゼロに従ったたってことか……」

「そんなのって悲しいよ……」

護と凱は互いの目を見て、そしてうなずきあう。

「僕たちの力を合わせればきっと……」

「ああ、一緒にやるぞ、護」

ふたりは、ともに唱え始める。

「クーラティオー！　テネリタース・セクティオー・サルース・コクトゥーラ──」

ふたりのうちから、穏やかな緑の波動が発生する。その波は重なり合い、増幅され、ひとりではなし得ない力となって、ＡＩボックスとゼロ核を包み込んでいった……。

「マモル……ガイ……アリガトウダモンネ……マイク、ウレシインダモンネ……」

ＡＩボックス表面のランプが明滅し、懐かしい声が語りかけてくる。その隣ではオレンジ色の繭が解きほぐされるようにほどけていき、意識のないスタリオン・ホワイトの姿が現れた。超ＡＩの人格モデルとなった、マイクにもっとも近しい人物である。

「スタリーさん……」

護はかがみこんで、スタリオンの胸に耳を当ててみた。弱々しくも安定した鼓動が聞こえる。

「よかった……」

凱もエヴォリュダーの能力を発揮して、手をかざし体内検索をする。

「……ああ、トリプルゼロはもう感じない。大丈夫だ」

少しだけ罪悪感を覚えながら、凱はうなずいた。もしかしたら卯都木命《うつぎみこと》と再会できるのではないかという期待――それがかなわなかったことに、内心で落ち込んでいる自分がいたからだ。

ガオガイゴーのセリブヘッドでは、全身の痛みに耐えながら、戒道がその光景を見守っていた。身体はつらそうだが、その顔には満足そうな表情が浮かんでいる。彼にとってその痛みは、大切な何かを守り抜いた誇りをともなうものだった。

そして、少し離れたウルルで一部始終を見守っていた三体のソムニウムの人影も、いつの間にやら、いずこかへと消えていた。

13

GGG《スリージー》ブルーの機動部隊は各地で奮戦、ZR－04《ゼロゼロフォー》群を殲滅することに成功していた。だが、その勝利の影には協力者の存在があったらしい。

「ベターマンたちが……？」

「そうなんすわ。あのネブラと同じく、巨大化した変身体が現れて手伝ってくれたみたいなんすわ」

ワダツミに帰還した凱《がい》に、山《やま》じいは整理した情報を伝えた。それによると、巨大な腕に潰されそうになっていた月龍《げつりゅう》を救ったのは、ベターマン・トゥルバと呼ばれる個体だったらしい。月龍に搭載されているカメラにも記録映像が残っている。サイコカームなる真空を生み出す能力でゼロロボを破壊し、木星圏でもその能力を発揮したベターマン・ソキウスの次元ゲートによって、トリプルゼロによる再生前にすべての破片を宇宙空間に廃棄する全容が映し出されていた。

同じように日龍《にちりゅう》のカメラには、ベターマン・ポンドゥスが、重力で薄く潰したゼロロボの残骸を逆転重力で四散させ、再生不能にする映像が。

翔竜《しょうりゅう》とビッグポルコートを助けた、緑色のベターマン・フォルテは、サイコグローリーによってゼロロボを物質として存在できないレベルまで粉々に打ち砕いた。

眠ったままの紗孔羅《さくら》が口にした言葉で、それらの名称は判明したものの、彼らの目的まではわからない。

「ま、ベターマンも地球のお仲間、宇宙から来る敵に対しては我々と一致団結ってことなんじゃないすかね～～」

と、山じいは気楽に語っている。もちろん、凱はそんな気分になれるはずもなかった。

（あのラミアというソムニウムは、俺のことを〝元凶なりし者〟と呼んだ。どういう意味だ？　いったい俺が、なんの元凶だというんだ……）

無論、答えられる者はいない。そして、凱のうちからはどうしても予感が消えなかった。

（あいつらソムニウムは、人類の味方をしてくれたんだろうか？　奴らは覇界《はかい》の眷族を斃すために、俺たちを利用しているのかもしれない。だとしたら、今日の共闘は、明日の対決の予兆のような気がしてならない――）


浄解されたマイクのAIボックスは、回収された機体とともにアメリカGGGへ送られた。ダブル浄解の波動によるものか、残留トリプルゼロは検出されていない。しかし、事態が収拾されるまでは凍結保管の措置となった。

スタリオン・ホワイトは衰弱が著しく、アリススプリングスという街の総合病院に収容された。覇界の眷族と化していた間の事情が聞ければ、今後の対策に役立つであろうことは疑いない。だが、それにはしばらく体力の回復を待たねばならないようだ。

そして、同じ病院に戒道《かいどう》も一時入院することになった。脳神経はほぼ回復してきたが、全身の打撲に加えて肋骨を折っていた。骨折が治癒するまでは軌道上のオービットベースへ上がらない方がよいと診察された。だが、もともと強靱な身体構造である上、鍛えられている。長期の入院とはならないだろう。

だが、この入院は戒道にとって、予想外のご褒美となったようだ。

「テンシ……テンシ大丈夫⁉」

そう叫びながら病室に駆け込んできたのは、花束を抱えて、健康そうに日焼けした栗色の髪の女性だった。

「ケガしたって聞いて、ビックリして飛んできちゃったよ」

個室のベッド上で上半身を起こしていた戒道《かいどう》の袖口にしがみついて、大きな瞳に大きな涙を浮かべている。

ベッドサイドの椅子に座っていた護《まもる》と華《はな》が、目を丸くしている。

「僕の名前は戒道幾巳《いくみ》だ……いつもそう言ってるだろう」

「わかってるけど……テンシの方が言いやすいんだもん」

苦笑しながら訂正する戒道の前で、目を赤くした女性が唇をとがらせる。直後、戒道を思いっきりハグした。

「おい、やめろ、みんな見てる」

「え？」

そこでようやく彼女は、室内に初対面の人物たちがいることに気づいたようだ。

戒道から離れ、真っ赤になって、頭を下げる。

「あ、あの、私……ユカ・コアーラです！　テンシ……じゃなくて、戒道……さんとは仲良くしてもらってます。おふたりは天海《あまみ》護さんと奥さんの華さんですよね？　いつも聞いてます、一番のトモダチだって……」

元気よくまくしたてる女性の勢いに気圧《けお》されつつも、護と華も自己紹介した。もっとも、その必要はないくらい、ふたりのことはたくさん聞かされているらしい。

しばらく話し込んだ後で、華が花束を受け取りつつ、立ち上がった。

「ユカさん、私、花瓶にいけてきますね」

「あ、僕も手伝うよ」

護は華と一緒に通路に出た。花をいけるくらい、手伝う必要などないのだが、戒道とユカをふたりきりにさせてあげようと思ったのだ。給湯室に向かった華を見送りつつ、通路の奥を見た護は、見覚えのある姿に気がついた。

壁にもたれて、GGG《スリージー》スマホをのぞきこんでいる少女。差し迫った用がある様子には見えない。暇をもてあましているかのようだ。

護は彼女のかたわらに歩いて行き、声をかけた。

「……ありがとう」

その声に顔を上げたアルエットは、怪訝そうな表情になる。

「ありがとうって何が？」

「ユカさんを連れてきてくれたの……君でしょ」

「………」

アルエットは無言で、GGGスマホの方に視線を戻した。護はためらいつつも、問いかけてみる。

「……よかったの？」

今度は「何が？」とは問い返さない。質問の意図を理解した口調で、つぶやく。

「怪我人には、会いたい人に会わせてあげるのが特効薬でしょ。私は戒道さんに早く治ってほしいだけ」

「そうだね……」

護《まもる》はうなずいた。

（君、優しいんだね……）という言葉は、口に出そうとして、ためらわれた。なんとなく、アルエットは自分のことをそんな風に評価してもらいたいわけではないだろう——そう思ってしまったのだ。

西暦二〇一七年初頭、覇界《はかい》の眷族との戦いはまだ始まったばかりだった。

number.05　恨－URAMI－　西暦二〇一七年

1

『……新しい任務の準備でいろいろ忙しくって。もしかしたら、今月の休暇は取り消しになっちゃうかもしれない』

――そこまでを端末に打ち込んで、彩火乃紀《さいひのき》は手を止めた。いくら恋人が宛先だといっても、私信であるメールにそれ以上の詳細を記すことはできない。

『私が地上に降りられない分、ケーちゃんの方から逢いにきてくれたら嬉しいんだけどな』

――この一文は、書いた端から消してしまう。一般人である蒼斧蛍汰《あおのけいた》が、国連傘下の防衛組織拠点であるGGG《スリージー》オービットベースへやってくることなど、不可能だ。それを知っていても、なんとかしてほしいと望む自分の思いは、甘えにすぎないと火乃紀自身が考えてしまう。消した言葉の代わりに、散文的な連絡事項のみを記す。軌道上では手に入らない物品の代理購入など、頼み事も多いのだ。火乃紀はそっけないメールをそのまま送信した。

（かわいげのないメールだったかな……）

そんな気持ちも存在するのだが、まめに返信してこない蛍汰《けいた》の方が悪いのだ、と思い直す。こちらからのメール三回に、返ってくるのが一回程度では、甘い言葉も使いにくくなる。腐れ縁でダラダラと続いているだけのつきあいと感じる瞬間もある。それでも頑張って、遠距離恋愛の彼女らしい事を書いてみるたび、相手のリアクションが気になるのだ。

端末の画面を閉じた火乃紀《ひのき》は、食事をとろうと私室を後にした。標準時では夕食になるはずだが、睡眠から覚めたばかりなので、気分的には朝食である。白夜のある国とも異なる軌道上の一日。宇宙基地における時間感覚は、どうしてもその時々の勤務体系が基準になってしまうため、そうしたズレは個人個人が我慢して慣れるしかない。

(今日は和朝食にしようかな、それともブレックファースト……)

新体制でリニューアルオープンしたオービット亭へ向かおうと、疑似夜景が表示された通路を歩いていた火乃紀は、前方に人影を見つけて歩みを止めた。

「……女子職員の居住ブロック入り口で待ち伏せなんて、いい趣味してるのね」

冷静な火乃紀の言葉に、優しい声で返してくるのは、鷺《さぎ》の宮《みや》・ポーヴル・カムイだ。

「どうして僕が君を待ち伏せてると決めつけるんだい。僕の行く先に君がいるだけかもしれないよ」

なんともニヒルで甘い雰囲気の口調である。

(私……なんで、この人と…こんな関係になっちゃったんだろう……)

かすかな痛みとともに、火乃紀はそう考える。同僚のなかでももっともウマが合うと感じていた相手。

（私がいけないの？……私がバカだから？）

最近はあまり使うことがなくなった、自らを卑下する言葉が浮かんでしまう。

関係が一変したのは、あの日からだ。オーストラリアに覇界《はかい》マイクが出現した、あの日。


火乃紀とカムイはあの戦闘の直前、同時に勤務が明けて、メインオーダールームを後にしていた。その時、エレベーター内でカムイは相談があるといって、食事に誘ってきた。ちょうど空腹を感じていた頃合いでもあり、火乃紀が応じようとした時、第一級防衛体制が発令された。

当直明けの隊員には休息が認められている。だが、それは平時や二級以下の防衛体制時のことだ。地球外知性体や覇界の眷族との交戦に突入した場合、GGG《スリージー》全隊員は非常勤務につくことになる。

火乃紀の場合、研究部オペレーター以外に、生体医工学者※24としても、できることは多い。あの日も、即座にメインオーダールームに戻ろうとした。ところが、カムイによって強引に足止めされたのだ。

「行かせない……僕の相談を聞いてもらう方が先だ」

逃げ場のないエレベーター内で、カムイは火乃紀に真剣なまなざしを向けた。

（眼球の血流が増大してる……いつもと違う特別な精神状態からくるものね）

医工学的な凡例から瞬時にそう診断した火乃紀は、カムイを落ち着かせるため、話を聞くことにした。状況を把握してくれないことには苛立たされたが、何かしら深刻な悩みがあるらしいと思えたからだ。

「君、蒼斧《あおの》くんとはうまくいってるのかい？」

「え？……なんでそんなこと……」

カムイがプライベートな事に立ち入ってきたことに、火乃紀《ひのき》は一瞬、脳内の整理が追いつかなくなった。

「真剣に聞いてほしい……僕は……僕はね……実は……」

少々、鈍感な火乃紀でも、もしかしたらこれは告白なのではないか、と予想せずにはいられなかった。だが、カムイの相談とやらは、腹立たしくなるほどに馬鹿馬鹿しいものだったのだ。

「木星から返ってきて以来、交際相手がメールの返事をくれないんだ。どうしたらいいと思う？」

十年前、三重連太陽系に旅立った旧GGG《スリージー》の隊員たちは、カムイにとってもかつての仲間のはずだ。彼らが覇界《はかい》の眷族と化して、心ならずも地球人類と敵対することになった……そんな状況下で、あまりにも個人的すぎる悩みにとらわれているカムイが、火乃紀には信じられなかった。しかも、おざなりにならないよう、真摯な答えを返し立ち去ろうとする火乃紀を、強引にその場に引き止め続けたのである。くどくどと愚痴を繰り返し、ずっとその場から逃がさなかったのだ——戦闘終了後まで！


こうして、火乃紀の心中におけるカムイの存在位置は〝ウマが合う同僚〟から、〝サイテーの男〟にまで急落した。だが、それを理解しているのかいないのか、以後は露骨に火乃紀に相談を持ちかけるようになってきた。さすがにメインオーダールーム内では普段と変わらない態度なのだが、人目の少ない場所や勤務時間外には執拗にからんでくる。

そして、ついに待ち伏せだ。

（そろそろ、他の誰かに相談した方がいいのかもしれない……）

そう思いつつも、地球が大変なことになっている時期に、個人的なトラブルで周囲に迷惑をかけたくもない。

そんな事を考えつつ、火乃紀は通路を半ば塞いでいるカムイの横を通り過ぎた。体を横にして、なるべく触れないように。至近距離からまとわりつく視線を不愉快に思いながらも、それ以上の接触はされないことに安堵する。

そして、ひとり上層区画へのエレベーターに乗った。だが、扉が閉まる瞬間、外からその言葉は投げかけられた。

「覚えておくといい。君はまたひとりになる。誰も君の側には残らない」

「………！」

直後、扉は閉じた。いったい、それはどういう意味なのか？　カムイは何の目的でそんな言葉を発したのか？　そう問いかけるよりも早く、エレベーターケージは上昇を開始した。

2

『アルジャーノン[※25]……』

大海原を見渡せる無人島の岬に立つ少女は、深く被った頭巾とミニスカートを風にたなびかせながら、つぶやいた。その口は開かず、額に十字光だけが明滅している。

『そうだ、希望は滅ぶ』

袈裟のような衣をまとった少年も、かたわらで海を見つめ佇む。

『ガジュマル……私は漂い続けていた次元の穴の中でラミアに救われた。今のこの命はラミアのモノ。ラミアの信じるモノを信じ続ける』

『だが、ソキウスを使い続ければ、いつかシャーラは滅びる。また次元の穴に呑み込まれる。それなのにまた新たな……。俺は……』

ソムニウムの少年ガジュマルはわかっていた。自分の矛盾した気持ちを。それを語っても意味がないことを悟り、額の十字光の瞬きを消した。

『私たちのたどるべきソキウスの路《みち》はひとつ。私はそれまで滅びない』

前方の海を見つめながらシャーラは、決意の気持ちを十字光に込めた。

『俺は……お前を守る。シャーラとともにパトリアの刻《とき》を迎える』

ガジュマルもまた決意を投げ返す。

『ありがとう、ガジュマル』

いつも無表情の少女シャーラが、珍しく少し微笑んだ顔を少年に向けた。

『動くぞ』

少年は、少女の額越しに見える大海原の遥か向こうから、吹きすさぶ風の流れの変化を感じていた。新たな戦いへの狼煙《のろし》を前に、ふたりのソムニウムは身構えた。

――そして、衛星軌道上のＧＧＧ《スリージー》オービットベース。

オーストラリアにおける覇界《はかい》マイクとの交戦は、GGGブルーにいくつかの戦訓をもたらした。

もともと、マイクは旧GGGの勇者ロボのなかでは非力な方の存在だった。もちろん、ディスクXやディスクFの機能は脅威だが、それさえ封じてしまえば扱いやすい相手だと想定されていたのである。そんなマイクでさえ、覇界の眷族と化したならばガオガイゴーに匹敵するパワーを発揮した。さらにスタリオン・ホワイトの生命をも、攻撃を封じる手段として活用してきたのだ。

木星からの帰路以来、繰り返されてきたシミュレーションに修正が加えられ、開発中の新装備の仕様も改修されていく。

そうして次なる戦いへの準備が進むなか、ひとつの朗報がもたらされた。アリススプリングスの病院に入院中だったスタリオンが意識を取り戻したのだ。

数日の検査を経て、ようやく医師の許可が下り、メインオーダールームとの間に通信回線が開かれた。

「スタリーさん……もう大丈夫なんですか？」

『ああ、なんとか喋れるよ。心配かけてすまなかった。アイムソーリー』

十年前と変わらぬ口調で応えるスタリオンと会話を交わすのは、現在はスタリオンの上司にあたるGGGグリーンの長官代理、獅子王凱《ししおうがい》である。

「よかった……」

『ノーノー、タメグチ失礼。すみませんでした、長官代理。エクスキューズミー』

「やめてくださいよ。凱でいいんです」

一瞬、マイクのようにおどけたスタリオンだが、深呼吸して冷静な表情を見せる。

『じゃあ、そうさせてもらうよ、凱《がい》』

「ええ。スタリーさんもまだ混乱してるでしょう？」

『昨日、戒道《かいどう》くんにも会って驚いたケド、護《まもる》くんも……本当に大人になったんだね』

しみじみとスタリオンはつぶやいた。覇界《はかい》マイクとの戦闘で負傷した戒道幾巳《いくみ》も、順調に回復中ではあるが、まだ入院中である。隣の病室に移動してきてすぐに会ったのだが、それは驚きと混乱をもたらすものだった。

彼にしてみれば、二〇〇七年の地球から旅立ち、帰還途中に覇界の眷族と化してしまい、浄解された場所は、二〇一七年の地球だったということになる。

（ウラシマ効果……とは意味が違うけど、そんな感覚だったな）

一か月ほど前の自分を思い出して、凱はスタリオンに共感した。そして、隣に立つ護の姿を見る。

通信モニター内のスタリオンが見つめている、成人した立派な若者の姿を。

「スタリーさん、いろいろ気になるでしょうけど、今はゆっくり体を治してください」

『気持ちはありがたいけど……護くん、そうも言ってられないよ。いまだマイシスターをはじめとする仲間たちが、この間までのボクと同じ状態なんだからね』

気遣う護に向かって、スタリオンは静かな、だが固い決意を込めた口調で応じた。

「……うんうん、そうだな。悪いが、いまは気遣いよりも優先しなくちゃなんねぇことがある。あんたの知ってること、洗いざらい話してもらいてぇ」

一同を代表して、必要な事を言ってのけたのは阿嘉松《あかまつ》長官である。スタリオンとはこれが初対面だが、彼の方は恩師である獅子王雷牙《ししおうらいが》の実子である阿嘉松のことを、話に聞いたことはあった。

『わかりました。覚えている限りのことをお話しシマス』

スタリオンは科学者らしく、自分の体験したことを、系統立てて話し始めた。

──それによれば、オレンジサイトで途絶えた意識が目覚めたのは、地球上のどこかであったらしい。何故それがわかったかといえば、頭上に夜の星が見覚えのある星座をなして輝いていたからだという。

『星の配置からすると、北半球のどこかであるコトは間違いないのデスが……とにかく、そこで私タチは全員、涙を流したのデス』

「地球に帰ってこられた嬉しさにか？　覇界の眷族っつっても、その辺りは変わらないんだな」

阿嘉松の軽口に対して、スタリオンは沈痛な表情で答える。

『いいえ、そうではありません。この美しい星空を──宇宙を蝕《むしば》む知的生命体の罪深さに、胸が痛んだのデス……』

通信モニター越しのスタリオンの言葉に、それを聞いていたメインオーダールームの一同は言葉を失った。

『いまにして思えば、それはトリプルゼロに浸食されたが故の思考だと、理解できます。そして、あの時ははっきりと考えるに至ったのデス──この宇宙のため、命を懸けてでも地球人類を滅ぼさねばならないと……』

「スタリーさん……」

護は悲しそうな顔でつぶやいた。彼が知るスタリオン・ホワイトは、妹思いの生真面目な科学者だ。にも関わらず、休日には弾けた衣装でライブを楽しむロックミュージシャンというアクティブな一面も持っており、とても自らの考えで人類を滅ぼすなどという結論に至るはずがない。その彼が、実際に起こしてしまった自分の行動をどう考えているのか——沈痛な表情からは、それがうかがえた。

「……スタリオン・ホワイト、その時の思考は外的要因によって植え付けられた衝動であり、君たちGGG《スリージー》グリーンの隊員たちの責に帰せられるものではない」

『楊《ヤン》博士……そう言ってもらえると、救われマス。ですが、私が警告したい話はこれからなのデス。私とマイクは……先見偵察を担ってたのです』

　新生GGGブルーの側は、オレンジサイトから帰還した旧GGGの装備や人員をよく知っている。マイクの各種ディスクに対抗策を用意して臨めたのは、そのためだ。しかし、覇界《はかい》の眷族と化した旧GGG隊員たちは、そうなるであろうことを予測しており、まずはマイクとZR－04《ゼロゼロフォー》群を使って、GGGブルーの戦力を探ろうという試みだったのだ。

『おそらく次は、皆さんの戦力を把握した……より効果的な手を……打ってくるデショウ……』

　そこまでをつぶやいて、スタリオンは苦しそうに咳き込んだ。モニターの外から伸びてきた看護師の手が、ベッドに倒れ込んだ彼に安定剤を投与する。まだ体力が回復しきってはいないのだ。

「ありがとう、スタリーさん。いままでの話を参考に、僕たちは戦います。みんなを取り戻すまで！」

　そう言った護《まもる》に向かって、右腕の親指を立ててみせると、スタリオンは目を閉じた。安定剤の効果で眠りについたのだろう。

　通信回線が切れたところで、メインオーダールームの一同はそれぞれの感想をもらした。

「オウ、ショッキングだね。僕の親友だった激《げき》が敵にまわったら……こんな恐ろしいことはないよ」

と、火麻《ひゅうま》激参謀の米軍時代の同僚だったプリックル参謀が、両手をオーバーに上げて見せる。

「旧ＧＧＧの勇者ロボたちは戦闘力も去ることながら、超ＡＩの練度も高い。果たして、我々の勇者ロボたちで対抗できるかどうか……」と、風龍《ふうりゅう》・雷龍《らいりゅう》の生みの親である楊博士はつぶやく。

「やれやれ、あの伝説の有能長官様が本気で指揮をとっているとなると、こりゃあ手強そうだなぁ」

と、天を仰ぐ阿嘉松《あかまつ》長官。

かつて幾度も地球を救った大河幸太郎《たいがこうたろう》の話は、阿嘉松もよく耳にしていた。というより、常に比較されてきたと言うべきだろう。客観的に見て、阿嘉松の指揮官としての能力は低いものではない。それでも、果断な判断力で全人類を救ってきた大河のカリスマ的力量は、すでに神格化されている。インビジブル・バーストによる被害が著しいものであったのは阿嘉松の責任ではないのだが、「こんな時、大河長官がいてくれたら……」という声が絶えることもなかったのだ。

「そうぼやくな。我らの長官もそう捨てたものではないさ」

楊が珍しく、軽口のような口調で応じる。実のところ、阿嘉松が感じているプレッシャーをもっとも理解しているのは、彼だったろう。これまで、ＧＧＧの歴代スーパーバイザーはみな世界十大頭脳に数えられる科学者ばかりだった。そこまでの評価を受けていない楊もまた、偉大な先輩たちと比較され続けてきたのである。

「そして、我々ガッツィ・グローバル・ガードの戦力もな。トリプルゼロの力を得た大河幸太郎や獅子王雷牙《ししおうらいが》が敵に回ったとて、戦いようはある」

そう断言する楊の表情は、それが単なる過信でないことを物語っている。

（こちらにはまだ見せていない奥の手も、開発中の新装備もある。そして、覇界《はかい》の眷族にとって最大の不確定要素たるソムニウムがいる……）

かつてゾンダーや原種との抗争には関与してこなかったソムニウムが、覇界の眷族に対しては積極的に共闘の姿勢を見せている。過去のいきさつから、あまり彼らを当てにする気になれない阿嘉《あか》松《まつ》と違って、楊《ヤン》はその存在を活用することすら考えているのだった。

「まあ、なんだ、いざって時はベターメンさえ来てくれりゃあ、なんとか……」

少し気が楽になったのか、阿嘉松が口を開きかけた瞬間――

メインオーダールームに警報が鳴り響いた。諜報部オペレーターである山《やま》じいが、端末に表示された内容を報告する。

「ハワイのプナ地熱プラントでＺ０《ゼットゼロ》シミラーが検出されたっすわ！　おっとドバイのメガソーラー発電所からも！」

「出やがったか！」

阿嘉松の額にドッと緊張の汗が噴き出す。

「同時に二か所⁉」

眉間に力が入る凱《がい》。過去において、ＧＧＧ《スリージー》の戦力を二分するべく機界31原種がエジプトとメキシコで仕掛けてきた〈二正面作戦〉[※26]――それを、今この場において、その旧ＧＧＧによって強いられることになるとは予想外だったのだ。

「どっちのＺ０シミラー数値も、オーストラリアの時を上回る……超高濃度っす！」

報告する山じいの声には悲壮感すら漂っていた。

3

「機動完遂要塞艦《きどうかんすいようさいかん》ワダツミ、分離発進！」

「続いて諜報鏡面遊撃艦《ちょうほうきょうめんゆうげきかん》ヤマツミも発進っすわ！」

メインオーダールームに、牛山末男《うしやますえお》と山じいの声が響く。ＧＧＧオービットベースから、両ディビジョン艦が発進、地上への降下を開始したのだ。

常ならば、メインオーダールームはディビジョン艦の内部へ移動、ブランチオーダールームとして組み込まれることが多い。だが、今回はあえてオービットベースに残すことにした。

「旧ＧＧＧの連中が本気出してくるとあっちゃぁ、こっちも最初から手札使い切るわけにはいかねえからな」

阿嘉松長官が慎重そうにつぶやく。トリプルゼロに浸食された旧ＧＧＧには、まだ多くの勇者ロボが残されている。その存在をすべて確認するまで、ＧＧＧブルーもまた全戦力を投入するわけにはいかない。

「ハワイでの対処は獅子王《ししおう》凱に……ＧＧＧグリーンに任せて問題ない」

楊博士のつぶやきに、プリックル参謀が陽気に応える。

「モチロンだよ！　この日のために開発させた新装備もあるしネ、ノープロブレムノープロブレム！」

「だが、懸念事項はドバイの方か……」

プリックルのテンションに引っ張られることもなく、楊は眼鏡の奥の瞳を不安そうに細めた。ハワイに向かったワダツミには、獅子王凱《ししおうがい》が乗り込んでいる。だが、ドバイへ降下するヤマツミに配備されたのは、月龍《げつりゅう》、日龍《にちりゅう》、翔竜《しょうりゅう》という勇者ロボたちだ。

「大丈夫ですよ……みんなだって、立派な勇者なんです」

信頼を込めて断言したのは、彼らの上官たる機動部隊隊長の天海護《あまみまもる》だ。相棒の戒道幾巳《かいどういくみ》は負傷入院中であるため、ガオガイゴーにダイブできない。そのため、予備戦力として残留することになったのだが、出動した部下——というよりも仲間たちへの信頼は厚かった。

楊《ヤン》は護の言葉に同意した。

「そうだな……我らの最強勇者ロボ軍団を信じよう」

だが、その表情は安堵からはほど遠い。無論、楊の気持ちは護にも理解できる。なにしろ、これから戦うことになる相手もまた、最強勇者ロボ軍団なのだ。そして指揮官の資質も、勇者たちの練度も、ＧＧＧブルーを上回っている可能性が高い。

（それでも負けられない…絶対に……）

握りしめた手のひらが汗ばんでいる。護は、自分の不安を面に出すまいと必死に平静を保とうとしたが、その身体は小刻みに震えていた。

「……じゃあ、地熱プラントに現れた覇界《はかい》の眷族は一体だけなのか？」

ワダツミのミラーカタパルトにセットされたファントムガオーのコクピットから、凱が問いかけた。ハワイで観測されたＺ０《ゼットゼロ》シミラーはプナ地区の地熱プラント周辺に集中している。覇界の眷族が、地下に設置されたプラントの巨大構造物を狙っていることは明白だ。

オービットベースで野崎《のざき》や平田《ひらた》といった博士たちが出した報告結果を、メインオーダールームにいるアルエットが伝える。

『ええ、降下中のワダツミが観測したデータと、サテライトサーチで捉えた情報を解析した結果、そう結論が出たわ。小型の反応も無数にあるけど、そっちはゼロロボと推定されてる』

電磁場異常現象が終息したため、軌道上とでも交信できるのは好条件といえる。

『一体ということは陽動の可能性もあり得るわ。確率としても高い。余力を残して最短時間で処理したら、すぐにドバイの応援に駆けつけた方がいいと思う』

オペレーターという立場でその判断を口にしてしまったのは、アルエットが天才児であるが故だっただろう。豊かな才能と幼い未熟さを兼ね備えた少女に、凱は応える。

「ああ、その可能性も視野に入れよう。だが、そうやって油断させることも、向こうの策かもしれない。実際に確認できるまで、その後の判断は保留だ」

豊かな経験を持った凱の言葉に、アルエットは顔を赤くした。

『ふぁうっ、ごめんなさい。私はあくまで効率的に考えて……』

「いいんだ。なにしろGGGグリーンは俺ひとりの組織だからな。現場判断が遅れることもあり得る。何か気づいたら、どんどん言ってくれ」

凱が明るい声を出したところで、警報が鳴り響いた。ファントムガオーのコクピットとメインオーダールーム、双方のモニターに表示されるサテライトサーチからの緊急情報。それは地熱プラントから観測される発熱が飛躍的に増大したという警告だった。

『まずいわ、凱！　地熱プラントがゼロロボ化した！』

「ああ、このまま先行する！」

そう言うと同時に、凱《がい》は遠隔操作でワダツミのミラーカタパルトを起動する。ミラー粒子にコーティングされたファントムガオーは電磁誘導によって加速され、ワダツミ前方へ射出された。すでに対地高度は一万メートルを割っている。コクピットモニターに地熱プラントの地上部を視認すると、凱は素手のままの左手の甲にGの紋章を光らせた。胸の前にその拳をかざし、祈りを込めるかのようにボイスコマンドをささやく。

「フュージョン……」

凱の肉体をシステムの一部として組み込みつつ、ファントムガオーはメカノイド・ガオファーへと変形する。

『凱、地熱プラントの管理部に確認がとれたわ！　施設の職員は全員退避を完了してる！』

「わかった……ガオーマシンッ！」

アルエットの言葉にうなずいた凱は、ワダツミから三機のガオーマシンを射出させた。ガオファーは、そのうちの一機、ドリルガオーⅡに相対速度を合わせる。左右に分離、ガオファーの両腕に装着されるドリル重戦車。ドリルガオー装着モードとなったガオファーは、降下の勢いもそのままに、高速回転するドリルをもって地熱プラントの地上部構造物を突き破った。

『地下異常発熱部とZ0《ゼットゼロ》シミラー集積ポイントの一致を確認、ルートを送るわ！』

地熱プラントの設計データをもとに、アルエットは目標地点まで到達するための最短ルートを割り出し、ガオファーに転送する。もちろん、誘爆を引き起こすような危険ブロックは回避しつつ、効率よく潜行する道筋になっている。

　現在のＧＧＧ《スリージー》グリーンは、たったひとりの長官代理兼機動部隊隊長のみで構成されている。もちろん、ＧＧＧブルーから支援を受けた組織ではあるが、協力者のひとりであるフランス人形のような隊員は、極めて心強い存在だった。いまだ十代の天才少女アルエットのサポートにより、ガオファーは順調に地中を掘り進んでいった。

　プナ地熱発電所はインビジブル・バーストの直前、二〇〇九年に稼働開始した施設である。地下一〇〇〇メートルに高温岩体発電プラントを建造、熱水の人工的な滞留地層をつくることで発電している。異常電磁場で各地の発電施設が損傷した際、強力なシールドで耐えきったこの施設が、太平洋上に点在する各島嶼《とうしょ》国家に海底ケーブルで電力を供給したのだ。

　いわば、全地球規模での災厄からの復興を象徴する存在とも言える。だが、覇界《はかい》の眷族がここを狙ったのは、象徴的な意味合いからではないだろう。ウルルの時と同じく、一枚岩や大陸縦断列車〈ザ・ガン〉のような巨大構造物を、ゼロロボの素体とする目的である可能性が高い。

（だが、巨大構造物なら他にいくらでも存在する。わざわざ地下施設を狙ったのは何故だ？　ごく一部とはいえ、トリプルゼロという巨大な宇宙エネルギーを手に入れた彼らが、地球のエネルギー施設をあえて必要とする理由はないはず……）

　凱がそんなことを考えているうちに、ドリルガオーⅡの頑強な掘削機はガオファーを地底施設へと導き終えた。否、ガオファーが到達したのは地底施設ではない。そこは巨大な地底空洞だった。

「なんだ、この空間は！」

『地熱発電所のデータにそんな空間はないわ！　気をつけて！』

アルエットが注意を促す。ガオファーが掘削してきたトンネルによって、軌道上のオービットベースとも回線はつながっていた。

その空間がいかに形成されたものかさだかではないが、何者の手によるものかは明白だ。空間の底部中央には、二体の巨大ロボが立っていたからだ。五十メートルほどの鉛色の巨体と、その半分ほどのオレンジ色の機体。小柄な方の姿に、凱《がい》は見覚えがあった。

「ゴルディー……お前だったのか」

「おうよ、待ちくたびれたぜ。いつもは呼び出されるのを待ってるとこだが、今日は来てくれるのを待ちわびてたってわけだ！」

火麻激《ひゅうまげき》参謀の口調そっくりなその言葉は、凱がよく知っているゴルディーマーグのそれと何ら変わってはいなかった。覇界《はかい》の眷族とは、そういうものだ。人間であろうとＡＩであろうと、人格や知性がそのままにただ倫理観のみが変質している。

「ゴルディー、ここで何をしようとしている！」

「もう知ってんだろ？　俺たちが知的生命体を殲滅するために動いてるってよ。そのためにまず……最大の邪魔者を排除しようってわけよっ！」

その言葉と同時に、覇界ゴルディーマーグは突進してきた。鉛色の巨人は動かない。だが、覇界マイクの先例がある。たとえゴルディー単体であろうと、トリプルゼロによって強化されたそのパワーを、侮ることはできない。小柄な方といってもゴルディーはガオファーよりも巨体だ。その質量を乗せてつかみかかってきたオレンジ色の剛腕を、両腕に装備された回転ドリルで弾く。

「へっ、かゆいもんだぜ！」

本来のゴルディーの装甲ならば、その一撃で破砕できていたかもしれない。だが、トリプルゼロによる浸食で強化されたのか、平然と耐えた。そして、再度の突進。剛力でドリルガオーⅡを掻き分け、ガオファーを抱え込む。

「おらっ、このまま潰してやる！」

細身の機体を、頑強な腕が背骨折りの要領で粉砕しようとする。だが、ゴルディーの両腕は空を切るように、ガオファーをすり抜けた。

すでにそこにガオファーの姿はなかった。両腕から重戦車を分離したガオファーは、特殊装備である光学迷彩・ファントムカモフラージュを駆使して、影分身のように遠方へ回避していたのである。

凱は叫んだ。

「ファイナルフュージョン、承認っ！」

ガオファーからのＦＦ要請シグナルは承認コードとともに、メインオーダールームに到達した。

「ウイ！」

ＧＧＧ《スリージー》グリーン長官兼機動部隊隊長の承認に、アルエットが応える。

この時、すでにドバイにおける覇界の眷族とＧＧＧブルー機動部隊の交戦も苛烈を極めており、阿嘉松《あかまつ》をはじめとする隊員たちはその対応に追われていた。だが、アルエットは淡々と、そして華麗に、ＦＦプログラム用コンソールを前に、バレリーナのように舞った。

「ファイナルフュージョン、プログラム・ドライブ！」

全身の回転運動、その遠心力がアルエットの右拳に乗せられ、保護プラスティックを叩き割り、ドライブキーを押し込む。起動されたＦＦプログラムが、地底のガオファーへと転送された！

「よっしゃあっ！　ファイナルフュージョンッ‼」

ガオファーの腰部から噴出される電磁煙幕が、ゴルディーの行く手を阻む。その隙に胸部リングジェネレーターから光学投映されるプログラムリングのレール。バーコードを読み込むリーダーのように、ドリルガオーⅡがそのレール上を滑走する。掘削したトンネルから地底空洞に突入してきたライナーガオーⅡとステルスガオーⅢも、それぞれにリングをスキャン。ガオファー、ドリルガオーⅡとともにファイナルフュージョンが行われた。

「ちいっ、間に合わなかったか！」

電磁煙幕のなかでもがきながら、ゴルディーは合体阻止に失敗したことを悟った。体勢を立て直そうと飛び退いた彼の眼前で煙幕が吹き飛んだ瞬間、くろがねの巨神は誕生した。

「ガオッファイッガーッ‼」

『ディバイディングドライバー、キットナンバー02……イミッション！』

ファイナルフュージョンの完了を待たずに、ワダツミのミラーカタパルトからふたつに分かれたパーツが射出されていた。それらは宙でひとつになって、地底へのトンネルを突き進み、ガオファイガー完成と同時に現着。その左腕部に見事に装着され、ハイパーツールとなった！

「ディバイディング！　ドライバ────ッ！」

ゴルディーが次なる行動に打って出るよりも早く、ガオファイガーはドライバーの先端部を突き立てた。足元に向かって、ではない。頭上──地底空洞の天井部だ。レプリションフィールドとアレスティングフィールドの相互作用が巨大な空間を発生させ、それは大穴となって地底空洞に陽光をもたらした。

　原種大戦時、北海道苫小牧に建設された粒子加速器イゾルデが、ゾンダーメタルプラントにされかけたことがある。その時、地下のイゾルデを攻略するため、ガオガイガーは地底空間から頭上に向かって、ディバイディングドライバーを使用したのだ。今また、空間湾曲ツールが、地底の陰謀を白日の下にさらしたのである。

「へっ、別にかまわねぇぜ。暗がりでコソコソ待ち続けるのに飽き飽きしてたとこだ」

　覇界《はかい》ゴルディーマーグがうそぶく。もちろん、覇界の眷族と化した旧ＧＧＧ《スリージー》も承知の上であっただろう。原種大戦で蓄積された戦闘データは彼らも持っているのだから。

「教えてやるぜ、ガオファイガー。俺の任務は……地球人類抹殺のために邪魔な存在、つまりお前を排除することなんだ」

「！　それが……大河《たいが》長官やみんなの判断なのか」

「それだけ、お前のことを重要視してるってわけさ。凱《がい》機動隊長さんよ！　ガオファイガーさえ排除しちまえば、残るは小僧っ子たちだけ。たいした邪魔にはならねえってよ」

「……………」

　凱は無言で奥歯を噛みしめた。もともとゴルディーの超ＡＩは品行方正な人格者というわけではない。だが、その敵意が自分に向けられた時、これほど毒々しい存在に感じられてしまうとは……。

「ゴルディー、お前は間違っている。護《まもる》や新しい勇者たちは小僧っ子なんかじゃない。俺たちがいない間、地球を護っていてくれた立派な勇者たちだ。そして……ガオファイガーは、ここで排除されたりはしない！」

凱《がい》はそう叫びつつも、同時にメインオーダールームに暗号化されたコードを送っていた。モニター表示にそれを見てとったアルエットが緊張する。

「凱……あれの封印を解くのね！」

手早くデコードしたコードを送り込み、新型装備のコンソールを起動させる。アルエットのその行動は、翔竜《しょうりゅう》たちの支援に追われていた阿嘉松《あかまつ》の目も釘付けにした。

「おおっ、まさか本当に使う日がくるとはな！　えーいちくしょうっ、そっちも俺が承認したかったぜッ」

その様子に、楊《ヤン》も眼を見張る。

「あれはＧＧＧ《スリージー》グリーンのために開発したものだ。向こうの長官代理殿に任せるのだな」

「わかってるよおぉッ」

オービットベースでのそんな会話を知るよしもなく、凱は叫んだ。

「いますぐ来い、ダブルマーグッ！」

ワダツミの艦底部ハッチが開放され、内部に格納されていた機体が飛び降りる。すでに眼下の大地には大穴が穿たれ、突入を妨げるものはない。ダブルマーグと呼ばれたオレンジ色のツールロボは、地底空洞の底に着地した。ガオファイガーの隣に立ち、単眼のようなカメラアイを向ける。

「……………」

言葉を発することはない。その機体に積まれているのは、プライヤーズやガンマシンのような簡易ＡＩだからだ。竜シリーズのような育成型超ＡＩや、ポルコートのような人格移植型超ＡＩが間に合わなかったためだが、それで凱の信頼が揺らぐことはない。だが、覇界《はかい》ゴルディーマーグには異なる感慨があるようだ。

「ほう、残してきた俺のボディを……そんなガラクタに与えちまうとはな」

一歩を踏み出した覇界ゴルディーマーグと、ダブルマーグが対峙する。その二体の姿はよく似ている。そして、ゴルディーがガラクタと貶めたのも、無理はない。ダブルマーグは純粋な新型ロボではないからだ。

十年前、京都において、レプリジン・ガオガイガーによってゴルディオンハンマーが破壊された際、分離していたマーグハンドのパーツは残された。だが、ゴルディーの超AIはゴルディオンクラッシャーを制御するため、ディビジョン艦に移植されたのだ。そのため、マーグハンドは三重連太陽系に旅立つ際、オービットベースに残されていた。

そしていま、GGGブルーがマーグハンドを修復し、簡易AIが組み込まれた新たなツールと合体させた姿――それが、ダブルマーグである。

覇界の眷族との戦いが開始されたいま、ガオファイガーをサポートするため誕生した、新たなるツールロボ！

一方で覇界ゴルディーマーグのボディは、超AIのうちにあるデータメモリーをもとにトリプルゼロに再構成されたものである。だが、まったく同じボディを持ちつつも、明らかな違いもあった。

「なんだそりゃ……ハンマー二刀流ってか？」

ゴルディーがあきれたような声で指摘した。ダブルマーグは背部に背負ったハンマーの他に、小ぶりなハンマーを右腕に持っている。ガオファイガーにコネクトすれば、ハンマーがふたつになる道理だ。

（左腕にはマーグハンドがねえのに、どういうつもりだ……）

機界四天王との攻防のさなか、ガオガイガーがゴルディオンハンマーを初起動させた際、衝撃吸収ツールであるマーグハンドが間に合っていなかった。そのため、荒れ狂う重力衝撃波《グラビティショックウェーブ》によって、ガオガイガーの機体そのものがダメージを負ったのだ。

（あの轍を踏むとは思えねえが……それにあの玉っころはなんだ？）

ダブルマーグの右手のハンマーには、上部に球形のパーツが接続されている。背部のハンマーも、見えはしないが同様だろう。どのような機能を持つのかさだかではないが、ここで繰り出してきた以上、ゴルディーマーグに対抗する力であることは間違いない。その認識は、ゴルディーの超ＡＩに警戒心と――闘志を燃え上がらせた。

「面白ぇ……俺様の相手ができるかどうか、試してやる！」

そう叫ぶと、覇界《はかい》ゴルディーマーグは変形を開始した。すでに承認プロセスを必要としなくなっているのか、それとも――

（どこかで、覇界の眷族と化した大河長官や命《みこと》がサポートしているのか……！）

変形した覇界マーグハンドが覇界ゴルディオンハンマーを握りしめ、後ろに控えていた鉛色の巨人に合体する。

「あいつは……ゴルディオンハンマーの出力に耐えられるのか⁉」

凱《がい》が驚いたのも、無理はない。マーグハンドの補助があるとはいえ、それには強大なパワーと頑強さが必要とされる。

すかさず、状況を分析したアルエットから通信が入った。

『凱……あいつはゼロロボよ。それも地下発電施設のプラントが変貌したもの！』

「五〇〇メートル以上もあったプラントを、あのサイズにまで凝縮したのか！」

その瞬間、凱は理解した。今、天井が失せているこの地底空洞は覇界の眷族が掘り抜いたわけではない。ここに存在した巨大施設が、その十分の一サイズのゼロロボ一体に圧縮、凝集された結果、発生した余剰空間なのだ。

「がっはっはっはっ！　こいつなら俺の土台として十分だぜぇ！」

発電施設を圧縮させた頑強な構造と、膨大なエネルギー。観測されていた高熱は、このゼロロボが放ったものだったのである。

「ＺＲ－05《ゼロゼロファイブ》というわけか！」

マーグハンドを装着した腕でゴルディンハンマーを握りしめる鉛色のゼロロボの全身は、一気にオレンジの光を帯びた金色に変わり、有り余る光の粒子を周囲に放ち、そびえ立った。トリプルゼロの膨大なエネルギーをまとったグラビティショックウェーブ・ジェネレイティングツールを振りかざすＺＲ－05。それは、かつてのどの勇者王よりも巨大で強力な、橙色と金色《こんじき》の超巨大神となった。

膨大なエネルギーの計測数値に、真っ先に戦慄したのはやはり天才少女だった。

『この重力衝撃波の密度……なにもかも、ありとあらゆるものが……数秒で光にされる！　凱っ‼』

「……それなら、こっちもGダブルツールを使うせてもらうぜっ！」

物言わぬダブルマーグが身構える。次の瞬間、ウルテクエンジンを起動させたガオファイガーとともに宙に跳ねた。

「ゴルディオンダブルハンマー！　発動！　承認っ‼」

4

神奈川県横浜市に存在するセプルクルム――ラミアたち、七体のソムニウムが潜む不可知領域にも、覇界《はかい》の眷族が二か所に出現したという報はもたらされていた。世界各所の場に広がる様々な生命意識によってつくられた波長。その回線を次々と中継したリミピッドチャンネルを読み取ることに特化したラミアは、獅子王凱《ししおうがい》がハワイに降下したこともすでに知っていた。

『地の底の獄……元凶なりし者がそこへ赴いたか……』

『さて、ラミア殿。拙者たち全員で、髭しに行きますかな？』

『……………』

ライのおどけた意志に、ラミアの意思は沈黙したままだった。

『ンー…いにしえの者には特殊な策でもあるのか？　元凶なりし者は排除せねばならぬ……しかし覇界の眷族を前に、奴の力が失われるのも好ましくはない。ンー…どう動く？』

羅漢《らかん》の挑発めいた意志にも、ラミアは応えない。その秘めたる懊悩《おうのう》を感じとったのは、ユーヤである。

『ラミア……お前の意志に、迷いの波動を感じる。いや、それは戸惑いか――？　なにがあったのだ？』

　ユーヤはラミアに近寄り、その深紅の眼球に浮かぶ純白の瞳をのぞきこんだ。リミピッドチャンネルという意識の交感を媒介していても、ソムニウムとてそれぞれの感情をすべて共有しているわけではない。だが、少なくともユーヤはそれを望んでいるようだ。

　至近距離から自分を見る瞳に、ラミアは失われた仲間のことを脳裏のさらに奥底で思い出していた。

（セーメ……）

　かつてカンケルとの戦いのなか、滅んだ一体のソムニウム。彼女もまた、ラミアとの感情の共有を求めて、瞳をのぞきこんでくることがあった。

　ラミアは一瞬の逡巡の末、周囲の仲間たちにとある名を告げた。

『〈デウス〉だって――!?』

　ガジュマルの意識が驚きに揺れる。

『そうだ……元凶なりし者の居場所を告げてきたリミピッドチャンネルの主、その者は私にそう名乗った……』

　ラミアの意志に、ユーヤが反応する。

『伝説にうたわれたソムニウムの名前……でも、たしかデウスは二千年の昔に……』

『ンー…いにしえも極まれりといったところか。だが、ラミアよ、わかっているはずだ』

　羅漢の意志に、ラミアは即答する。

『ああ、相手が真なるデウスならば、刻《とき》の長さはなんの意味も持たない。問題は……暁の霊気たる覇界王《はかいおう》が訪れし今、同時に現れたこと。偶然ではない……』

沈黙が支配する。もっとも、ラミアの悩みを共有している者がいるかどうか、さだかではない。ユーヤとヒイラギは何があろうとも、ラミアに従う思いでいる。ガジュマルとシャーラは幼齢であるため、伝説を表層的にしか知らない。羅漢《らかん》とライはそれぞれに思惑があるようだが、ニヤニヤ笑いに隠して、心中を見せようとはしなかった。

『ライ、羅漢、頼みがある……』

『ンー…皆まで言わずともわかる』

熟考の後、ラミアが送ったリミピッドチャンネルに、羅漢は傲岸な笑みをおさめようともせず、応えた。

『拙者も心得ておりますが……ラミア殿はシャーラ嬢とともに残るということですね？』

ラミアは無言でうなずく。それを視認するよりも早く少年ガジュマルの意思が響く。

『オレも残る！　戦闘における能力が乏しいシャーラには護衛が必要だ』

真っ先に反応して視線を向けたのはシャーラだったが、意志を表したのは、いつも控え目な巨漢ヒイラギの方が早かった。

『ガジュマル、ボクたちは一枚岩…それぞれの役割をもってひとつの目的を果たすべき……』

その言葉に感情を抑え、自分の意思を呑み込むガジュマル。その場の誰もが、彼のシャーラを想うあまりの幼さと危うさを把握できた。

『ありがとう……ガジュマル』

シャーラの落ち着いた意思が流れる。

『シャーラも成長してる……大丈夫、私の役割を果たしてみせる』

ガジュマルは、眉間に入っていた力みを解き、額に十字光を優しく浮かべた。

『……わかった。シャーラがそういうなら…オレも自分の役目を果たす』

ふたりはお互いの瞳の奥を見つめ合った。

『ンー、そうだな。ソムニウムは少数民族だ。どいつもこいつも自分の身は自分で守れ』

『みなさん、くれぐれも滅びぬよう頼みますよ』

羅漢やライの意思もあいまって、七体のソムニウムは団結しているようにも見えたが、すぐにラミアがさらに力強い意志を深く静かに放った。

『パトリアの刻……何者にも妨げさせはしない。それが元凶なりし者でも覇界の眷族でも……そして、伝説のソムニウムであろうとも』


プナ地熱プラントの地底空間から、GGG《スリージー》グリーン長官代理によるGダブルツール発動の承認シグナルが送られてくる。

衛星軌道上のオービットベース、メインオーダールームでそれを確認したアルエットが、懐からセーフティデバイスを解除するカードキイを取り出した。――それも二枚。

「ウイ！　ゴルディオンダブルハンマー、セーフティデバイス、リリーブッ！」

メインコンソールの両端に出現したスロットの間を通過する、細くしなやかな両手の指先に挟まれたカードキイ。承認シグナルと、カードキイによる解除という二段階のセーフティから解き放たれた発動プログラムが、宇宙空間から地底へと送信される。

「よっしゃあ！」

ガオファイガーは右前腕部をステルスガオーⅢにマウントし、ダブルマーグに接近する。いや、ダブルマーグはすでに分離していた――マーグハンドと、ふたつのゴルディオンハンマーとに。さらにハンマーとハンマーとが柄の先端部で合体、それはひとつの巨大なツールへと変貌していた！

「ハンマーコネクト……ゴルディオンダブルハンマーッ‼」

新たに頑強な右腕としてコネクトしたマーグハンドで、ガオファイガーは新ツールの柄――その中央部をつかむ。だが、その瞬間にはすでに敵の光り輝くハンマーが眼前にあった。オレンジの光を放つ巨大な金色《こんじき》のゼロロボ。その腕となった覇界《はかい》マーグハンドと覇界ゴルディオンハンマーである。

「ダブルハンマーがどんなツールか知らねえが、使わせるわけねえだろっ！」

覇界の眷族と化したゴルディオンハンマー、かつてはおのが最強ツールであった存在が、その重力衝撃波《グラビティショックウェーブ》の牙をガオファイガーに向けてきた。

覇界ゴルディーの超ＡＩは、米軍で豊富な実戦経験を積んだ火麻激《ひゅうまげき》の人格パターンをモデルとしている。ゴルディオンダブルハンマーの発動を黙って見ているはずがなかった。見覚えのない新型ツールがどのような機能を持っていようと、先制攻撃で光にしてしまえば、恐れることはない。それが覇界ゴルディーの戦術判断だった。だが――

「お、俺のグラビティショックウェーブがっ！」

獰猛な牙は、ガオファイガーに突き立てられる前に折れ砕けていた。ダブルハンマーが唸りをあげて、表面に露出したベルト状のパーツを高速回転させると、覇界ゴルディーが放った強大な重力衝撃波はエネルギー散逸によって無力化されたのである。

「そうか……ゴルディオンモーター[※27]を内蔵しやがったのか！」

それが、ゴルディオンダブルハンマーの機能であると知って、覇界《はかい》ゴルディーは毒づいた。ゴルディオンモーターは、かつてゴルディオンハンマーの暴走に備えて開発されたカウンターツールである。グラビティバーストによって重力衝撃波《グラビティショックウェーブ》を散逸させる機能があり、木星圏では覇界王ジェネシックのゴルディオンネイルを無効化することにも成功していた。

もっともゴルディオンモーターは、ガオガイガーやガオファイガーの全高をも上回る巨大サイズであり、取り回しの良いツールとは言えなかった。ところが、目の前の新型ツールは、ゴルディオンハンマーとほぼ同サイズでありながら、同様の機能を有している。

「甘いぜ、ゴルディー……ダブルハンマーが、ただお前を無力化するだけのツールと思うな！」

ガオファイガーは、眼前にゴルディオンダブルハンマーを突き出した。

「ダブルハンマー……クラッカーモード！」

その新型ツールの両端には、ゴルディーが〝玉っころ〟と呼んだ球形部位――クラッカーが備わっている。ふたつのクラッカーが、凱《がい》の叫びとともにハンマー本体から分離した。

「おおお、なんだそりゃ⁉」

ハンマーとして、ZR-05《ゼロゼロファイブ》に握られたままの覇界ゴルディーが、戸惑いの声を上げる。

本体から分離した黄金のクラッカーたちは、光り輝くトラクタービームで保持されたまま、あたかも強靭な鎖でつながれているかのようにゴルディオンダブルハンマーの周囲を高速回転した。そして球体同士が激突し、離れ、またぶつかりあう。

ガチ！　ガチ！　ガチ！　ガチ！　ガチ！　ガチ！

周囲に圧をかけながら、物凄い激突音が延々とこだまする。眼前の光景に、覇界ゴルディーは罵声を上げた。

「なんだそりゃ！　ナントカクラッカーで俺様を惑わそうってかっ⁉」

怒りにまかせて、重力衝撃波を放つ。だが、またしてもダブルハンマーが、覇界ゴルディー必殺の攻撃を無力化した。

「悪いな、ゴルディー！　お前を取り戻すためにも……負けるわけにはいかないんだ！」

そう叫びつつも、凱はオービットベースとの交信を行っていた。そして、ついに待ち望んでいた解析結果が送られてくる。

『お待たせ、凱……ゼロ核《コア》が特定できたわ！　マーグハンドの中央部に一体のみ！』

アルエットが告げたのは、覇界の眷族と化した旧GGG《スリージー》隊員……その生体反応から類推できるゼロ核の位置と数だった。これを破壊せずに回収、浄解することができれば、その者を救出することができる。

「よっしゃあ！」

覇界ゴルディーの重力衝撃波に耐え続けていたガオファイガーが、ついに反攻に出る。ダブルハンマーを中心に、さらに高速回転するふたつのクラッカー！

「へっ、そっちがダブルなら、こっちだってダブルだぜ！　トリプルゼロの再生力とゴルディオンハンマーの破壊力の合わせ技だ！　何をやろうと、こっちのダブルを上回れるかよ！　新しいツールの力がどんなもんか……見せてもらおうじゃねえか！……⁉」

覇界ゴルディーが毒づきかけた瞬間——

マーグハンドが地に落ちた。ZR－05《ゼロゼロファイブ》の肘部が一瞬で切断されたのだ。その切断面は輝き、光の粒子を放っている。覇界《はかい》ゴルディーの胴体だったパーツは、ハンマーを握ったまま大地に転がった。

マーグハンドとともに、身動きできない覇界ゴルディーは問いかける——ふたつの球体に回転運動させているガオファイガーに向かって。

「いまのは重力衝撃波《グラビティショックウエーブ》か⁉　い、いったい何をしやがった！」

「ひとつだけ教えてやるぜ、ゴルディー。こっちのダブルは、ゴルディオンモーターとゴルディオンハンマーの機能を併せ持っているんだ！」

「んだとっ？　そいつでどうやって一か所だけを光にしやがった！」

すべてを光子に変換する重力衝撃波は、微量だが前方以外にも放射される。そのため、かつてEI－18を相手にゴルディオンハンマーを初使用した際、後方のガオガイガーまでもが大ダメージを被ることになった。その後、マーグハンドの開発とゴルディオンハンマーへの超AI搭載によって、重力衝撃波を偏向させることが可能になる。これにより、前方の敵のみを対象とすることができるようになったのだが、それでも精密な攻撃とは言いがたい。

かつて、ガオファイガーのゴルディオンハンマーが、レプリ・ガオガイガーのヘル・アンド・ヘブンの前に敗れ去ったことがある。だがそれは、（レプリジンであるとはその時わからなかったが）天海護《あまみまもる》を救出するまで、精密攻撃の行えない重力衝撃波を放つことができなかったからだ。

「行くぞぉぉぉっ‼」

ゴルディオンダブルハンマーのクラッカーから重力衝撃波が放たれる。同時にハンマーがグラビティバーストによって、それを削るように散逸させた。これにより、薄い平面状になった重力衝撃波が、触れるものすべてを光に変える刃となり、ＺＲ－05の全身を斬り刻んでいった。

「ぐおおおおっ！」

絶叫する覇界ゴルディーの眼前で、ゴルディオンハンマーは重力衝撃波を一点に凝集させた。

「光にっ！　なれぇぇ――――っ！」

再生する余裕もなく、ＺＲ－05は光子へと変換されていった。広大なディバイディングフィールドに地響きを轟かせながら。

「さあ、ゴルディー……あとはお前の超ＡＩとゼロ核《コア》を抜き取らせてもらう」

大地に横たわる覇界マーグハンドと覇界ゴルディオンハンマーに向かって、凱《がい》は語りかけた。ガオファイガーの右腕となっているマーグハンドのハンマーヘル・アンド・ヘブン――その巨大な釘抜き状パーツの機能を使えば、難なく行えるはずである。

だが――

「ガオファイガーさんよ！　これで終わりとか、勝手に決めつけてんじゃねえぞぉっ！」

ゴルディオンハンマーのＡＩブロックが……いや、覇界ゴルディーの双眸《そうぼう》が深紅に輝いた。

「システムチェーンジッ！」

覇界ゴルディオンハンマーが重力制御で宙に飛び、覇界マーグハンドと合体する。そして、ツール形態からマルチロボの姿へと戻った。

「ゴルディーマーグッ！」

だが、それは凱の知る勇者ロボではない。トリプルゼロに浸食され、宇宙の摂理のために活動するようになった覇界の眷族である。

「ゴルディー……ハンマーコネクトする相手がなくなって、なお戦うというのか……」

「……それが俺たちの罪滅ぼしだからな」

「罪だと？」

「そうさ……おのが繁栄のみを貪り、宇宙に広がっていく知的生命体。宇宙を滅びに追い込んでいく人類に手を貸しちまった罪よ！　だからその罪滅ぼしにお前を斃さなくちゃならない。獅子王《しし おう》凱《がい》、生きるって、そんなに大事なことなのかねぇ？」

「生きているからこそ悩み、試し、過ちを犯しながらも正解を見つけようとするんだ！　だから俺は、宇宙への希望を持ち続けたい！　それが、命ある者としての証しだ！」

「ほほう、人類なんて宇宙を蝕《むしば》んでいくだけのウイルスみたいなもんなんだぜ？」

「ゴルディー……お前」

　凱は驚愕していた。猪突猛進なゴルディーらしくもない、主張めいた論理に。

「俺様はＡＩだからな。命なんて実はよくわからねえんだよ。だがな……同じ気持ちだぜぇっ、こっちのＧＧＧ《スリージー》のみんなもよっ‼」

　覇界《はかい》ゴルディーのその言葉に、凱は胸をつかれた。原種大戦、三重連太陽系での死闘、オレンジサイトでの決意……そのすべてで運命をともにした、ＧＧＧの仲間たち。そして――卯都木命《うつぎみこと》。彼ら、彼女が自分を斃さねばならないと思っている……それがトリプルゼロに浸食された結果だとわかっていてもなお、凱の胸は痛んだ。

　どんな心の痛みだろうと、乗り越える力も覚悟も、ある。だが、それでも――それでも痛まぬわけではないのだ。命本人とすら、相対する瞬間を覚悟していたはずなのに、凱は一瞬、心の隙をつかれた。

「うおりゃあああっ……光になりやがれぇっ‼」

覇界ゴルディーが猛突進、ヘッドタックルをかましてくる。いや、それは単なる格闘技ではない。トリプルゼロの力を得たゴルディーマーグは、単体でも重力衝撃波《グラビティショックウェーブ》を放ってきたのだ。

ガオファイガーはダブルハンマーの機能で、重力衝撃波を散逸させようとする。だが、一瞬の差で間に合わない。突き出したダブルハンマーの簡易ＡＩブロックがタックルをもろに受ける。

「ダブルマーグ……！」

凱の叫びが響き渡る。次の瞬間、そのブロックは丸ごと光子と化していた。

「しまったッ！」

なんとか体勢を立て直そうと試みる凱。だが――

「おらおらおら、次はお前の番だぜ！」

覇界ゴルディーの殺意が、重力衝撃波に乗せて叩きつけられる。

「いま下がったら……その瞬間、ガオファイガーは光にされる！」

ここに仲間の援軍は来ない。凱の脳内には、もはや勝利の二文字は失せていた。残された一手は、相打ちを狙う選択肢のみ。かつての右腕だった相棒とともに、この世界から消滅する選択肢だった。

「ゴルディ――――――！」

凱が光にされることを覚悟の上で、捨て身の反撃に転じようとしたその時――

『アアアアアッ‼』

苦鳴が響いた。

いや、それは声ではない。ソムニウムの少女シャーラの苦痛が、リミピッドチャンネルによって凱《がい》の意識に届いたのだ。

傷口のような空間の裂け目が、ガオファイガーの頭上に出現する。そこから姿を現したのは、ヒイラギである。彼の手のうちには、すでにアニムスの実があった。

『ボク……暁の霊気の眷族……甦スヨ』

そう意志を放ったヒイラギが、おのれの体質に適合した実を貪り喰う。まさにガオファイガーのすぐ目の前で、人間の大男にしか見えない生命体が、メビウスの輪のごときオブジェのような巨大物体に変貌する——これこそが、ベターマン・ポンドゥス！

「ちいっ、妙な現れ方しやがったが、生き物一匹になにができやがる！　お前も光になりやがれっ‼」

『ボクにはこういう事ができるんダヨ』

ポンドゥスはその全身の構造を組み替えた。メビウスの輪が存在しない表と裏を反転させるかのように……そして、暴風のような重力衝撃波《グラビティショックウェーブ》に全身で抗った。

「待てっ！　お前が光にされるぞっ！」

異形の物体に対して、凱は叫んだ。自分の楯となって、死にゆく必要はない。そう伝えようとしたのだ。だが、予測に反して、ポンドゥスはその場に留まり続けた。光にされることもなく。覇界ゴルディーの意志を反映したがごとき、荒々しい重力衝撃波がポンドゥスの眼前で消滅している。

「‼……反重力衝撃波⁉」

重力を操るベターマン・ポンドゥス。その力の底知れぬ奇蹟《ミラクル》を、凱は垣間見た。

重力制御――宇宙の統一理論への挑戦ともいうべきその技術は、二〇〇五年には実現されていた。現在はＧＧＧ《スリージー》ブルーに所属する平田昭子《ひらたあきこ》博士がヒッグス粒子を活用する理論を完成させ、世界十大頭脳のひとりである獅子王雷牙《ししおうらいが》博士が重力制御機構を実用化、オービットベースに設置したのである。

だが、この技術は重力――すなわち時空を収縮させる歪みを人工的に発生、もしくは拡大するものである。その一方で、数学的な解として存在する膨張する歪み――すなわち反重力は、いまだ理論上の存在でしかない。

しかし今、ガオファイガーの眼前に現れたベターマン・ポンドゥスは、生体の能力として、この反重力を発生させていた。そして、それは覇界《はかい》ゴルディーが放つ重力衝撃波に正対する波形を有していたのである。

「おおお⁉　こいつ、俺のグラビティショックウェーブを相殺してやがる！」

覇界ゴルディーの声音が、衝撃に揺れる。ＧＧＧの科学技術をもってしてもいまだ発生させることはかなわない、反重力衝撃波――それが眼前のベターマンから放たれている。覇界の眷族と化した大河幸太郎《たいがこうたろう》がいかに優秀な指揮官であろうと、この展開を読み切ることは不可能だっただろう。

「いまだ……‼」

獅子王凱は、瞬時にして決断した。次になすべき行動を。

重力衝撃波《グラビティショックウェーブ》と反重力衝撃波が相殺しあい、激しい時空の歪みがまき散らされる地底空間。その勢いは、ディバイディングドライバーによって大きく開かれた地下天井を越え、地上や上空にも逆オーロラと逆台風のような激しい衝撃を噴き上げていた。即座にガオファイガーはゴルディオンダブルハンマーを大地に投げ捨てた。そして、右腕のマーグハンドをかまえる。

「ゴルディオンマグナムッ！」※28

巨大な右腕をスラスターの噴射推進で射出する。マーグハンドに比べれば遥かに小型・軽量な通常のブロウクンマグナムであれば、重力衝撃波の嵐のなかで、一瞬で吹っ飛んでしまっただろう。だが、大質量と頑強な構造を有するマーグハンドは、その威力を減衰されることなく、重力嵐ともいうべき空間を突っ切り、覇界《はかい》ゴルディーマーグの頭部に直撃した。

「ぐおおおおおっ！」

だが、ゴルディオンマグナムは、覇界ゴルディーの頭部を粉砕するために撃ち出されたわけではない。先ほどまでゴルディオンダブルハンマーの柄をつかんでいた巨大なその拳は、大きく開かれ、標的となるゴルディの頭を強烈な握力でわしづかみにしていた。

「うがあああっ！」

覇界ゴルディーの苦悶の声が響く。

「ゴルディー！　お前なら耐えられるはずだっ！」

凱《がい》は知っていた。金色《こんじき》の破壊神との異名をとり、果断な戦術眼と無骨な中にも侠気を持った勇者ロボの耐久力を。そして、信じていたのだ。それ故の攻撃である。

そしてついに、マーグハンドの拳が閉じられ、ＡＩブロックを兼ねているゴルディーマーグの頭部がえぐり取られた！

制御中枢を失った覇界ゴルディーは膝をつき、重力衝撃波の放出も停止した。空前絶後の強烈な衝撃の中、ベターマン・ポンドゥスも、さすがに能力維持の限界か、メビウスの輪のごとき全身をくねらせて、空中へ離脱する。

ＡＩブロックを握りしめたまま、かろうじて戻ってくるマーグハンド。覇界ゴルディーのＡＩは音声出力機能が破壊されたのか、黙して語らない。あるいは過負荷にＡＩがシャットダウンされ、〝失神〟状態に陥っているのかもしれなかった。

ガオファイガーはマーグハンドを右腕にドッキングしつつ、頭部を失った覇界ゴルディーのボディへ向き直った。

「あとは……ゼロ核《コア》を抜き出せば！」

ガオファイガーがハンマーヘル・アンド・ヘブンを放とうとした、その瞬間――

『凱、離脱して！　覇界ゴルディーが自爆するわ！……あと五秒！』

オービットベースから、悲鳴にも近いアルエットの通信が飛び込んでくる。その言葉を裏付けるように、ガオファイガーの眼前で覇界ゴルディーの首から下の機体が赤熱化していた。おそらく、内部でゼロ核となっている者が、ＧＳライドを暴走させたのだろう。

（く……再生ではなく自爆に転じたのか⁉　……この五秒でできることは！）

凱の脳裏では、コンマ零秒の速度で様々な思考がよぎった。その中に、少なくともこのまま離脱するという選択肢はない。もちろん、凱がそう考えることを想定した上で、ゼロ核になっている者は自爆を選択したのだろう。〝地球人類抹殺のために邪魔な存在を排除する〟ために。

もっとも有効な手立てはヘル・アンド・ヘブンだったが、右腕がマーグハンドの状態では、五秒間での換装は不可能だった。ゼロ核《コア》をえぐり出し、ガオファイガーの機体を楯にすれば、覇界《はかい》の眷族となった旧GGG《スリージー》の誰かを救うことができるかもしれなかったが、万策は尽きた。ポンドゥスもすでに安全圏まで離脱している。

「……くうッ！」

万事休すと思われたその瞬間——

またも、異形が出現した。

頭部を失って、大地に膝をついた覇界ゴルディーのボディ——その足元に人間の傷口のような空間が現れた。ヒイラギが出現したのと同じ、ソキウスの門である。

異空間からの出口はすぐに消えたが、その場にいくつもの細く伸びる枝のような物体を排出していた。

いや、枝と見えたのは、アニムスの実を喰らったソムニウムの変身体である。合掌造りの木造建築を、精緻な人形に作り替えたようなベターマン・アーリマン。その全身を枝状の形態に組み替え、覇界ゴルディーの胴体を貫いていた。枝の先にからめとられているのは、オレンジ色の繭のような物体。

「ゼロ核は無事か！」

そう見てとった凱《がい》は、ガオファイガーを後退させる。次の瞬間、覇界ゴルディーの機体はGSライドの暴走によって爆発していた。確保したゴルディーの頭部、ＡＩブロックをかばうように爆圧に耐えるガオファイガー。同時にベターマン・アーリマンが、ゼロ核を爆風にさらさないよう、器用に放り投げてきた。

「……！」

ガオファイガーはあわてて、ゼロ核を左手で受け止める。

『上手い上手い！　ソレを落とされたら、苦労して助けた意味がありませんからなぁ』

リミピッドチャンネルを介して、おどけたような意志が伝わってくる。凱は、その意識の主がライという名のソムニウムであることを知らなかった。

「ベターマン……俺を助けてくれたのか？」

爆煙に満ちた地底空間で、凱は問いかける。だが、ニヤニヤ笑いのような気配が伝わってくるのみで、応える意志はない。それでも重力衝撃波《グラビティショックウェーブ》を相殺したベターマンと、ゼロ核を見事に抜き出したベターマン、彼らの狙いが、凱と敵対するものでないことは明らかだ。

（以前から、ベターマンは滋《しげる》さんや護《まもる》を救ってくれたという……。じゃあ、あのラミアという奴だけが、俺を敵視しているということか……？）

眼前の爆煙が晴れていく。至近距離での爆発に、機体表面の各所を損壊させたガオファイガー。だが、致命的な損傷は負っていない。ＡＩブロックとゼロ核も守りきった。

そして、凱の疑問に答える者は、もはや地底空間の何処にもいなかった。

『凱！　生きてるの？　あと二分でディバイディングフィールドが収縮するわ！　聞こえてる⁉』

アルエットの通信がノイズ交じりに響き渡った。

5

GGG《スリージー》オービットベースから分離発進、大気圏突入した機動完遂要塞艦《きどうかんすいようさいかん》〈ワダツミ〉と諜報鏡《ちょうほうきょう》面遊撃艦《めんゆうげきかん》〈ヤマツミ〉。ワダツミがハワイへ向かう一方、ヤマツミはドバイへと降下していた。

アラブ首長国連邦第二の中心都市、ドバイ。この地に建設されたメガソーラー発電所は、インビジブル・バーストからの復興において、中東地区の電力供給を支えた一大拠点である。ハワイのプナ地熱発電所とは異なり、強電磁場災害の後に稼働開始した施設ではあるが、その発電規模は極めて大きい。一般的にメガソーラー発電所とは一メガワット以上の出力を持つ施設に与えられる通称だが、この発電所のそれは八〇〇メガワットを上回る。今後の施設拡充によっては、人類史上初のギガソーラー発電所となることも十分にあり得るだろう。

高度一〇〇〇に到達したヤマツミからミラーカタパルトで射出されたのは、GGGブルー機動部隊に所属する翔竜《しょうりゅう》、月龍《げつりゅう》、日龍《にちりゅう》の三機である。常ならば、隊長である天海《あまみ》護《まもる》、副隊長の戒道幾巳《かいどういくみ》、経験豊かなポルコートのいずれかが彼らを指揮している。だが、今回は護が待機することになり、戒道は入院中、ポルコートはオーバーホール中で出撃できずにいた。そのため、若き三機のみでの出撃になったのだ。

その中でも勇んで最初に出撃した翔竜は、メガソーラー発電所のデータに存在しないはずの施設に激突しそうになった。

「うわっ、なんなんですかこれ……！」

翔竜は飛行形態にシステムチェンジできるビークルロボだ。先行して上空から偵察するはずだったのだが、高度一二〇〇メートルにも達しようかという巨大なタワーに激突しそうになり、緊急回避した。

「オービットベース、正体不明の高層タワーを確認、映像解析お願いします！」

翔竜が見る光景そのものが、軌道上へ転送される。続いて、形式番号は新しいものの、開発時期は古い〝姉〟たちも射出されてきた。そして、発電所近郊の荒野にそれぞれのスタイルで着地する。

「翔竜、あれは何なの⁉」

「くぅ〜〜〜、情報を集めなさいっ！　翔竜……」

クールに問いかける月龍に対して、日龍の声に苦悶が混ざったのは、着地に失敗したためである。追加装備であるシールドの重量バランスが影響しているとも噂されているが、炎竜《えんりゅう》、雷龍《らいりゅう》、闇竜《あんりゅう》に受け継がれてきたクセは、いまだに末っ子においても改善できていない。

「はい、わかりました！」

いずれにせよ、姉たちの指示に翔竜は素直に応じた。

転送されてきたデータに、メインオーダールームのスタッフは愕然とした。

「おい、楊《ヤン》の旦那……発電所のデータにはなかった、あんな高いタワー！　ありゃあ……」

「ああ、本来の集光タワーは四〇〇メートルほどだ。倍以上の高さに成長している」

「はっ、肥料はトリプルゼロってか？　そりゃジャックと豆の木なみにすくすく育ちそうだ！」

ドバイに建設されたメガソーラー発電所は、広大な敷地に数千万枚のヘリオスタット反射鏡を敷き詰め、中央タワーの一点に太陽光を集光反射することで発電する。しかも、反射鏡は地球の自転に追随して可動するため、発電可能時間も長い。その中央タワーに、変事が発生したのだ。

阿嘉松《あかまつ》と楊《ヤン》の推測を裏付けるデータを、さらにタマラが報告する。

「たいへん大変ですー高濃度のＺ０《ゼットゼロ》シミラーあのタワーから検出されていますー」

「ほほう……〈ケースＺＸ－05〉ということか」

原種大戦のさなかに出現したＺＸ－05——脊椎《せきつい》原種は中国・内モンゴル自治区において、巨大なタワー状の形態になった。それは地底深くのマントルを噴き上げ、衛星軌道上のオービットベースを狙おうという企図に基づいたものである。

「なぁるほど、そいつと同じことを目論んでるってわけか。よし、現時刻よりあいつをＺＲ－05《ゼロゼロファイブ》と認定呼称するぞ！」

「……すみません、先ほどＧＧＧ《スリージー》グリーン長官代理の権限を借りて、ハワイのゼロロボをＺＲ－05に認定してしまいました。そっちはＺＲ－06《ゼロゼロシックス》でお願いします」

獅子王凱《ししおうがい》の戦いを補佐しているアルエットが、モニターから視線を動かすこともなく淡々と告げた。阿嘉松が自席からずり落ち気味に、ずっこける。

「……んだとぉっ⁉　同じ作戦使うヤツでＺＸ－05とＺＲ－05、韻を踏めてヤッターって思ったのによぉ〜〜！」

「そんなことより解析を迅速に」

そうバッサリと言い切った楊に、プリックル参謀が言葉を続ける。

「イエス、その通りよ。ヘイ翔竜！　ZR－06の攻撃方法は推定できる？　やっぱりマントルシューティングキャノンかい？」

「はい、いまスキャニングしてみます！」

オービットベースからの問いかけに答えつつ、翔竜《しょうりゅう》は全身のセンサーでスキャンを開始した。いきなり三機がかりの総攻撃でタワーを破壊してしまう手もあるが、そこまで想定してトラップが仕掛けられている可能性は十分にあり得る。敵の指揮をとっているのは、おそらく、あの大河幸太郎《たいがこうたろう》なのだから。

その瞬間、鋭い声が響いた――

「翔竜、緊急回避！」

「タワー先端部より熱線攻撃ですわ！」

「……システムチェンジ‼」

月龍《げつりゅう》と日龍《にちりゅう》の警告がなければ、翔竜の小柄な機体は瞬時に焼き尽くされていたかもしれない。飛行機型のビークル形態にシステムチェンジした翔竜、その一瞬前にいた空間を、メーザー光線が通過していく。

「危なかった……！」

そのまま低空へ高速下降した翔竜は、ロボ形態となり、タワー基部に密着するように着地した。

どれほど射角が広かろうと、この位置なら撃たれないと判断した好ポジションだ。

「なるほど……メガソーラー発電所をゼロロボ化したのは、大出力メーザーに必要な電力を確保するためか！」

楊《ヤン》はＺＲ－06《ゼロゼロシックス》をゼロロボ化した者の狙いを察知した。だが、ＺＲ－06に備わった攻撃能力はメーザー光線だけではなかった。

「！　高熱源体多数、急速接近⁉」

翔竜《しょうりゅう》の声に緊張が混ざる。遥か頭上のタワー頭頂部から、無数のミサイル群が放たれたのだ。

「メーザー光線とミサイルによる攻撃――もしや、ここに送り込まれた覇界《はかい》の眷族は！」

楊の推理に、周囲の者たちもすぐに連想が追いついた。

空中に逃れ、必死の回避飛行に転ずる翔竜を、ミサイル群が追尾する。迎撃しきれず、あわや……というところで、ようやく施設内に月龍《げつりゅう》と日龍《にちりゅう》が到着した。

「ブロウクン・ブレイカー！」

「プロテクト・プロテクター！」

日龍の背部ユニットが展開、空中でミサイル群を次々と破壊していく。

月龍の背部ユニットは、近距離の爆発や、月龍が撃ちもらしたミサイルから、空間湾曲の楯となって翔竜を守っていく。

「ありがとうございます！　姉様方！」

翔竜も態勢を整え、磁力線攻撃でおのが身を守りつつ、姉たちのもとへ合流した。三機は一〇〇〇メートル級タワーの上空を見上げる。ミサイルにはチャフ弾も含まれていたようだ。チャフと爆煙とで、タワー頂上部は見えない。それでもそこにいるのが何者か、月龍と日龍のセンサーは捉えていた。

「……いつか出逢う日がくると覚悟していた、先任のふたりね」

「私たちの相手としてふさわしいわ」

　翔竜も少し遅れて事態に気づく。

「……光竜《こうりゅう》姉様と…闇竜《あんりゅう》姉様⁉」

　光学的、電子的に欺瞞《ぎまん》されていようと、音声は届く。大音量の声は、高層にいる覇界の眷族たちにも届いていた。

「小さな機体…それにドイツ製の後輩たち……とっても美しくて勇ましい姉妹ね」

「小さいのは可愛いけど、月龍と日龍は、妹なのに大人っぽくて……ドキドキしちゃう」

　タワー頂上部にいる覇界闇竜と覇界光竜のつぶやきは、地上までは届かない。

　闇竜の人格は成人の落ち着きを持っているが、光竜の声は少女のように幼い。これはとある事件[※29]によって、闇竜の超ＡＩが機体から降ろされた状態で育成されたことに由来する。本来なら、光竜と同じようにずっと機体に乗せて育成された月龍と日龍も、その成長は緩慢なはずであったが、妹たちの方には十年を超える長い時間が流れている。結果として、四機の女性型竜シリーズのうち、光竜の成長だけが少々遅れた状態になってしまっていた。

　そんな幼い〝姉〟をあやすかのように、覇界闇竜は穏やかに告げる。

「光竜、準備はいい？……私たちに課せられた任務を実行するわよ」

「ＯＫ！　いつでもいけるよ、闇竜」

「一度で全滅しちゃうかもしれないけどね、まず私から……」

覇界闇竜《はかいあんりゅう》が背部にマウントされたフレキシブル・アームドコンテナを展開する。

「シェルブールの雨！」

コンテナから発射されたマイクロミサイル群の雨が、地上に降り注ぐ。降水量の極めて少ないドバイだが、もちろんこれは慈雨とはならない。

翔竜《しょうりゅう》、それに月龍《げつりゅう》と日龍《にちりゅう》は、トリプルゼロのエネルギーをまとった強力なミサイルの驟雨《しゅうう》をかろうじて回避し、それぞれに身を守りつつ、悔しがる。

「くっ、高所を確保されていては、戦術的不利は否めない……！」

「あなた方、卑怯ですわ！　正々堂々と地上に降りてきて戦いなさい！」

不利な体勢でも高圧的な態度の月龍と日龍である。返答の代わりに、さらなるミサイルが降ってくる。

「うわあ、姉様方、このままじゃ保ちません！」

「チャフのせいで、オービットベースに支援も求められない……」

「ますますもって憎たらしいですわね！」

「そうだ！　ヤマツミからミラーカタパルトでタワーの上に撃ち出してもらえば、接近することができます！」

翔竜が得意げな声で告げる。

「僕、ヤマツミを呼んできます……システムチェンジ！」

ビークルモードに変形した翔竜が飛翔する。

「やめなさい、あなたひとりでは狙い撃ちされます！」

「お戻りなさい！」

「大丈夫です、こうやってタワーに添って飛べば！」

小型飛行機が、タワーに密着するような至近距離で上昇していった。あっという間に、チャフと爆煙が地上との交信を阻害する。

「翔竜！　翔竜……ああ、どうか無事で……」

ミサイルを迎撃する手を緩めず、月龍が不安そうな声をもらす。

「大丈夫ですわ。私たちの可愛い弟を信じましょう」

背中合わせで戦いながら、日龍が励ます。普段は仲が悪いとさえ思える二体であったが、翔竜のことを考える時は、意見が一致するようだった。

だが、事態は予想外の展開を迎える。爆煙を突っ切って、全長四〇〇メートルの巨艦が降下してきたのだ。

「ヤマツミ⁉」

「何故ここに……⁉」

軌道上のオービットベースにおいて、地上の機動部隊と通信途絶した瞬間、覇界の眷族が光竜《こうりゅう》と闇竜であると見抜いた楊《ヤン》のアドバイスで、阿嘉松《あかまつ》が決断したのだ。だが、月龍と日龍がそれを知るよしもない。

いずれにせよ、上空へ向かった翔竜とは、すれ違うことになってしまった。

「いけない……翔竜が孤立する！」

「急ぎなさい、月龍《げつりゅう》！　ヤマツミへ！　ミラーカタパルトで私たちも飛びますわよ！」

金銀の姉妹がうなずきあい、ヤマツミへ向かっていく。


――ドイツ製の姉たちの不安は的中していた。

チャフが吹き荒れる高度を突破した翔竜《しょうりゅう》は、高空にヤマツミがいないことに気づいたのだ。辺りを見回しても、アクティブセンサーで走査しても、周囲に見つけることができない。

「そんな……まさか覇界《はかい》の眷族に撃沈されてしまったの⁉」

この時、ヤマツミがすでに低空へ降下、電波妨害のただ中に進入していたとまでは思い至らない。

「でも、急がないと姉様方が……！」

地上で一方的に攻撃され続けている月龍と日龍《にちりゅう》のことを考えると、翔竜のうちに勇気が湧いてきた。いま、自分こそが頑張らなければならない、と――

小型飛行機が、タワーへの密着飛行から高空へと躍り出た。


アクティブセンサーを全開にして、高空を飛翔する翔竜の姿は、タワー頂上部から丸見えだった。

「あの機影……おそらくはGBR－5を再設計した勇者ロボですね」

「じゃあ、あたしたちのお兄ちゃん？　それとも弟？」

「戦績データで存在は確認できていたけど、詳細はわからない。でも、私たちは作戦を実行するのみ……」

覇界闇竜《あんりゅう》のその声のトーンに、つらそうな波形を感じた覇界光竜《こうりゅう》は、少々物悲しげに応える。

「優しいね、闇竜は。でも、宇宙の摂理のために、やらなきゃならないんだよ……だから、今度はあたしが！」

「光竜……」

霸界闇竜は自分の半身の姿を見る。本来は優美ともいえるスマートなビークルロボの肢体が、この時はＺＲ－06《ゼロゼロシックス》・タワー型ゼロロボに無数のケーブルで接続されている。その姿は誕生直後、バイオネットによってフツヌシに接続されていた時の光景※30を想起させた。だが、これは何者かに強制されたものではない。彼女が自ら望んで、ゼロロボと接続したのだ。

宇宙の摂理を守るために――

「集光ミラー、展開……」

霸界光竜から発せられたその指令はケーブルを通じて、ヘリオスタット反射鏡群へと送信された。数千枚の可動ミラーが、ある意志のもと、角度を変えていく。

太陽光の反射を一点に凝集しようというのだ。

上昇したヤマツミのミラーカタパルトで、射出を待っていた月龍と日龍は、艦外カメラが捉えた映像に目を奪われた。

無数のミラーが、一点を狙って反射光を集約している。その狙いは明らかだ。

「翔竜、緊急回避を！」

「お逃げなさい、急いでっ！」

月龍と日龍の声は、電波妨害に阻まれて届かない。それでも何故か、翔竜は自分の名を呼ばれたような気がして、機首をめぐらせた。だが、時すでに遅し。

光と闇、フランス製の姉妹は、あたかも世界を消し去る寸前の神々しさを放ちながら、同時に言葉を繰り出した。

「宇宙に終焉のブランチを……」

次の瞬間――
若く勇敢な勇者ロボの全視界を、天界へと誘う眩い光が覆い尽くした。

数千枚のヘリオスタット反射鏡群が、一糸乱れぬ稼働によって形成した巨大凹面鏡。それによって反射された光は、メガソーラー発電所上空を飛ぶ翔竜《しょうりゅう》の位置を焦点として凝集する。

叫び声を上げる間もなく、小柄な勇者ロボの機体は高熱に焼かれ、次の瞬間、爆散した。

ＺＲ－06《ゼロゼロシックス》の頂上にいた覇界光竜《はかいこうりゅう》と覇界闇竜《あんりゅう》がその光景から目を背ける。

「ごめんね……」

「あなたの犠牲は無駄にしません。きっと宇宙の摂理を……」

悲痛を隠しきれない声で姉妹がつぶやく。トリプルゼロによる浸食で倫理観を上書きされてしまったとはいえ、その性格まで変貌したわけではないのだ。

「――後進を犠牲にしてまで！」

「宇宙の摂理とやらがお大事なの⁉」

下方から迫り来る声に、覇界光竜と覇界闇竜は地上の方を見る。彼女たちの視界に入ったのは、ミラー粒子を剥離させながら飛来する、自分たちによく似た二体の姿だ。

翔竜が反射光に焼かれた姿は、ヤマツミの艦外カメラにも捉えられていた。艦内回線でそれを知った二体の動揺冷めぬまま、ＧＧＧ《スリージー》ブルーのクルーは、ミラーカタパルトから即座に彼女たちを銀色の弾丸の如く射出したのである。

射出の勢いに自らの質量を乗せて、銀と金の姉妹が白と黒の姉妹に殴りかかる。

「あああっ！」

痛打を浴びた覇界闇竜が、集光タワーの頂上から弾き飛ばされた。だが、その機体は即座に、覇界光竜が伸ばしたメーザーアームに拾い上げられる。

「気をつけて、闇竜！」

「ありがとう、光竜」

空中で体勢を立て直し、タワーから飛び出した枝状の構造物の上に着地した月龍《げつりゅう》と日龍《にちりゅう》は見た。同じ打撃を受けた覇界闇竜だけが吹っ飛ばされ、覇界光竜のみがその場に踏みとどまった理由を。

「あれは……」

「集光タワーと接続されていますの⁉」

――覇界光竜の機体には、数本の大容量ケーブルが接続されていた。

「そうか……メガソーラー発電所で発生した大電力を使って、オービットベースを狙うつもりだ！」

そう叫んだのは、覇界光竜の様子が映し出されたメインスクリーンを見る楊《ヤン》博士である。チャフ雲の上に出たことで、月龍《げつりゅう》と日龍《にちりゅう》が目撃した光景はオービットベースにまで中継されるようになっていた。

「光竜《こうりゅう》のメーザー砲でか⁉　おいおい、ビークルロボの装備がそんな大出力に耐えられるってのかぁ？」

阿嘉松《あかまつ》の問いに、楊《ヤン》は冷静に答える。

「捨て身の戦法ともいえる。いまの光竜と闇竜《あんりゅう》は、覇界《はかい》の眷族だ。トリプルゼロによって強化された機体でなら、その身を滅ぼしても十分に攻撃は可能なのだろう」

「ええい、そういうことか！　タマラ、生体反応は観測できたか？」

「はい長官いま検出しました光竜の右脚部と闇竜の左脚部にそれぞれひとりずつ確認できましたー」

メインスクリーンに映る覇界光竜と覇界闇竜の姿に、マーキングが重なる。GGG《スリージー》ブルーの隊員たちにとっては一目瞭然、そこはビークルマシン形態時には運転席となる部位だ。

「月龍、日龍……戦術目的の第一位はゼロ核《コア》の確保。第二位はオービットベースへの攻撃阻止。第三位は光竜、闇竜の超ＡＩ確保だ！」

『了解！』

楊の指示に月龍と日龍が応じる。うなずきつつ、楊は心中で考えていた。

（同型のビークルロボ二体と二体……トリプルゼロに浸食された分だけ、敵が有利。あとは荒療治がどこまで効果を発揮するか、だな）

オービットベースからの指令を受けて、月龍と日龍は集光タワーの頂上部へ躍り出た。タワーからの大電力を受けて射撃姿勢にある覇界光竜を守る楯となるように、覇界闇竜が立ちはだかる。

「光竜……彼女たちは私にまかせて、あなたはオービットベースを！」

「わかった！」

覇界光竜は背部にマウントしたメーザー砲を天へ向けた。即座に撃たないのは、次射へのエネルギーチャージのためか。

「シェルブールの雨！」

覇界闇竜のフレキシブル・アームドコンテナから、小型ミサイル群が発揮される。

「いまの私たちには通じない！　プロテクト・プロテクター！」

覇界闇竜が放ったミサイルはすべて、月龍の肩部マント状ユニットの奥より発生する六つの空間湾曲シェードが阻む。空中に連続する爆発の圧力も、ユニットが楯となって通さない。

「翔竜の仇……赦さなくてよ！　ブロウクン・ブレイカー！」

月龍の楯の影から、日龍の矛が飛び出す。高速回転する六基の高速回転ユニットは、乱打となって覇界闇竜に浴びせかけられた。

覇界闇竜は腰部にマウントしていたクリスタルシールドで防ごうとする。だが、飛んできた月龍の有線ユニットがそれを弾き飛ばし、息の合った連携で日龍のユニットが攻撃！　覇界闇竜はタワー頂上に叩きつけられた。

「あああっ！」

「闇竜！」

覇界光竜《はかいこうりゅう》が必死に手を伸ばす。だが、ケーブルで自由を奪われている彼女の手は、姉妹のところへ届かない。

「たとえ貴官らがトリプルゼロの力を手に入れていようと――」

「私たちの怒りと連係の前には無力ですわ！」

日龍《にちりゅう》が気高く宣言するかのように叫ぶ。旧GGG《スリージー》の勇者ロボたちは、たしかに人類存亡をかけた壮絶な戦いを勝ち抜いてきた。だが、強敵との戦いがなかったとはいえ、巨大な災厄に脅かされた人類を支えるため、GGGブルーもまた苦難に抗い続けてきたのだ。その期間は決して短くはない。

月龍《げつりゅう》と日龍の実戦練度は、先輩たちに劣るものではなかった。

「でも、私たちにだってやらねばならないことがあるのです……！」

覇界闇竜《あんりゅう》は反撃をあきらめ、防御に徹した。オービットベースを攻撃するまで、覇界光竜を守ればよい――たとえ自分が倒れようと、それで宇宙の存続に寄与できる……という決意であろう。

だが、次第に傷ついていく姉妹の姿を見て、覇界光竜が叫んだ。

「もういいよ、闇竜！　来て……一緒に決めよう！」

「光竜……わかりました！」

一瞬の躊躇《ちゅうちょ》の後、覇界闇竜はおのが半身のもとへ飛び込んだ。月龍と日龍は後を追おうとして立ち止まり、互いの目を見る。そして、うなずきあった。

「月龍と日龍、シンパレート一〇〇！　シンメトリカルドッキング可能です！」

機動部隊オペレーターシートに表示された画面を見て、初野華《はつのはな》が叫んだ。メインオーダールームが沸き立つ。

双子勇者の超ＡＩ同調率を示すシンパレートが一〇〇パーセントに達したことは、これまでも幾度かあった。だが、常にその数値が出せたわけではなく、ＧＧＧブルー首脳部は原因を特定できずに頭を抱えていたのである。原種や遊星主との戦いに投入されてきた過去の竜シリーズと異なり、月龍と日龍は単独任務で救助活動にあたることが多かった。そのため、ライバル意識が過度に発達してしまったのではないかという推測もされてきたのだが――

（私の予測が当たったということか……）

楊《ヤン》は深くうなずくと、阿嘉松《あかまつ》長官の方を振り返った。

「長官、シンメトリカルドッキングの承認を！」

「お、おう、そうだったなッ！　シンメトリカルドッキング承認んんんっ‼」

阿嘉松がメインスクリーンに映る月龍と日龍を指さしつつ、叫ぶ。


覇界闇竜が覇界光竜のもとに飛び込み、月龍と日龍が息をあわせて宙に飛ぶ。そして二組の姉妹が同時に叫んだ。

「シンメトリカル！　ドッキング‼」

竜シリーズと呼ばれるビークルロボたちは、それぞれに兄弟姉妹に相当するパートナーを持っている。二体の機体と超ＡＩをひとつに統合し、竜神と呼ばれる合体ビークルロボになることが可能だ。そのために必要な条件が、シンパレートが一〇〇パーセントに達することなのだ。

ケーブルに接続されたままの覇界光竜が右半身となり、覇界闇竜が左半身となって白と黒の竜神が完成する。

「天《てん》・竜《りゅう》・神《じん》‼」

その眼前で月龍《げつりゅう》が右半身、日龍《にちりゅう》が左半身となって、銀と金の竜神が誕生した。

「星《せい》・龍《りゅう》・神《じん》‼」

二体の竜神は、集光タワー頂上部で向かい合った。決して広くはない空間。手を伸ばせば、すぐに届く距離。だが、天竜神にも星龍神にもやるべきことがある。捨て身の対決はできなかった。

「はじめまして、星龍神……そしてこれがお別れね、残念だけど」

「そうはさせませんわ、天竜神……そしてご挨拶しておきます。はじめまして」

「こちらは身動きできない。そちらは、あの可愛い弟の仇をとるつもりかしら？」

「ええ、その通りですわ！」

ビークルロボ時の背部ユニット二体分を豪奢なマントのように背に広げ、星龍神が高らかに宣言する。

「翔竜《しょうりゅう》の仇である覇界《はかい》の眷族を討ち取り、私たちの先輩である貴女を取り戻す……だから、お別れとはなりませんわ。天竜神……お覚悟を！」

星龍神はその言葉とともにつかみかかった。攻防ユニットは使わない。まずは戦術目的の第一位を実行しなくてはならないからだ。ビークルマシン形態での運転席は、合体ビークルロボにおいて両肩となる。そこからふたつのゼロ核《コア》を抜き取ろうというのだ。

だが、その行動は覇界天竜神に読まれていた。伸ばした二本の腕、その手首がつかまれる。

「残念ね、星龍神。オービットベース殲滅だけを考えればいい私の方が、自由の身みたい」

「………」

星龍神は答えない。無言で両腕に力を込める。だが、覇界の眷族となった覇界天竜神との力の差は明白だった。じりじりと押し返しながらも、覇界天竜神には余裕すらある。

「お気の毒様。戦術目的が多い戦い……さぞ不自由でしょうね」

「不自由……？　撃龍神《げきりゅうじん》先輩の記録でも閲覧したのですか？」

「ええ、そうよ。かつて楊《ヤン》博士からたくさんの戦術目的を与えられたお兄様は、自分で順位を書き換えたそうよ。あなたもそうしたら？」

「天竜神、いま貴女の戦術目的の第一位はなんなのです？」

答えが数秒、遅れた。それが迷いであったのか、他のなにかであったのか、明らかにする術はない。だが、覇界天竜神はかすかに苦しい響きをにじませて、言葉をつむぐ。

「戦術目的の……第一位は…もちろん、宇宙の摂理……それが勇者としての私の……」

「違います！」

叫びながら星龍神は、両肘から先を分離して飛び退いた。ビークルロボ時には携行装備となる前腕部は、容易に切り離すことが可能だ。

「勇者として、戦術目的の第一位は常に人命尊重！　宇宙の摂理など、トリプルゼロに強制的に上書きされたもの！」

握りつぶされそうになっていた両腕を分離したことで自由になった星龍神は、背部攻防ユニットを有線コントロールで展開する。

「天竜神、貴女ならわかるはず……！」

握りしめていた星龍神《せいりゅうじん》の両腕が、集光タワー頂上部に転がる。覇界天竜神《はかいてんりゅうじん》が呆然と立ち尽くしたのは、なにかが超ＡＩに負荷をかけたのだろうか。それは星龍神の言葉か、それとも覇界天竜神のうちに残されていた記憶か。

いずれにせよ一瞬の隙を逃さず、マント右半分の打撃ユニットが高速回転しつつ、覇界天竜神の両肩にめり込んだ。狙い過たず、ユニットはビークル形態時の運転席となる両肩から、ふたつのゼロ核《コア》を押し出し空中に弾き飛ばす。そしてマント左半分の防御ユニットがそれを捕獲。直後、星龍神は素早く両腕を回収、ジョイントするとその腕にゼロ核を受け取った。

その瞬間、星龍神の超ＡＩは達成感よりも戸惑いを感じる。

「天竜神、貴女はやはり……！」

覇界の眷族が、あっさりとゼロ核を回収させた。自分のなし得たことというよりも、覇界天竜神がそれを許してくれたかと、星龍神には思えたのだ。

だが、その思いを裏切るかのように、覇界天竜神が突進する。

「違う、違う……私は宇宙の摂理のために！」

背部スラスターをトリプルゼロの出力をもってフル噴射した合体ビークルロボ。その全質量を乗せたショルダータックルの威力は絶大だった。ゼロ核を回収した無防備な体勢で、不意をつかれた星龍神の機体は、地上一〇〇〇メートル近いタワーの頂上から、空中に押し出された。

「‼……各ユニット再起動までに十数秒を要します！　落下を防げませんわ！」

ドバイにおける姉妹勇者たちの戦いは、ヤマツミからオービットベースにも転送されている。

「マズイよ！　飛行できない星龍神が、あの不安定な体勢で地面に叩きつけられたら！」

「長官……今こそ封印を解こう！」

プリックル参謀と楊《ヤン》博士の視線を受けて、阿嘉松《あかまつ》長官が即断する。

「いよぉぉぉし！　トリニティドッキング承認んんッッ‼」

阿嘉松の絶叫に、耳が痛む思いを感じながら、初野華《はつのはな》はオペレートを開始する。ドバイの空に溶け込み気配を消していた勇者へ、新たな合体プログラムのアンロックを送信したのだ。

高度一〇〇〇メートルから落下しながらも、星龍神は、両腕につかんでいたふたつのゼロ核を両肩の運転席に収容した。このまま地上に叩きつけられるなら、耐衝撃シートがある場所の方がよいと判断したのだ。その時、星龍神のかたわらで、空気が揺らいだ。いや、蜃気楼の向こうに何者かがいる。

「……ホログラフィックカモフラージュ⁉」

「違います、遠隔プロジェクションビームユニット〈ウツセミ〉を増設してもらったんです」

虚空から幼い声が応える。その直後、空中投映されていた虚像を解除して、翔竜《しょうりゅう》が姿を現した。

「翔竜……無事だったの⁉」

「ごめんなさい、姉様方……あ、星龍神となった今は単数形の姉様でいいんでしょうか？」

落下する星龍神に相対速度を合わせた状態で飛行しながら、翔竜が困惑した声を出す。

『お前ら、そのままじゃ地上に激突するぞぉっ！　承認したんだから、さっさと合体しろォッ‼』

阿嘉松長官の声が響く。

「そうでした！」

翔竜《しょうりゅう》があわてたように応え、星龍神《せいりゅうじん》が我に返る。今はなすべきことを見失ってはならない。大地への激突が迫るなか、星龍神は叫んだ。

「……トリニティドッキング！」

そのボイスコマンドによって、翔竜の超AIはスレーブモードに入った。もともと、〈GBR－5〉は超竜神《ちょうりゅうじん》の追加ユニットとして開発されていた機体である。グリアノイドというカテゴリーが定義されたことでそこに含まれた翔竜は、ドッキングプログラムが走ると同時に、自分の制御権を委譲するのだ。

ビークルマシン形態に近い姿へ変形した翔竜が、星龍神の背にドッキングする。三機分のGSライドが同調して、星龍神の背部に宿った翼に力を与えた。いや、その勇者の名は星龍神ではない。その名は——

「翔《しょう》・星《せい》・龍《りゅう》・神《じん》[※31]————‼」

合体ビークルロボがグリアノイドとドッキングして誕生した新たなる勇者、翔星龍神がドバイの空にその姿を現した。かつてはSPパックや、クライマー1といった補助装備が存在した竜神シリーズだが、星龍神側の出力を翔竜側の飛行出力へ最大限に活用しただけではなく、連携独立AIによる高速アクロバット飛行の制御までも実現した三体合体は、最高峰の技術の結晶と呼ぶべき高性能を誇る。

かつて、超竜神の強化プランとして設計された姿——翔超竜神《しょうちょうりゅうじん》[※32]。ゴルディオンハンマーの開発を急ぐために封印された[※33]そのプランが、十数年の時を経て、ここに再臨したのだ。

「まんまと騙されましたわ」

ひとつに統合された三つのＡＩ。その苦言の矛先はヤマツミのクルーに向けられているようだ。

『翔竜は私の指示に従っただけだ。恨むなら、私を恨んでもらおう』

女神の怒りを鎮めるかのように、楊《ヤン》博士の冷静な通信が割り込んできた。もともと、作戦開始前にウツセミを組み込んで、撃墜されたように偽装する演技を指示したのは、楊だったのだ。

『これまで、月龍《げつりゅう》と日龍《にちりゅう》のシンパレートが一致したのは、常に翔竜が危機に陥った時だった。ならば、その状況を再現すれば、覇界《はかい》の眷族に対抗し得る力が目覚めるかもしれないと考えたのだ』

「ひどいことを平気でなさるのですね、楊博士。……私たちをなんだと――」

『勇者だと思っているよ。だから、いまなすべきことを見失ったりはしないはずだ』

楊がぬけぬけと言ってのけた。実のところ、メインオーダールームにいるすべての者が、そのずうずうしさに一瞬、あっけにとられたのだが、星龍神にはそこまで伝わらない。

「ふう……わかっていますわ。今、なすべきこと！」

伝わらずとも、その魂は紛れもなく勇者のそれであった。

高度一〇〇〇メートルに浮遊し見上げる翔星龍神を、一〇〇〇〇メートルの集光タワー上から覇界天《てん》竜神《りゅうじん》が見下ろす。それは新たなる仲間の誕生を祝福する視線ではない。

「翔星龍神……どうしても私の邪魔をしようというのね。なら、戦術目的を変更する」

覇界天竜神はそうつぶやくと、背部フレキシブル・アームドコンテナから、無数のミサイルを発射した。

タワーに寄り添うように上昇飛行する翔星龍神《しょうせいりゅうじん》。そこにミサイル群が接近する。

「ステキな先輩……その程度で私が止められるとでも思いまして？」

だが、アクロバット飛行で避けたりはしない。ミサイル群が着弾するかに見えた瞬間、翔星龍神の背部ウイングから磁力線が放たれた。それは翔竜《しょうりゅう》に備わっていた固有装備である。

ミサイルはシーカー波を放ってアクティブ・ホーミングを行っていたのだが、それが磁力線で乱された。標的を誤認させられたミサイルは、次々と地上へ向かい着弾していく。進路を変えずに飛翔する翔星龍神は、まったくの無傷である。

ミサイルの爆発により、メガソーラー発電所敷地内のヘリオスタット反射鏡群が破壊され、爆風がその破片を宙に吹き飛ばす。

「可愛い後輩……止められるとは思っていないから、こうするのよ」

そう言うと覇界天竜神《はかいてんりゅうじん》は、集光タワーと接続されていたケーブルを外して、宙に舞った。


「おい、あいつ、給電ケーブルを外したぞ！」

メインオーダールームで、阿嘉松《あかまつ》の言葉に楊《ヤン》が推測で答える。

「オービットベースへの攻撃を断念、翔星龍神を撃破することに戦術目標を変えたのか……」

「だとすると……来るぞ、あの攻撃が！」


「天竜神……光と闇の舞！」

まさに楊の言葉に続けたかのようなタイミングで、宙に舞った覇界天竜神が必殺の技を放った。背部パワーアーム・メーザーから放たれた光の槍が、空中の翔星龍神を襲う。

「！」

翔星龍神は三機分のＧＳライドの出力による高機動で、これを見事に回避した。

だが――

無数のヘリオスタット反射鏡の欠片が、メーザーを反射する。もちろん、熱線攻撃の直撃に耐えられるはずもなく、欠片ひとつひとつは一瞬で蒸発してしまう。それでも蒸発の度にわずかながら射線が曲がっていき、無数の欠片は結果としてメーザーを折り返したのだった――翔星龍神のもとへ！

「ああっ！」

ミサイル攻撃はこのための伏線だったのだ。もともと衛星軌道上のオービットベースを狙うための大電力によるメーザー攻撃である。トリプルゼロに強化されたこともあり、以前の天竜神のそれより威力が格段に増していた。避ける間もなく、輝きのなかで消え去っていく、合体ビークルロボのシルエット。

「あああああっ……！」

翔星龍神の断末魔がこだまする。

「今度こそ、お別れよ……」

おのが姿によく似た現し身の喪失を悼むかのように、覇界天竜神がうつむく。

その時――虚空に少女の苦鳴が響いた。ドバイの空に、人の傷口が出現した。いや、傷口のように見える異形は、門である。シャーラという名のソムニウムが産み出した、超空間径路――ソキウスの路《みち》の出口だ。

『ンー、ヒトの作りし機械人形どもが何やらやらかしているようだな』

ソキウスの門から、集光タワーの頂上部に現れたのは羅漢《らかん》、ガジュマル、そしてユーヤ。三体のソムニウムの意志が、リミピッドチャンネルを経て交錯する。

『ちっ、覇界《はかい》の眷族め……好き放題やってくれる』

『急げガジュマル、猶予はないぞ』

タワーに取りつく少年のようなガジュマルと、ドレスを着た貴婦人のようなユーヤ。

『わかっている』

ガジュマルは喰らいついた。懐から取り出した物体、アニムスの実――ソムニウムの身体を変貌させる異形の果実に。すぐにユーヤも続く。

「ベターマン！　こっちにも現れやがった！」

ヤマツミから送られてきた映像に、阿嘉松《あかまつ》はうめいた。メインスクリーンの映像には、二体のベターマンがトゥルバ、ルーメと呼ばれる形態に変身していく姿が映し出されている。いずれも以前、木星で観測された形態だ。

別のモニターに映し出されているハワイでの戦い――ワダツミからの中継映像にも、駆けつけたベターマンの姿がある。

「あいつら、人類を助けてくれるっていうのか？　いや、敵の敵は味方ってことか……」

木星での戦いにおいて、覇界王を斃すために共闘した〈ベターメン〉を思い出しつつ、阿嘉松はつぶやく。

「ならそれでいい……こっちもお前さんたちを利用するだけのことだ」

『ンー…それでは凡愚なる者に力を与えてやるとしよう』

傲慢な意志をリミピッドチャンネルに乗せ、さらに傲慢な表情で羅漢が微笑む。

『ペクトフォレース・サンクトゥム！』

羅漢の胸門から、虹色の粒子が放たれた。それはベターマン・トゥルバとベターマン・ルーメに浴びせられ、彼らの身体をパズルのように分解していく。そして複雑に組み合わさった二体は、合体ベターマンとなって集光タワーの頂上部に降り立った。

目の前で行われた異形の儀式に、覇界天竜神《てんりゅうじん》が怯えた声を出す。

「やだ、キモイ！」

覇界の眷族と化しても、その感性はかつてのそれを残しているのだろうか。トゥルバ・ルーメは体格でいえば、覇界天竜神の半分もない。だが、エリマキトカゲにも似た巨獣トゥルバが、光のクラゲのようなルーメと融合したその姿は、光のドレスをまとった恐竜顔の女神といった容貌。たしかに生理的嫌悪感を抱かせるに十分なものがある。

「キモイ？……可愛らしい乙女のようなことを言うのですね、先輩！」

覇界天竜神の背後に、もう一体の巨体が出現する。光と闇の舞――かつて、東京に恐怖と絶望をもたらしたＥＩ－01の攻撃を解析して編み出された必殺技――を浴びて、焼き尽くされたかに見えた翔星龍神《しょうせいりゅうじん》である。

「やっぱり……さっきと同じようにプロジェクションビームで！」

「ご明察」

つい先ほど、翔竜《しょうりゅう》が使用したユニット〈ウツセミ〉……それはまだ翔星龍神の背部に装備されたままだった。月龍《げつりゅう》と日龍《にちりゅう》をあざむくための装備が、今度は覇界天竜神《はかいてんりゅうじん》に幻を見せたのである。

覇界天竜神の前方にトゥルバ＋ルーメの合体ベターマン。後方に翔星龍神。女神と女神の戦いは、恐竜の女神の参戦もあいまって、いま終局を迎えようとしていた。

だが、合体ベターマン〈トゥルバ・ルーメ〉、そして翔星龍神に前後を挟まれたものの、覇界天竜神にとって絶対的に不利な状況とは言えなかった。ソムニウムと人類はともに、覇界の眷族に対して敵対する関係にあるものの、意志を通じあって共闘しているわけではない。ましてや、トリプルゼロによって強化された天竜神のパワーは、本来は同型の系譜たる翔星龍神のそれより数倍するものになっているであろうから。

女神たちによる三すくみの状況をまず打ち破ったのは、トゥルバ・ルーメであった。

『しかけるぞ、ユーヤ！』

『まかせる……ガジュマルと連動しよう』

羅漢《らかん》の胸門から発せられたペクトフォレースによって生体融合しているものの、ガジュマルとユーヤの意識が統一されたわけではない。ひとつの体のなかでリミピッドチャンネルによって意思疎通しながら、トゥルバ・ルーメが宙に舞う。

『この刃に耐えられるか！』

ベターマン・トゥルバは大気を制する。その能力で放ったのは、真空の太刀であった。その斬撃をメーザーでもミサイルでも相殺できないと悟った覇界天竜神は、身を投げ出すように回避する。

『まだまだ！』

しかし、トゥルバ・ルーメは回避する先を読んで第二撃、第三撃を放った。トリプルゼロをまとっているために成せる業か、覇界天竜神は余裕すらうかがえる様子で回避を続ける。

「この程度の攻撃、当たってもたいしたことないんだけど……」

だが、その回避行動は翔星龍神に読まれていた。低空飛行で接近した女神が、背部攻撃ユニットを放つ。

「この状況ならば当ててみせよう……ブロウクン・ブレイカー！」

六基のユニットは高速回転しつつ、覇界天竜神に打突を繰り返す。それはブロウクンマグナムによる連打にも等しい。しかしその猛攻にも、トリプルゼロに強化されたレーザーコーティングスーパーG装甲は揺るがない。防御に徹するどころか、逆撃を繰り出す。

「シェルブールの豪雨！」

覇界天竜神のフレキシブル・アームドコンテナからミサイル群が射出される。短い時間に降るゲリラ豪雨のごとく、短距離ミサイルが前後に放たれた。翔星龍神とトゥルバ・ルーメ、双方向の敵に同時に反撃したのである。

『……くっ、こんなもの！』

ガジュマルの意識がミサイルへ向けられる。トゥルバ・ルーメは真空の刃を真空の楯へと変え、堪え忍んだ。一方、翔星龍神《しょうせいりゅうじん》も機動力を活かして宙へ逃れたが、追尾式ミサイルがその後を追う。

「プロテクト・プロテクター！」

全弾命中かと思われた瞬間、防御ユニットが展開してかろうじて被弾をまぬがれる。

（強い……！　翔竜《しょうりゅう》と合体したことで機動性はこっちが上だけど、それ以外は攻撃力も防御力も桁違い……！）

空中に逃れた翔星龍神を見上げ、覇界天竜神《はかいてんりゅうじん》はつぶやいた。

「つまらないわ……ベターマンとやらも妹も、そんな攻撃しかできないの？　なら、もう一度戦術目的を書き換えようかしら」

覇界天竜神は、身近で剥き出しになっていた給電ケーブルを素早く拾い上げ、メーザー砲の基部に再接続した。戦慄する翔星龍神。

「もう一度、オービットベースを狙おうというのか！」

「そう、それが私たちの使命だもの……大河《たいが》長官から与えられた」

翔星龍神が耳にしたその言葉は通信回線によってメインオーダールームにも転送され、その場にいた者たちに衝撃を与えた。やはり、この作戦は覇界の眷族と化した大河幸太郎《こうたろう》が立案したものだったのだ。かつてGGG《スリージー》を率いて地球を護った偉大なる指揮官が、地球防衛の砦たる要衛を――彼らの古巣たるGGGオービットベースを狙っている。スタリオン・ホワイトの証言から予想されていた事態ではあったが、その場にいる全員が、隠しきれない動揺を露わにした。

「そんな……本当に大河長官さんが……」

オペレーター席の初野華《はつのはな》が、大きな目に大粒の涙を浮かべて、つぶやいた。衝撃のあまりに子供時代の呼び方に戻ってしまっているのだが、気づく余裕すらない。だが、かたわらに立つ天海護《あまみまもる》が、静かに告げる。

「そうだよ、華ちゃん。これが現実なんだ。でも、だからこそ戦わなくちゃならない……本当のあの人たちを取り戻すために！」

「……」

涙滴がこぼれ落ちることはなかった。華もかつての無力な子供ではない。自ら望んで地球防衛を志したGGG隊員なのだ。

「ごめん、護くん。そうだよね……怖くない。怖くなんかない。私たち、戦わなくちゃいけないんだ」

華の言葉に護がうなずく。いや、護だけではない。メインオーダールームにいる全員が、ふたりの方を見つめて視線で同意していた。阿嘉松《あかまつ》長官が、楊《ヤン》博士が、プリックル参謀が、山《やま》じいが、牛山末男《うしやますえお》が、タマラが、アルエットが、みな同じ気持ちだった。

その時、通信モニターから呼び出しコールが鳴る。阿嘉松が応答操作をすると、メインスクリーンに牛山次男《つぐお》の映像が現れた。

『長官、お待たせしました！　覚醒人凱号《かくせいじんがいごう》、ダイブ準備完了ですっ!!』

「おう、ようやく間に合ったか！　護、出られるか？」

阿嘉松の言葉に、護が姿勢を正して答える。

「はい！　すぐに出ます！」

言うと護《まもる》はすぐにメインオーダールームから走り出していった。機動部隊に所属するヘッドダイバーの待機室ダイビングチャンバーへは、中央シャフトのエレベーターで数十秒だ。その姿を見送った山《やま》じいが、率直な問いを口にする。

「凱号《がいごう》を出すんすか？　あ、でも戒道《かいどう》くんはまだ入院中で……」

「おい山じい、お前さん昨日のブリーフィングで何を聞いてやがったァッ！」

「ひっ、すんません！」

阿嘉松《あかまつ》長官とはこの場でもっとも長いつきあいの山じいが、思わず怯むほどの罵声だ。

「長官ムリもありません前回ブリーフィング時山じいオペレーターは腰痛で医務室に行ってたのでムリもありません例の件は聞いてないはずなのでムリもありません」

タマラがあまり助け船になっていないフォローを入れる。

『……まったく、同じ諜報部のカムイさんが伝えておくはずだったのに困ったものね』

その声は火乃紀《ひのき》だ。モニター内、牛山次男《うしやまつぐお》の隣に画面分割で現れた別室の彩《さい》火乃紀の姿に、山じいは目を疑った。

「あ、あひゃ⁉　火乃紀ちゃんその格好は……！」

山じいはさらに裏返った声を上げたが、こちらもムリもない。彼にとってはほぼ十年ぶりに見る、火乃紀のコスチュームであったのだから。

『……ダイブスーツですよ、なにか？』

二十七歳の成人女性が、薄く頬を染めながら応える。当然といえば、当然だ。ニューロノイド専用搭乗服であるダイブスーツは、ヘッドダイバーの生理状態をモニタリングするデバイスだ。実用性を重視したため、着用者の利便性はあまり考慮されていない。見た目に至っては、露出度の高い水着に近いとも言える。

十年前――アカマツ工業でのバイト時代、火乃紀は覚醒人《かくせいじん》1号にダイブするため、頻繁にこのダイブスーツを着用していた。当時は普段着としてミニスカートをはくような高校生だったため、ダイブスーツを着ることにもさほど抵抗はなかった。

（あの頃は、よくこんなの平気で着てられたよね……）

自分のボディラインにもいろいろ気になるところが出てきた今では、素直にそう思う。生体医工学者となり、ダイブスーツの機能を理解できるようになったからこそ、着用を受け入れられたのだ。

「よぉし、覚醒人凱号はウームヘッドダイバー・天海《あまみ》護、セリブヘッドダイバー・彩火乃紀で出すぞ！　発進準備急げっ！」

デュアルカインドと呼ばれる特殊能力者がふたりそろわなければ、ニューロノイドは起動しない。現在のGGG《スリージー》に存在するデュアルカインドは（眠り続ける阿嘉松紗孔羅《さくら》を除けば）、護、戒道、火乃紀の三人のみだ。火乃紀は研究部オペレーターとしての立場にありながら、機動部隊のヘッドダイバー予備要員として訓練を受けていたのである。

（大丈夫……戒道くんが負傷してから、シミュレーションを増やして準備してきたんだもの。きっとできる……大丈夫……）

火乃紀が自分をそう鼓舞していたところに、ダイブスーツに着替えた護がやってきた。

「遅くなりました！」

護のダイブスーツ姿に、火乃紀は一瞬目を奪われた。今まではモニター越しに見る事が多く、肉眼で全身を凝視するのは久々だった。子供だった頃とは違う。二十歳の若く引き締まった護《まもる》のダイブスーツ姿が、神々しい彫刻のように美しく見えたのだ（決して、自分と同年齢の彼氏の贅肉姿と比較していたわけではない）。

自分のダイブスーツ姿をモニターにさらした時よりも赤面しながら、火乃紀《ひのき》は首を振った。

（比べる気はないけど、なんかダイブスーツ着ていた頃から蛍《けい》ちゃんってだらしなく感じるのよね。比べる気はないけど。今の締まらない蛍ちゃんとも……。はあ……）

当の護は火乃紀の心情などには一切気づかず、翔星龍神《しょうせいりゅうじん》をバックアップする作戦の説明を始めた。火乃紀もさすがに表情を引き締めて、ブリーフィングに専念する。ひととおりを終えたところで、護は火乃紀を心配するように問いかけた。

「あの、火乃紀さん……本当にセリブヘッドで大丈夫ですか？」

セリブヘッドには普段、戒道《かいどう》がダイブしている。つまり、ファイナルフュージョン後、ガオガイゴーのメインヘッドダイバーとなるのだ。かなり長い期間、戦闘を経験していない火乃紀を、護が気遣うのも無理はない。

「問題ないわ、ウームヘッドは護くんのダイブ係数が最大になるように設定されてるんだから、その特性を活かすのが最優先。それにファイナルフュージョン後もいざとなったら、半分手伝ってもらえるんだから……そうでしょ？」

「はい、まかせてください！」

年下の青年が真剣にうなずく表情を見て、火乃紀のうちから吹っ飛んだ。羞恥も不安も恐れも……。安心を感じながら、火乃紀は微笑む。

「うん、頼りにしてるよ、護くん」

――その時だった。ダイビングチャンバーの室内灯が明滅し、非常モードに切り替わった。主電源から予備系統に切り替わったことの証左だ。続いて、警報が鳴り響く。

オービットベースに突如訪れた非常事態。GGG《スリージー》ブルーはこの後、自分たちの敵が覇界《はかい》の眷族だけではないことを、思い知らされることになる。

6

ドバイにおける戦闘はいまだ続いていた。だが、それは三つ巴でもなければ、二勢力が一体をいたぶる戦いでもない。覇界天竜神《てんりゅうじん》のみが翔星龍神とトゥルバ・ルーメを翻弄する、戯れに近い光景だった。メガソーラー発電所から供給される膨大な電力によって、軌道上のオービットベースを直接狙うべく、チャージを続けながらの余技にすぎないからだ。

『あの機械人形……なんて頑強さだ！』

歯がみするようなガジュマルの意志が流れる。真空の刃を連続で放ちつつ、トゥルバ・ルーメが覇界天竜神の攻撃を回避する。そして、状況を見守るだけで、普通の人間と変わらぬ様子の羅漢《らかん》はあぐらをかいている。一見したところ、ただの人間に見えても、高度一〇〇〇メートルのタワーの頂点で、強風に微動だにしないその姿はソムニウムの身体能力あってこそだ。

『ンー…未熟なりし者よ。そろそろ助力が必要か？』

『必要ない、羅漢《らかん》は黙って見ていろ』

羅漢の意志に応えたのは、ガジュマルではない。トゥルバがまとう薄衣のように融合しているルーメの素体、ユーヤである。普段は穏やかなユーヤの強い意志に、むしろ好戦的で荒々しいガジュマルの方が戸惑った。

『ユーヤ、なにか考えがあるのか？』

『この状況を打開する思案ならば、ない』

『……』

『私にあるのは、羅漢……あの者がラミアの敵手とならぬよう視線を張りつけておかねばならぬという決意だ』

ユーヤのその意志は隠し立てをするでもなく、リミピッドチャンネルに乗せられている。つまり、自分の警戒心を羅漢に対しても隠すつもりはないということだ。それを受け取って、いかなる感慨を覚えたのか、羅漢は決して面に出さない。常と変わらぬにやにや笑いで、あぐらをかいたままだった。


一方、トゥルバ・ルーメほどの強固な防御手段を持たない翔星龍神《しょうせいりゅうじん》は戦えば戦うほど、手傷を負っていった。プロテクト・プロテクターはプロテクトシェードの簡易版ともいうべき装備だが、覇界《はかい》の眷族と化した天竜神《てんりゅうじん》のミサイルの雨をすべて防ぎきるには至らない。

（そろそろ、一か八かの賭けに出なくてはならないかもしれない……）

翔星龍神は、おのが機体の損傷からそう判断をくだしつつあった。もちろん、持久戦に徹するという戦術もある。翔竜《しょうりゅう》のウルテクエンジンによる機動力を活かせば、覇界天竜神の攻撃から逃れ続けることも可能だろう。だが、それではメガソーラー発電所からの給電を終えたメーザー砲に、オービットベースが撃たれる。戦いを長引かせるわけにはいかない。

選ぶわけにいかない選択肢を捨てていけば、おのずと作戦はさだまっていく。翔星龍神は必勝の確信がないまま、急降下を開始した。

「あら、エネルギーチャージがもうすぐ終わるって、気づいたのかしら」

旋回飛行を続けることで直撃を回避し続けていた翔星龍神が、転じて直線飛行に移ったことで、覇界天竜神も悟った──決着をつける時が来たことを。

「でもね……わかっているのかしら。オービットベースを狙うには足りないエネルギー量でも、あなたを消滅させるには十分なくらいチャージできてるって」

そう言うと覇界天竜神は、天へかまえていたメーザー砲を前方に向けた。自分に向かって突っ込んでくる翔星龍神に狙いをさだめる。

その瞬間だった、覇界天竜神の足場が燃え上がったのは！

「これは……⁉」

『圧縮酸素弾……見たか！』

ベターマン・トゥルバが得意とした第二の技が、覇界天竜神の足元で炸裂したのだ。戦闘中、翔星龍神が捨て身の攻撃に出れば、必ず覇界天竜神が全力で迎え撃つ。

（ソムニウムがその隙を見逃すはずがない……！）

それが翔星龍神が賭けた可能性だった。もし翔星龍神が生命体であれば、意識の波を使って意思疎通を図ることもできただろう。だが、超ＡＩの思考はリミピッドチャンネルに委ねられるものではない。

しかし、生命体と機械の垣根を越えて、彼らの意志は通じずとも一致していた。

（いまここで、覇界《はかい》の眷族に目的を達成させるわけにはいかない……！）

連続で炸裂する圧縮酸素弾による燃焼が、タワーを構成する鉄骨を歪ませる。給電ケーブルを接続していた覇界天竜神《てんりゅうじん》の機体は、タワーの振動と同調するようにバランスを崩した。そこへさらにトゥルバ・ルーメは圧縮酸素弾を放ち続ける。

「こ、このぉっ！」

覇界天竜神はメーザー砲をトゥルバ・ルーメに向けた。

「まずあなたから焼き尽くしてあげる……プライムローズの満月！」

常のメーザー攻撃を上回る大出力のマイクロ波が、帯電により閃光を放ちつつ、真っ直ぐに放たれた。

『くるぞ！　ユーヤ』

『案ずるな、ガジュマル――』

全身にまとわりついていた、半透明のクラゲのようなルーメの体組織が、トゥルバ・ルーメの前面に集まった。内側から眩《まばゆ》い光を放つルーメ。世界十大頭脳に数えられる科学者であれば、その輝きの正体を類推できたかもしれない。

生体内荷電粒子を発生させ、それを高速で移動させることによりルーメの構成物質の原子が励起《れいき》され、基底状態に戻ろうと光子を放出する。

いまやルーメを構成する物質は光り輝く荷電粒子の楯となり、メーザーの直撃を受けた。猛烈な高出力のマイクロ波が、ルーメの体を超振動で揺さぶる。だが、荷電粒子が超振動を抑え込み、そのエネルギーを減衰させていく。副産物として周囲に高圧の衝撃波をまき散らしながら。

それはあたかも、光の槍と光の楯がより光輝に満ちた支配者の座をめぐって、争うかのような光景だった。衝撃波によって発生したエネルギーを再利用する形で、ルーメは尽きる事のない迎撃を続け、この場においてもっとも効率的な媒体として、その身を輝かせた。まさにベターマンと呼ばれる通りのベターな戦術である。しかし、無限のエネルギーを有する覇界天竜神に対して、これは終わりなき攻防ともなる千日手。

そして、その果てることを知らぬとも思われた光と光の激突は、覇界天竜神の超ＡＩから一瞬、翔星龍神《しょうせいりゅうじん》の存在を忘れさせた。

否、忘れたわけではない。対処すべき優先順位の下位に落とし込んだだけだ。だが、それで十分だった――

タワー頭頂部に向かって急降下する翔星龍神は、防御ユニットと攻撃ユニットを交互に配置し、その身の周囲に巨大な円を描く。遠隔操作されるそれぞれ六基、計十二基のユニットは、翔星龍神のシルエットを光背と呼ばれる光の輪を背負った如来像のような姿に一変させた。それも中心のずれたふたつの輪が重なる二重円相光。

「後ろをとられた⁉」

覇界天竜神が、迫る気配に気づいて振り返る。いや、正確には覇界天竜神の超ＡＩが、翔星龍神の行動を対処優先順位の上位に浮上させた。だが、銀と金の女神は、その時すでに白と黒の敵手の背部に迫ってきていた。

「もう遅い……煌《きら》めけ月輪！　翳《かざ》せ日輪！　星たちの円舞《ゾンネンフィンシュテルニス》！」

ふたつの輪による交互連動により破砕と排除を同時にこなすシステムが、前方の覇界天竜神《はかいてんりゅうじん》へと容赦なく突進する。その標的は、覇界天竜神の両脚！

「そういうことね」

覇界天竜神は瞬時に状況を把握した。が、翔星龍神《しょうせいりゅうじん》に対する優先順位を上げることはない。人体でいうふくらはぎの辺りへの奇襲で機動力を奪おうと、トリプルゼロの再生力をもってすれば、たやすく修復可能だ。さらに翔竜《しょうりゅう》と合体しているとはいえ、星龍神のエネルギー残量も同型ゆえ、正確に把握していたからだ。そう、翔星龍神はもう数分も戦えない。時間がくれば、もはや敵ではなくなる。動けなくなったその機体にゆっくりと確実にトリプルゼロの侵食を施せば、こちら側の仲間に引き入れ、ともにベターマンを倒し、千日手を打ち破れると、先の先まで読んでいた。

「はあああっ！」

最後の一手とばかりに向かってくる翔星龍神に、覇界天竜神は防御のみに徹すれば問題なかった
――はずだった。

「マグニ・ナーゲルファイレ！」

「!?」

一瞬、覇界天竜神のＡＩは警戒した。優先対処順位が一気に急上昇した。天竜神のダブル・リム・オングルと同型ゆえの装備、星龍神《せいりゅうじん》の両腕から発せられるナーゲルファイレ。そこに今、翔竜が発生させた磁力波がキラキラと星の輝きのようにコーティング剤として加わった。爪やすりとエア・

マニキュアを交互に配し、削りながら保持する翔星龍神独自の技が、覇界天竜神の膝裏に突きたつ。

「わたしのネイルアートをごらんあれ！」

「アートを語れるのは勝者のみよ！」

　覇界天竜神は背後の敵に、至近距離からミサイルとメーザーを容赦なく放つ。が、翔星龍神のゾンネンフィンシュテルニスが、それらを破砕排除していく。しかし、威力においてはトリプルゼロの出力をまとっている側に分があるため、翔星龍神の十二基のユニットはひとつ、またひとつと側部に直撃を受け機能を失っていく。

「はああああああっ‼」

　悲痛ともとれる叫びを上げながらも、ゾンネンフィンシュテルニスによる防御壁をまとった翔星龍神は、掘削術マグニ・ナーゲルファイレの突進を止めることはない。

「あなたは魔物⁉　それとも……」

　覇界天竜神のセンサーには、妹の姿が、光の輪と弓矢を携えた天使のようにも映った。トリプルゼロの再生力で、覇界天竜神の膝裏の穴が大きく広がることはない。だが、小さな隙間に、翔星龍神は両腕をねじ込んでいく。そしてついに、目当てのものを探り当て、握りしめた！

　星龍神同様、合体形体での天竜神の両膝は、ビークルロボ時の胸部で構成されている。その奥には、分離形体時の頭部があるのだ。すなわち、光竜《こうりゅう》・闇竜《あんりゅう》としてのＡＩブロックが！　それは、合体時に天竜神の胸部や頭部のユニットと連動処理を行う神経回路となり、機敏性を向上させるシステムでもある。性格や性質を決定付ける記憶は、基本的にこの膝裏のユニットに保存されるのだ。

　ＡＩブロックを握りしめられたまま、覇界天竜神は最後の一手を打つ。

「輝け閃光！　貫け暗黒！　光と闇の舞‼」

やはり覇界天竜神《はかいてんりゅうじん》は先を読んでいた。エネルギーチャージで動けぬ体勢でも全方向の敵を殲滅するために。戦いのさなか、被弾し破砕していく巨大タワーのパーツから、密かにミラー状の破片を選りすぐり集積していたのだ。今、それらをダブル・リム・オングルの一閃によって、一気に宙空に散布した。高度な反射角計算を瞬時に完了し、攻撃シミュレーションの処理をこなす。そして、背部に展開したフレキシブル・アームドコンテナとパワー・メーザーアームから四方八方への乱れ撃ちに転じた。メーザーは敵に直撃することなく、ミラー反射を繰り返し、予測不可能な別方向から確実に撃ち込まれるため、避けることはまず不可能である。ミサイルも真っ直ぐには飛ばず、爆煙にまみれ、回避不能な方向から敵を確実に捕らえる。まさに必殺技と呼ぶにふさわしい、天竜神の装備あってこその奥の手である。

「避けられない！」

翔星龍神《しょうせいりゅうじん》の超ＡＩは完全なる敗北を予測した。その必殺技は、至近距離から放たれれば相手だけでなく、覇界天竜神自身をも巻きこむことになるが、再生力で上回る覇界の眷族はそれを承知の上で共倒れの道を選んだのだ！

だが――

メーザーの反射は翔星龍神を避け、ほぼすべてが別方向に拡散した。爆煙から飛び出したミサイルもギリギリ方向がずれ、次々とタワーの鉄骨や壁面に被弾する。

「何故⁉　こんなことが！」

覇界天竜神には理解できなかった。

『できるんだよ』

『融合した今の我らなら』

　リミピッドチャンネルで会話するガジュマルとユーヤの意志が響く。

『破片を集めていることはわかっていたんだ』

『なにかに使う前に、ルーメの体表液を突風で噴霧し、破片の性質を変化させた』

『念のため、トゥルバから疾風で光の琴線を辺り一面に張り巡らせておいた』

　トゥルバ・ルーメによって、ミラーの破片はメーザーを反射できず、ミサイルのセンサーは通常ならあり得ないジャミングでズレを生じていたのだ。

「それなら！　直接！」

　もはや選択肢は限られた。リミピッドチャンネルを受信できずとも、それが合体ベターマンの仕業と悟った覇界天竜神は捨て身の覚悟で、ほぼゼロ距離から翔星龍神へメーザーとミサイルを放つ体勢へ移行する。

「させません！……星たちのくちづけ《キュッセン・エクリプセ》！」

　機動スピードは翔星龍神の方が若干勝っていた。中心のずれたふたつの輪――月輪と日輪が今ひとつに重なり合い、皆既日蝕となる！　高速回転するユニットによるふたつの輪が、キスをするようにひとつに重なり合い、必殺技を放たんとするコンテナとアームを巻き込んで破砕した！

「ああああっ！」

　両者の装備は爆発四散して失われた。が、翔星龍神は怯むわけにはいかない。トリプルゼロが再生を促す前に決着をつけるべく、ボロボロの機体を突進させる。翔竜に備わった磁力線による渦が、爆発の中の機体を電磁煙幕のように守りながら前へと進める。

「天竜神《てんりゅうじん》先任……あなたたちを救い出すため、いまはお許しを！」

覇界《はかい》天竜神に詫びながら、翔星龍神《しょうせいりゅうじん》は突き入れた両腕を引き抜く――ふたつのＡＩブロックを握りしめたまま！

「きゃああああっ！」

物理的に接続を断たれ、強制的に分離させられた光竜《こうりゅう》と闇竜《あんりゅう》のＡＩが翔星龍神の手のうちで悲鳴を上げる。だが、それでもＡＩブロックには傷ひとつついていない。翔星龍神はこのために――姉妹を取り戻すためにこそ、戦っていたのだから。

しかしながら、翔星龍神の機動限界もやってきた。出力が徐々に落ちる。

「もう、動け…ない」

目の前では、超ＡＩを失った覇界天竜神《はかいてんりゅうじん》の機体が、ゆっくりと倒れていく。制御不能となったジェネレーターが過熱し、トリプルゼロをまとったまま全身が爆発しそうになった瞬間、羅漢《らかん》がそのかたわらに立った。

『ンー…ちょうどいい、試してみるか』

羅漢は胸を開け広げた。ソムニウムの特徴でもある胸門が露わになる。

『ペクトフォレース……クラルス！』

無色透明の免疫粒子が放たれる。それは柔らかいシャボン玉のような輝きとともに、覇界天竜神を包み込んでいった。長い長い時間をかけて、その輝きは爆発しかけていた機体を冷却していく。

翔星龍神は目の前の光景に驚きの色を浮かべる。

「いったい何を……？」

　正体不明の現象が起きている。翔星龍神には、そうとしか認識できなかった。ただひとつ言えることは、トリプルゼロの浸食による高エネルギー反応が低くなり、それによってジェネレーターの爆発が起こらなかったということだ。

　かたわらに立ち、状況を観察し続けていた羅漢は、ヒト族のような笑顔を浮かべる。

『ンー…実験は成功といったところか……』

　激戦の痛手を全身に刻んだトゥルバ・ルーメも、その光景を見守っている。

『羅漢……隠さずに使ったか』

『どういうことなんだ、ユーヤ？』

『ガジュマル……あのペクトフォレースは、暁の霊気を浄化できるようだ……』

『浄化だと⁉』

　内部のガジュマルの意志とともに、トゥルバの両眼が驚きをもって羅漢を見つめる。

『そんな事ができるのなら、何故今まで……』

　ガジュマルの意志に怒りがにじんだ。

『落ち着け、羅漢とて覇界の眷族に利するため、これまで使わずにいたわけではあるまい。羅漢は研究者……自ら合成した新たなペクトフォレースであろう』

『ンー、見て悟ったか、烏合の衆よ』

　ユーヤのリミピッドチャンネルに対し、ようやく羅漢が返事を返した。

『隠していたわけではないな……羅漢』

『ンー、制御においては、動けぬ相手には有効だが、力場の反転作用を促すだけで、武装として用いるには難しい。もし完成すれば我らの勝利も確定だがな…ンー』

『……なんてヤツだ。そうなれば俺たちにとって、残るは元凶なりし者、そしてパトリアの刻《とき》だけ……だが……』

ガジュマルの意志に、疑惑の念がにじむ。ユーヤも考えを募らせていたが、傲慢な辮髪《べんぱつ》のソムニウムは、意志を受信しつつも黙ってニヤニヤと笑むだけだった。

相対する者の能力に応じて、より効率的な選択肢を見つけ出す種族〈ソムニウム〉。敵が破滅を司るエネルギー体であっても、人知を超越した形で対抗手段にたどりつく。まさに〈ベターマン〉の名にふさわしき生命体。そう讃えるべきであろうか。

傷だらけとなった機体のケアを後回しにして、翔星龍神《しょうせいりゅうじん》は通信回線をつないだ。

「……オービットベース、聞こえますか？　こちら翔星龍神。天竜神《てんりゅうじん》のＡＩブロックの確保に成功。ゼロ核《コア》も……」

翔星龍神の両肩部運転席には、翔竜と合体する前に収容してあったふたつのゼロ核が保持されたままだ。オービットベースで浄解してもらえば、彼らも元の姿に戻るだろう。

「かろうじてオービットベースへの攻撃も防ぎました。これよりＺＲ－06《ゼロゼロシックス》の機体を破壊して……」

そこまで報告して異変に気づいた。オービットベースからの返信がまったくない。この時、まだ翔星龍神は知るよしもなかった。衛星軌道上の宇宙基地内部に発生した甚大なる事態を。

7

「ウラミ……ウラミ……ウラミ……

恨ミガココロヲ惑ワセル………

恨ミガカラダヲ傷ツケル………

恨ミデイノチガ……死滅スル……」


その日、某家電量販店営業部員である蒼斧蛍汰《あおのけいた》は半休をとって、午後からの出社となっていた。午前中にとある個人的な契約をすませる必要があったからだ。無事、契約を終わらせた蛍汰は昼食をとる前にと、メールを打ち始める。そして、打ち終えるとともに勢い込んで送信した。

「……あれ、なんだこりゃ？」

恋人へ送ったメールが、見たこともない正体不明のエラー表示とともに戻ってきたのである。

「おっかしーなー。地球防衛組織のサーバーが簡単に落ちるとも思えないんだけどなー」

一刻も早く、直接伝えたいことがある……その思いで、通話できるタイミングを問いかけるメールであった。

低軌道を周回しているGGG《スリージー》オービットベースは、天候や時間帯によっては地上から見つけることもできる。淡い期待を込めて、蛍汰は空を見る。だが、曇天の向こうに彩火乃紀《さいひのき》がいるであろう場所を見つけることはかなわなかった。

蛍汰《けいた》がメールの不着に悩んでいた頃、火乃紀《ひのき》は無重力空間の暗闇を進んでいた。ダイブスーツ着用時に付けるのは珍しい右太股のサイ・ウォッチの文字盤から放たれる光が、狭い閉鎖空間をわずかに照らしている。ほのかに照らし出された壁面の表示を、火乃紀が読み上げる。

「二十六…二十六……二十六層M区画、ここね」

「火乃紀さん、下がってて」

真剣な声でそう告げ、壁面に向かって右手を突き出したのは同じくダイブスーツ姿の天海護《あまみまもる》である。

「はああっ！」

右手から放たれた念動力の輝きが、ＡＬＣパネルの壁面を穿《うが》って人間が通過できるサイズの孔を開けた。

「目の前で見せられるとやっぱりすごい能力ね。疲労感はない？」

「これくらいなら全然大丈夫」

「そう、行きましょう、目的地はこの先よ」

臆することなく、壁面の裏側の暗闇へと続く孔へと身を躍らせる火乃紀。護もその後に続いていった。

――覇界《はかい》の眷族との戦闘が続くさなか、ダイビングチャンバーで待機していた護と火乃紀が持ち場を離れたのは、独自の判断である。今より先立つこと、十五分ほど前。突如、オービットベースの人工重力と通信システムが稼働停止したことに起因する。

「火乃紀さん、何が起きたの？　まさかＧＳライド区画にトラブルが⁉」

灯の消えた室内で床面から離れて漂い始めた護が、深刻な表情で問いかけた。オービットベース全域の電力は勇者ロボのジェネレーターでもあるＧＳライドによって、供給されている。その制御システムにトラブルが発生したとしたら、この事態もうなずける。

壁面のコミュニケーターが不通となっていることを確認した火乃紀は、時計の文字盤の輝きを頼りに空気循環口に顔を近づけてみた。ひんやりとした空気が、頬を撫でる。

「エアが流れてる……予備動力がダウンしたわけじゃないわ」

無重力、もしくは低重力下では空気が対流することがないため、人工的に循環させなければ呼吸にすら支障をきたす。もちろん、正常時は重力制御装置が働いているのだが、なんらかのトラブルでそれが停止したとき、予備動力による空気循環が開始されるのだ。

「でも、おかしいな。予備動力が生きてるなら、通信系統は維持されるはず」

「ええ、それに、扉のロックも開放されなければおかしいわ」

火乃紀はダイビングチャンバーの出入り口の開閉スイッチに触れてみたのだが、反応する様子がない。どうにも不可解な状況である。

「重力制御と通信系統がダウンしてるのに、ＥＣＬＳＳ《環境制御・生命維持システム》は生きている——ってことは……」

「護くんがいま想像している通りよ。誰かが意図的に操作している……」

「誰かって、誰が……!?」

「……確かめるしかないわ」

そうつぶやくと、火乃紀はロックを解除した扉から、通路に出た。そして、暗がりの奥に向かって身を躍らせる。護もあわてて、その後に続いた。

「気をつけて！　何が起こるかわからない。僕から離れないように……」

そうして火乃紀《ひのき》と護《まもる》は今、二十六層Ｍ区画にたどりつき、ブロック間の狭い空間に入り込んだところだった。ここを進めば、最短距離で諜報部コマンダールームに到達することができる。胸を痛めたような表情でつぶやく火乃紀。

「……きっとそこに、この異常事態の元凶がいる」

十年前、旧ＧＧＧ《スリージー》が三重連太陽系に旅立つ直前、国連評議会がオービットベースの全コントロールを掌握したのだが、獅子王凱《ししおうがい》がエヴォリュダー能力によるハッキングでこれを奪回したことがある。この事態は、国連に対して大きな教訓を残した。どのような対ハッキングシステムも完全ではあり得ないと――。

そのため、現在のオービットベースの中枢システムは外部ネットワークから完全に遮断された、閉域網となっている。火乃紀の言葉を受けて、護の表情に理解と驚きの色が浮かんだ。

「……やっぱり、オービットベース内部からの⁉」

火乃紀が無言でうなずく。彼女の表情に浮かんでいるのは、悲しみと決意の色だった。


「……行カナイデ…行カナイデ……

カラダニ穴ヲ…アケラレル……

タクサン…タクサン…血ガ出ルノ……

オオキナ穴ガ…イクツモ…イクツモ……

イクツモ…イクツモ…イクツモ…イクツモ……」

「……考えたくはないが、オービットベース内部に覇界《はかい》の眷族の内通者がいたということか」

「おいおい、楊《ヤン》の旦那！　この停電が奴らの協力者のせいだってのかっ！」

メインオーダールーム、無重力状態で席にしがみついている阿嘉松《あかまつ》長官が、姿勢を乱さぬまま平然としている楊博士に食ってかかった。

「可能性の問題だ。だが、そう考えれば、ひとつ辻褄が合う」

「ツジツマ？　難しい言葉だね……誰のワイフ？」

プリックル参謀のボケなのか、真剣な質問だかわかりにくい問いかけを、楊は無視する。

「覇界天竜神《てんりゅうじん》が大出力メーザー攻撃で、このオービットベースを狙ったとしても、こちらにはプロテクトシェードが装備されている」

「確かにそうだが……」

今さらながらに、阿嘉松も納得した。プロテクトシェードは空間を湾曲して、外部からの攻撃を反射する防御システムだ。たとえメガソーラー発電所の大出力による攻撃でも、貫通することはあり得ない。以前、万里の長城と融合した機界原種ＺＸ－05の攻撃を防いだ事実から、それは明らかだ。

その後、機界最強七原種に潜入を許すきっかけとなった、システムにおける0・02ミリのわずかなエラーピンホールも改善されている。現在、敵側にいる旧ＧＧＧ隊員たちとて、そのことを知らぬはずがないのだ。

「覇界の眷族が、プロテクトシェードが喪失することを前提の上で、作戦をたてていたとしたら……」

「おいおい、じゃあ今すぐにも地上から狙撃される可能性があるってことか！　どうするんだよ！」

「我らの勇者を……翔星龍神《しょうせいりゅうじん》を信じるしかあるまい」

通信システムがダウンしたため、オービットベースにドバイの状況は届かない。この時、女神の対決はすでに決着の時を迎えていたのだが、それを知る術はなかった。


同じ頃、オービットベース内のメディカルルームでは、暗闇にかすれた小さな声が響いていた。内部バッテリーに切り替わった医療機器マニージマシンで眠り続けている紗孔羅《さくら》が、うなされるように何かを訴える声だった。

「ウラミ…ウラミ………コ……ロ…サレ………ル……」

内線すらつながらない状況で、その声は誰にも届くことはなかった。もし、それがリミピッドチャンネルを介してソムニウムに伝わっていたとしても、何が起きているのかを悟るにはあまりにも不確かな弱い意思でしかなかった。


「やあ、火乃紀《ひのき》くん、遅かったじゃないか」

区画間の隙間を進んで、諜報部コマンダールームにたどりついた護《まもる》と火乃紀を出迎えたのは身近な人物だった。

「……カムイさん！」

「やっぱり、あなただったの……」

驚く護の隣で、火乃紀は複雑な表情を浮かべている。当たってほしくはない予想が当たっていた……そんな顔に他ならない。

オービットベースのシステムに内部から侵入するならば、諜報部の人間がもっともたやすい。もちろん幾重ものセキュリティが存在するのだが、鷺《さぎ》の宮《みや》・ポーヴル・カムイの諜報部次席オペレーターとしての権限ならば、一般隊員よりそのハードルは低くなるはずだ。

いや、職責以上に危ういものを、火乃紀は感じていたのだ――カムイの昨今の言動に。

「最近のカムイさん、どこかおかしかった……でも、なんでこんなことを！」

「こんなことってのは、どんなことだ～い？」

甘いマスクの下半分がぐにゃりと歪む。もしかしたら、微笑んだのだろうか。だが、目元からそれをうかがうことはできない。顔面の上半分は、巨大なゴーグルに覆われているからだ。オペレーターシートに座ったまま、エレクトーンで大道芸でも披露しているかのように、両手両脚が複数のキーボードや入力デバイスの間をせわしなく動き回り、いまこの瞬間もセキュリティクラックを続けていることがうかがえる。

「カムイさん、信じたくはないけど……本当に覇界《はかい》の眷族に協力しているんですか！」

護が右手をカムイの方に突き出した。これまで、護は自分の念動力を普通の人間に向けて使ったことはない。だが、相手がハッカーならば入力デバイスを破壊することで止められるかもしれない。それ以前に、自分の力を恐れてハッキングをやめてくれたら……そんな思いを込めた威嚇の右手であった。

しかし、その気持ちを読まれているのか、護の力を知っているにもかかわらず、カムイは動じなかった。三日月型に歪んでいた口の両端が、さらにつりあがる。

「ちょっと違うなぁ。協力してるんじゃなくて、僕の方から彼らに提案したのさ……この日時にオービットベースを攻撃すれば、あっさり陥落させられるよ～って」

「そんな！　いったい何のために!?」

護《まもる》は愕然とした。ハワイ、ドバイに同時に現れた覇界《はかい》の眷族の攻撃……それがカムイの手引きによるものだったというのか。この無防備状態が続けば、その狙いはあっさりと果たされてしまうかもしれない。

「さあ、なんためでしょう……当ててごら～ん」

「……私のせい？」

火乃紀《ひのき》のその言葉を聞いたカムイの口元から、笑みが消えた。火乃紀は確信する。当たってほしくはない予想が、またも当たっていたのだと。

「あなたの相談に乗らなかった私が憎かったから？　だから、私ごとオービットベースを消し去ろうというの？」

「………」

「もしそうなら、私だけを狙えばいい！　身勝手な理由でオービットベースを……人類防衛の砦を道連れにしようだなんて、あなたらしくない！」

「……なにがわかる」

カムイの口から、絞り出すような声が発せられた。

「君なんかに、僕のなにがわかる！　お前のせいだと？　思い上がるな……僕が恨んでいたのは、

GGG《スリージー》そのものだ！　兄さんを見捨てて、遠い木星に置き去りにした連中だ！」

「兄さんって……鷺《さぎ》の宮《みや》隊員を⁉」

護は思い出した。原種大戦の末期、木星圏における戦闘で多数の行方不明者が出た。カムイの兄である鷺の宮隆《たかし》※34もそのひとりだった。

「そうだ！　兄さんはあの戦いの時、百式司令部多次元艦《ひゃくしきしれいぶたじげんかん》〈スサノオ〉に乗り込んでいた。そのスサノオが沈んだとき、宇宙空間に吸い出されてしまった！　なのにGGGは兄さんを探し出すことも回収することもせず、地球に帰還したんだ！」

「それは……でも……」

カムイに向けていた護の右手が、力を失ったように垂れた。たしかにカムイの言葉は一面では正しい。だが宇宙戦闘時、真空空間に流された者を回収することは不可能といってよい。書類上の行方不明者は事実上、死亡者と同義にみなされる……いや、みなさざるを得なかった。しかし、行方不明者に親しき者、家族や恋人にとって、それが納得できなかったとしても、無理な話ではない。護にも、それは痛いほどわかった。

「だから僕は、GGGへの転属を希望したのさ。内部から崩壊させるためにね！　それはもうすぐかなうのだ〜〜！　あはははは！」

「……カムイさんのお兄さんを助けられなかったことは…謝ります。でも、お兄さんだって、地球のために戦った仲間ですよね。それなのに……」

「あははは ー、でもねぇ、兄さんは生きていたんだよー。僕からのこの提案を受けてくれたのは、覇界の眷族側にいる兄さんなんだからねー」

「……!?　生きていた…って？」

護《まもる》が驚くのも無理はない。地球人である以上、宇宙空間に投げ出されて生還できるはずがないのだから。

「ダメよ、護くん！　この人の言葉に耳を傾ける必要はないわ！」

「火乃紀《ひのき》さん……！」

「カムイさんの言うことは、論理的に破綻しているわ。もしもお兄さんのことで誰かを恨んでいるとしたら……敵対していた機界原種のはず。逆恨みだとしても、あの時のGGG《ガッツィ・ギャラクシー・ガード》の隊員たちでなくてはおかしいわ！」

火乃紀の指摘に、カムイは動じる様子はない。少なくとも、露わになっている口元には現れない。

「そう、むしろ今の覇界《はかい》の眷族こそが憎悪の対象のはず。なのに彼らに協力して私たちを攻撃しようだなんて……整合性がとれていない」

火乃紀の言葉に、護の顔色が変わる。

「じゃあ、なんでカムイさんはこんなことを……」

「瞳孔の様子が確認できないけど、発汗、呼吸から推定される心拍数、いずれも異状が認められる。そして……正常な判断を失わせている脳波形！」

言うと火乃紀は白衣のポケットから小型アイテムを取り出した。それは阿嘉松《あかまつ》長官が首から提げているものと同型であり、合成音声による警告を放っている。

『アルジャーノンだー！　逃げるのだー！　アルジャーノンだー！　逃げるのだー！』

「あはははー、バレちゃったのかぁ！　あははは！」

気の抜けた〈アルジャーノン見張番26号〉の警告音に、カムイの陽気な笑い声が重なる。だが、それらが重苦しい空気を吹き飛ばすことはできない。

「これがアルジャーノン⁉……あの時のドクター・タナトスと同じ……」

数か月前、イニョーラ島の根拠地で遭遇したバイオネット最後の総帥のことを、護は思い出す。あの時のドクター・タナトスの行動にも論理的な整合性などはなく、結果として組織そのものの壊滅を招いたのだ。そしてそれは、十年前にアルジャーノンが猛威を振るった時の発症者たちの奇行とも符合している。

「カムイさん、あなたの復讐が正当なものだろうと、アルジャーノンによるものだろうと、どちらでも見逃すことはできません」

護は意をさだめると、ふたたび右手を突き出した。

「オービットベースにいるみんなを、僕は守ります！　はああっ！」

意識を集中させると同時に、全身が緑色に発光し念動力が放たれる。だが、その直撃を受けたのはカムイではない。一瞬早く、めくれあがった鋼鉄製の床板が楯となったのだ。

「⁉」

同時に、護と火乃紀の背後に二体の人型メカが接近する。

「ガンマシン⁉」

振り向いた護めがけて、ガンシェパーが実弾攻撃を、ガンホークが震動カッターで物理攻撃を仕掛けてくる。とっさに左手で発生させたバリアで実弾を防いだ護は、右手の念動力でカッターを受け止めた。轟音と震動が部屋中に響き渡り、火乃紀は身を縮める。

「……！」

「よ〜し、両手は塞がったね〜〜」

カムイのその言葉を合図に、床板をめくりあげていた第三の人型メカが姿を現した。

「…⁉……ポルコート‼」

勇者ロボの中でももっともコンパクトなサイズゆえ、狭い空間に身をひそめることができたのだ。

ポルコートは、ガンマシンの相手で身動きできない護《まもる》の隙をついて、両腕で素早く火乃紀《ひのき》をつかみ上げた。

「ああああっ！…なにするの⁉」

「護くん、ミス火乃紀……すまない！」

ポルコートの口から悲痛な音声が漏れる。

「あははははー、彼がメンテ中だってのは諜報部から上げた報告だからね。信じちゃった？　あはははー」

カムイは両手両脚の動きを止めることなく笑い飛ばす。

「あああ……」

体をぎりぎりと締め上げられ、火乃紀が苦悶のうめきをもらす。

「ポルコート、やめるんだ！」

三体の同時攻撃になす術のない護が叫ぶ。

「申し訳ない……行動権限を奪われているんだ…だが…三原則は破れない……」

ポルコートの声音に、火乃紀は悟った。彼は旧GGG《スリージー》の勇者たちのようにトリプルゼロに浸食されたわけではない。

「だったら、何故攻撃を……？」

「あははは－、三原則のプログラムなら期待しても無駄だよ。ガンマシンどもは諜報部所属だからね。人型をした別の生物をどう認識するか、レベルを調整できるんだ。天海《あまみ》護は異星人だ、人間ではない――だから排除したところで三原則には反しないって認識レベルさ」

　かつて、レプリ地球においてソール11遊星主に対して、卯都木命《うつぎみこと》がガンマシンで対抗したことがある。あの時も、認識レベルを調整することで三原則に反することなく、人型の遊星主に攻撃することができたのだ。

「あはは、ポルコートの機体制御コントロールもこちらもある。彩《さい》火乃紀には攻撃できないが、捕獲は可能だ。ここに来るとしたら君たちだろうと読んでいた僕の勝ち～あははは――！」

「くううう っ！」

　カムイの作戦とガンマシンたちの猛攻に、護が苦痛の叫びを上げた。

（護くん……！　ああ、こんな時、あの頃だったらいつも――）

　火乃紀のうちに、誰かに救いを求める思いがよぎった。恋人である男性を思ったのか、兄の遺伝形質を受け継いだソムニウムを思ったのか、自分でもわからない。だが、今この時にどちらも現れてはくれなかった。

　しかし、絶望に引きずり込まれた火乃紀の意識を、力強い声が呼び戻す。

「僕と火乃紀さんだけなら、なんとかなると思ったんだろうけど……甘いよ、カムイさん」

　窮地に追い込まれながらも、護は闘志を失っていない。ここにいるのは、かつての幼いＧＧＧ特別隊員ではない。獅子王凱《ししおうがい》が不在の間、人類のために戦い続けてきた機動部隊隊長なのだ。

「僕にはできるんだ……すべてのGストーンのアジャストが！」

護《まもる》の額にGストーンの紋章が浮かび上がる。そして、全身から放たれた輝きが、ガンマシンやポルコートを包み込んだ。

「……GSライドの出力が！」

ポルコートの双眸《そうぼう》から光が消え、その両腕から力が失われた。ガンシェパーとガンホークも攻撃をやめ、動かなくなった。勇者ロボたちの動力源は、かつてギャレオンがもたらした無限情報サーキット〈Gストーン〉である。意志の力——勇気をエネルギーに変換するコンバーターでもあるGストーンは、いまだ人類にとって未知のブラックボックスだ。

Gストーンの申し子である護には、その機能を調整することが可能だった。ある時は出力を上げ、ある時は沈黙した状態から再起動させた。そして成年となった護には、今やってみせたように、機能低下させることもできるのだ。

「ごめんね、ポルコート…ガンシェパー…ガンホーク……」

無重力のコマンダールームで、力を失ったように浮遊するポルコートと二体のガンマシン。握力が弱まったポルコートの腕から自力で抜け出した火乃紀《ひのき》には、三体の姿が貧血で気を失った生体のようにも見えた。

「あははは！、こいつは驚いた。宇宙人はすごいねー、想定外だったねー、あははは！」

相変わらず口元を歪めもせず、陽気な声を上げるカムイに向かって、護は無言で念動力を放った。狙い過たず、そのパワーはカムイが装着したゴーグルと、両手両脚が操作していた入力デバイスを破壊する。

「あ、あははは―」

反動で宙に舞うカムイ。もはやいかなる反撃も、ハッキングも不可能だ。たったひとりでオービットベース全体を危機に追い詰めた人物が、ただ笑いながら漂っている。

その姿を護はじっと見つめていた。そして、つぶやく。

「僕は……地球人の天海《あまみ》護だ※35」

「………！」

火乃紀は、護の横顔を見た。彼のつぶやきには、火乃紀がいままで聞いたことのない響きが含まれているように思えたから。いつも優しく、朗らかで快活な青年が、口にしそうもない声音。だが

――

「火乃紀さん、急いでシステムの復旧お願いします。ここの端末使えば、できるはずですよね」

そう言いながら振り返った護の表情は、いつもの彼のものだった。

――鷺《さぎ》の宮《みや》・ポーヴル・カムイがオービットベースにもたらした被害は深刻なものだった。各所で破壊工作が仕掛けられ、人的被害こそないものの、施設が受けたダメージは大きい。

いや、天海護と彩火乃紀によって阻止されたからこそ、この程度ですんだのだ。ふたりの活躍がなければ、オービットベースが地上に落下する事態に陥っていたかもしれない。

（アルジャーノンになった奴ぁ、何をしでかすかわからんからな……）

その深刻さを火乃紀とともに、もっとも骨身に染みて知っている阿嘉松《あかまつ》はそう思う。火乃紀によ

れば、医務室に運ばれたカムイは拘束状態にある。脳神経治療を試みる予定だが、回復の見込みは未知数だ。

「……俺たちの敵は、覇界《はかい》の眷族だけじゃねえってわけか」

「ああ、その通りだな。事態が落ち着いたら、そちらの対策も強化せねばならん」

「ソレで、ハワイとドバイの状況はドウナッテルノ！」

プリックル参謀の問いにオペレーターたちが答える。

「翔星龍神《しょうせいりゅうじん》は、現在ドバイ上空を航行中のヤマツミに帰還しました！　天竜神《てんりゅうじん》は原形をほぼ留めたまま、回収できてます！　ゼロ核《コア》も二個確保したそうです！」

GGG《スリージー》ブルーの機動部隊オペレーターである華《はな》が報告した。ヤマツミとワダツミには、前回の戦闘後に用意された回収用コンテナが搭載されている。ディビジョン艦のGSライドから供給されるGリキッドを充填したコンテナは、トリプルゼロの浸食を防ぐことができる。ゼロ核を浄解するには数少ない浄解能力者が複数、必要不可欠である。現場で浄解することができなかった場合に備えて、開発されたものだ。

「ガオファイガーもワダツミに帰還。ゴルディーマーグの機体は損失したものの、AIブロックとゼロ核は回収に成功」

同じく、GGGグリーンの機動部隊オペレーターを代行するアルエットが告げる。

「よくやってくれた、勇者たち。これで二正面作戦をしのぎ、オービットベースへの直接攻撃も防ぐことができたわけだ」

楊《ヤン》が満足げにうなずく。だが、その隣で阿嘉松《あかまつ》が苦虫をかみつぶしたような顔を浮かべている。

「どうしたね、長官。我らの勇者たちの戦果が気に入らないのかね？」

「気にくわねえというか、納得がいかねえ」

「……というと？」

「上手くいきすぎだ。こっちにはアルジャーノンっていうマイナス要素があったにも関わらず、有能長官様が率いる敵《旧GGG》の波状攻撃を防げただぁ？　ほんとにあいつら、この程度なのか？」

「それは、たしかに……」

　楊にしては珍しく、虚をつかれた。阿嘉松の言葉には、なんの裏付けもない。ただ、納得しがたいという、彼の直感でしかない。だが、指揮官に求められる資質のひとつが、まさにこうした理論外の感覚ではなかったか。一時とはいえ、ＧＧＧ長官代理を勤めた楊は、自分は補佐役の方が向いていると考えるに至った。それはまさに、阿嘉松のそうした感覚を評価したからに違いなかった。

「……機動部隊隊長と彩《さい》隊員をダイビングチャンバーへ。再度、待機状態に入らせろ」

　阿嘉松の感覚を信じた楊が、華に指令を伝えた。

「はい！」

　泣き声となるのを耐えているような響きだ。護《まもる》や火乃紀《ひのき》の疲労を心配する気持ちがあったが、華は下唇を噛みしめ表情には出さない。メインオーダールーム全体に、阿嘉松のひりひりとした感覚が伝わったようだ。

　そして、その予感は現実となる。ゼロロボ大量発生の報が、地上からもたらされたのだ。鳴り響く警報音のなかで、阿嘉松が問う。

「場所はどこだ、山《やま》じい！」

「は、はい、え〜と……Gアイランドシティっすわ！」

——覇界《はかい》の眷族による波状攻撃は、ようやく最終段階を迎えようとしていた。


「……コ…ロサ…レ…ル……」

紗孔羅《さくら》はメディカルルームでぐったりと眠り続けていた。

「……蛍《けい》……汰《た》…サン」

number.06　縁－ＥＮＩＳＩ－　西暦二〇一七年

1

「うおおお、我が城よぉ〜〜〜っ！」

蒼斧《あおの》蛍汰は中古住宅を前にして、拳を握りしめ、感動の声を上げた。そこは東京湾上に浮かぶ研究都市〈Gアイランドシティ〉の住宅街。この街は中央部に宇宙開発公団タワーがあり、居並ぶ建売住宅に住んでいるのも公団職員の家族が多かった。

にも関わらず、離れた地域の家電量販店勤務である蛍汰はとある事情で、そのうちの一軒を購入することを決意した。まだ若い蛍汰にとって、それは人生最大といってもよい大決断である。だが、彼にとってそれはとある事情で、なさねばならぬ決意だったのだ。

ほんの一時間ほど前、無事にローン契約をすませた蛍汰は午後から出勤する予定になっていた。だが、それまでのわずかな間にもう一度、自分が一国一城の主となった実感を噛みしめに来たのである。

少々古いが大きめの倉庫。もともとは風力発電会社が部品保管庫として使っていただけあって内部もかなり広い。

「ふひひ……通販で電気製品を安く売る新会社の準備も整った。俺もいよいよ独立……ついに社長《シャチョ》さんと呼ばれる日が来たぜ」

にやにやしながら裏手に回ると、リフォームされた外壁がピカピカの住居が併設されている。小ぶりな中古住宅だが、周囲は緑の木々も多く環境も良好な場所だ。受け取ったばかりの鍵で、意気揚々と家に入ってみる。新しく張り替えた床板もツルツルである。ツルツルすぎて思わず滑って転ぶ。

「あたっ！」

転げてぶつけた頭をむしろ嬉しそうに撫でた。幼い頃に損傷した箇所が少々いびつな頭だが、痛みはない。

「へへへへへ……」

玄関から続く廊下に大の字で横たわったまま、蛍汰《けいた》は朝から何度もエラーで送れずにいたメールを再送信した。

「……お、今度はちゃんと送れたぞ！」

上半身を起こして、スマホの画面をのぞきこむ。

「よっしゃあ、火乃紀《ひのき》……どんな返事をもどしてくるかな〜〜！」

地上のGアイランドシティと、軌道上のオービットベース。遠く離れた恋人同士であったが、このメールがふたたびふたりの距離を縮めてくれる。そう確信して送った渾身のメールだった。

だが、その時——

「ん？　なんだ、いまの音……」

音だけではない、その震動は蛍汰の鼓膜だけでなく、全身を振るわせた。立ち上がった蛍汰はあわてて靴をはき、玄関から外に出てみた。

一瞬、今が夕方なのかと錯覚する。いや、そうではない。

「そ、空が……燃えてる……？」

Gアイランドシティの市街地が、炎上している。その炎は昼の曇天に赤々と照り映えていた。夕焼けの西空を思わせる、ビビッドな赤だった。


ハワイとドバイに現れた覇界《はかい》の眷族は、陽動にすぎなかったのだろうか。いや、そうではあるまい。ガオファイガーの排除も、オービットベースへの攻撃も、それがかなうのであれば、宇宙の摂理に従う旧GGG《スリージー》にとって本命の目的であったに違いない。だが、アルジャーノンを発症したカムイの存在をもってしても、大河幸太郎《たいがこうたろう》はそこに一点賭けするような指揮官ではなかった。

――いま、覇界の眷族と化した旧GGGを率いるその指揮官は、Gアイランドシティを一望できる場所に身を置いていた。

「……懐かしき風景だ。我々の時間の数百倍もの時が流れたとは思えぬほどに、美しく輝かしい。この星の今この瞬間を永遠に記憶の中に焼きつけよう。そして、記憶を携えた命《いのち》はトリプルゼロの悠久の流れの中で生き続け、新たな宇宙の未来へ向けて生まれ変わるのだ」

「長官、そろそろ時間です」

大河幸太郎の背後から、行動を促す声がかけられた。

「ああ……我々の作戦を阻止してきた若きGGGとも、ようやく和解できる。崩壊と消滅の時を共有することによって」

「破壊は誕生のために必要な儀式ですからね」

「我々がソール11遊星主を破壊したようにな」

「はい」

「では、頼むよ」

「了解しました」

大河《たいが》の言葉にうなずいた人物は、旧GGG《スリージー》の隊員服に身を包んだ男性である。彼の身体は金属質の繊維に包まれていき、オレンジ色の繭のような状態となった。GGGブルーが〈ゼロ核《コア》〉と呼んでいる状態に……。

2

『……護《まもる》くん、火乃紀《ひのき》さん、あと一八〇秒でGアイランドシティ上空に到達します』

覚醒人凱号《かくせいじんがいごう》のウームヘッドとセリブヘッドにいるふたりのヘッドダイバーに、機動部隊オペレーターである華《はな》の声が聞こえてきた。

凱号が収容されているのは、無限連結輸槽艦《むげんれんけつゆそうかん》〈ミズハ〉のカーゴブロックである。普段なら、地上での作戦時はワダツミ、ヤマツミが母艦となる。だが、両艦はいまだハワイとドバイ上空を航行中のため、本来は惑星間長距離輸送用であるミズハの艦橋を含むブロックで、大気圏突入してきたのだった。

現在、GアイランドシティからⅠ大量のZ0《ゼットゼロ》シミラーが検知され、複数のゼロロボが現れたらしいことがうかがえる。相手が大河幸太郎《こうたろう》率いる旧ＧＧＧであれば、おそらくオービットベースの混乱を狙っての作戦だろう。ハワイとドバイの苦戦にもかかわらず、ガオガイゴーを温存していたＧＧＧブルーの読みが功を奏したことになる。

『市街地には十体以上のゼロロボが出現してる模様……先ほど、ＺＲ－07《ゼロゼロセブン》群と認定呼称されました……』

そう告げる華の声は震えていた。通信機越しでも、彼女の不安が伝わってくる。

「大丈夫だよ、華ちゃん。Ｇアイランドは僕が守ってみせる」

ウームヘッドで護は、あえて力強い声を出した。いま覇界《はかい》の眷族に襲われているＧアイランドシティは、護と華にとって故郷と言える。護は宇宙から飛来した存在であり、華は北海道で産まれたのだが、ともに小学校に入学するよりも早くこの街に引っ越してきた。現在も彼らの両親がそこで暮らしているため、産まれた地ではなくとも、故郷であるとの思いに偽りはない。たくさんの思い出を積み重ねてきた街なのだ。

「護くん、そこは〝僕たち〟でしょ」

「あ、ごめんなさい……火乃紀さん。そうですね、僕たちで守りましょう！」

「Ｇアイランドシティ……私も気に入ってるんだから」

もともと、火乃紀の実家は鎌倉にあった。だが、家族を失った後は、各地を転々としていた。ＧＧＧに入隊してからは、すっかりオービットベースが職場兼住居である。

しかし、ずっと宇宙空間にいるわけではない。休暇は地上で過ごすことが多く（彼氏は一般の日本人なのだから）、降下するときは宇宙開発公団のシャトルを利用し、Ｇアイランドシティに滞在していたため、街に愛着も湧いていた。

『火乃紀《ひのき》さん、頼りにしてます！』

華《はな》の声も届く。

「そうそう、キッチンＨＡＮＡのアイランドハンバーグが食べられなくなったら、みんな困っちゃうしね」

それは、華の両親が経営する洋食店だ。宇宙開発公団からも近く、火乃紀もＧＧＧ《スリージー》の同僚たちと訪れたことが幾度もあった。

「うわっはー！　僕も、謎の厚切りパイナップルが乗ったハンバーグ、食べたくなってきちゃったなー」

『んん……あれは父と母のこだわりで、人気メニューなんだけど……私はちょっと苦手で……』

おどける護《まもる》に、華が半ば申し訳なさそうに通信でささやく。

「あら、そうなのね、すっごい厚切りだもんね」

（カムイさんも、パインオムライスばっか食べてたっけ……）

そう思い出しかけて、火乃紀の表情は曇った。

再三、火乃紀に失礼な態度をとり、オービットベースを破滅に導こうとした同僚。だが、それがアルジャーノンに由来する行動だと知った今では、憎む気にはなれない。遺伝子に組み込まれたプログラムが命じるまま、過剰に分泌された脳内物質によって引き起こされた奇行なのだから。生体医工学者として、そのメカニズムを知っている火乃紀であれば、カムイ個人に対する悪感情は持ちにくかった。

オービットベースの機能が回復した後、意識不明となり、保安部に身柄を拘束されたカムイの顔面には、アニムスの花が咲いていた。現在はオービットベースの医務室で加療中だが、その意識が戻ることはないだろう。アニムスの花はヒトの生命を養分として咲き、その実が生る時、宿主の命は尽きるのだから。

『護くん、火乃紀さん、目標地点の上空一〇〇〇〇に到達、降下三十秒前です！』

深みに沈みかけていた火乃紀の物思いは、華の声によって浮上した。

（いけない……もうすぐ戦いになる。落ち込んでなんていられない。気を引き締めなくっちゃ）

そう考えて、火乃紀は首を振った。なにしろ、シミュレーションとは大きく異なる実戦は、十年ぶりなのだ。

『Gアイランドを頼みます！』

「了解！」

「了解！」

華の願いに護と火乃紀は力強く応えた。

『五、四、三、二、一……降下！』

カウントダウンに合わせて、護がリンクカプセル内部のコントロールボールを握りしめつつ、叫んだ。

「覚醒人凱号《かくせいじんがいごう》、出ます！」

Gアイランドシティの上空で、〈ミズハ〉艦橋での操作によりカーゴハッチが開放された。空中へ飛び出した凱号《がいごう》は両翼端部を緑色に発光させ、ウルテクエンジンで宙に舞う。

木星圏で受けた損傷は修復されたものの、輸送艦であるミズハにとって、戦闘機動は荷が重い。ゼロロボがひしめくGアイランドシティに突入させるより、少し離れた高空から凱号とガオーマシンを降下させた方がよいと判断されたのだ。

調査専用となるアクセプトモードの凱号は、ウームヘッドにダイブした護《まもる》によって操縦されている。Gアイランドシティの南方高空から、護は機体の進路を一時方向に向けた。

『護くん、宇宙開発公団から連絡！　ゼロロボが各連絡橋、地下高速鉄道の駅を占拠しているため、住民の避難ができないそうよ！』

セリブヘッドにダイブ中の火乃紀《ひのき》は、この時、オペレーター役となっている。通信が混乱しているなか、シティの中心部にそびえたつ宇宙開発公団タワーからもたらされた貴重な情報を、護に伝達した。

「ありがとう、火乃紀さん。あの、覇界《はかい》の眷族の目的……なんだと思います？」

ハワイではガオファイガーの排除、ドバイではオービットベースの破壊を目論んでいたように、この地での行動にも何かしら目的があるはずだ。

「わからない……けど、ひとつ考えられるのは護くん、あなたの排除じゃないかしら？」

「僕の？」

「ええ……トリプルゼロに浸食された人を救うには、ふたりの浄解能力者がいる。戒道《かいどう》くんと凱《がい》さん、そして護くんが狙われる可能性は高いと推測できるわ」

「じゃあ、僕をおびき出すためにわざとGアイランドシティを……」

護は歯がみした。自分のために、家族や友人たち、思い出の地が危険にさらされている……それは直接攻撃されるよりも、護にとってつらいことだった。

――その瞬間、だった。

いきなり覚醒人《かくせいじん》凱号の全身に負荷がかかった。下方向への猛烈なGがかかったようにも思えたのだが、そうではない。見えない何かが、凱号の背に乗っているのだ。

「……ムサラメソード！」

ホログラフィックカモフラージュで姿を消したまま、見えない覇界の眷族は、オレンジの光をまとった左腕に装備された回転ブレードで、凱号の左ウイングを斬り落とした。さらに間髪入れずに右腕をかまえる。

「４０００マグナム！」

至近距離からの四連装速射砲による弾丸が、やはりオレンジの輝きによってパワーアップされ、右ウイングの半ばより先を粉砕した。

「うわあああああっ！」

両翼のウルテクエンジンを破壊された凱号は揚力を失い、急速に落下していく。その背から離脱した襲撃者は、墜落していく覚醒人凱号を見送った。

「護隊員……」

覇界ビッグボルフォッグが、常と変わらぬ冷静な声でつぶやく。その声に、彼にとってももっとも不本意であったであろう再会のかたちを悲しむ心が存在するのか――読み取ることは難しかった。

Gアイランドシティの近海に没した凱号《がいごう》は、みるみるうちに沈降していった。幸い、リンカージェルという優秀な衝撃吸収材に護られているため、ヘッドダイバーはふたりとも無傷である。火乃紀《ひのき》は状況確認を急いだ。

『護《まもる》くん、大丈夫⁉』

「いまのは……まさか……ビッグボルフォッグ？」

火乃紀の呼びかけにも応えず、護は呆然自失していた。たとえ姿が見えずとも、彼にはわかったのだ。凱号の翼を斬り裂いた刃の主、打ち砕いた弾丸の主。かつてそれらは、常に護を護ってくれる心強い存在だったのだから。

『護くん、コントロールを渡して！　あなたができないのなら、私が戦う……Gアイランドシティを護る‼』

火乃紀のその言葉に、護は我に返った。そう、いま危地に陥っているのは、自分にとって大切な人々と思い出の地なのだ。かつての仲間と敵対する覚悟はできていたはずだった。どんなにショックな出来事が現実として起ころうと、前を向くしかない。

「ごめん、火乃紀さん……ここは僕がやります！」

そう叫んだ護は、必死に凱号の姿勢を立て直した。ウルテクエンジンを失ったため、急速浮上は難しい。だが、ここが東京湾内である以上、最大深度はたいしたことはない。凱号の装甲でも十分に水圧に耐えられるはずだった。

しかし、海中へ凱号を追い込んだ策士は、当然そこに網を張っていた。凱号のセンサーが、四方から迫り来るZ0《ゼットゼロ》シミラーを検出する。

『これは……ゼロロボ！　護くん、四体のZR－07《ゼロゼロセブン》に包囲されているわ！』

「わかりました！　Gアイランドに上陸するためにも、突破します！」

覚醒人《かくせいじん》シリーズはもともと、全領域型有人調査ポッドである。あらゆる環境における調査を目的に開発されたために、海中での活動も想定されている。

だが、わざわざここで待ち受けていた相手と、渡り合うことができるのか？　火乃紀の脳裏にそんな疑問もよぎったのだが、それよりも信頼の方が上回った。立ち直った護の声に、揺るぎない自信を感じたからだ。

その言葉の通り、凱号は鮮やかな機動で、前方にいるゼロロボに突進した。まるで海棲生物のようななめらかな機動だ。だが、モニターに大写しになったゼロロボの姿に、火乃紀は既視感を覚えた。ZR－07の素体となったもの……それは！

「ブロッサム[※36]……！」

十一年前、自分たちに襲いかかってきたニューロノイドの名称である。覚醒人やティラン[※37]といったシリーズとは異なり、戦闘用に特化して開発されたため、モードチェンジ機能を持たない。その分、武装や出力が強化されており、戦闘力では圧倒的に秀でていた。

いや、だがかつてのブロッサムとはディテールや機体サイズが異なっている。ゼロロボとなって変貌したのかもしれないが、あの時のブロッサムと同一の機体ではないのだろう。

（同系統の新型ニューロノイド……？　でも、あの時、モーディワープは壊滅したのに、誰がブロッサムの後継機を開発したというの……？）

火乃紀《ひのき》の戸惑いにもかかわらず、護《まもる》は凱号《がいごう》を俊敏に機動させる。ゼロロボが肩部にマウントしたガトリングガンで銃撃を仕掛けてくるが、魚のように泳いで見事にかわす。そして、鮮やかな回し蹴りを、ブロッサムのもっとも強度の低い背部ダクトに叩き込んだ。海水の内部侵入を制御しきれず、ゼロロボはそのまま海底に沈降していった。

向こうがトリプルゼロで強化されていようと、こちらもリンカージェルとGSライドのハイブリッド駆動だ。全高がゼロロボの倍近くにも達する凱号のパワーは圧倒的である。地球内部の神秘と、地球外文明の奇蹟とを融合させた、その威力。かつての覚醒人《かくせいじん》1号とブロッサムのようなハンデは感じない。むしろ、こちらの力が圧倒的に上回っている。

「すごい、護くん……水中でもこんなに機敏に動けるなんて！」

「僕じゃないよ……これは、凱号の力なんだ！」

一体のゼロロボを倒した隙に、残りの三体が迫ってくる。だが、凱号は両手両脚を巧みに操って、海中で急速に反転。三体の集中攻撃をすり抜けた。

その滑らかな動きに、火乃紀はかつての経験を思い出した。自分と紅楓《くれないかえで》というヘッドダイバーが、ニューロノイド・ティランで海底調査に出向いた際、水棲未確認生物《UMA》に襲われたことがあった。その時、蛍汰《けいた》と紗孔羅《さくら》が乗る覚醒人1号が助けに来てくれたのだ。ふたりとも水中機動の訓練など受けていないのに、鮮やかな動きでUMAを退けてくれた……そう、今の凱号のように。

（あれは覚醒人1号に組み込まれた生体ユニットのおかげだった。バンドウイルカの大脳皮質……じゃあ、この凱号にも……？）

護と火乃紀の覚醒人凱号が海中で奮戦しているのと、同時刻。Gアイランドシティの一角――とある民家では、三人の人物が不安げに窓の外を見守っていた。もっとも、うちひとりはまだ年端もいかない乳児だが――。

ゼロロボ群によって破壊活動が行われ、炎上する街。幸い、被害地域はその家から離れているのだが、交通機関が麻痺しているため、避難もままならない。

状況が変わったらすぐ連絡するから、そこで待機していろ――というのが、この家の主たる牛山《うしやま》次男《つぐお》が公私混同気味にオービットベースから送ってきたメッセージだった。

幼い我が子と共に初野《はつの》（旧姓）あやめのかたわらにいるのは、年長の友人である風祭《かざまつり》（旧姓）スミレ。※38 かつてはこのGアイランドシティの遊園地〈Gパークシー〉の職員だった。この日は久しぶりに再会し、昔の話で盛り上がっていたところで、襲撃に巻きこまれたのだった。

「電車もバスも動いてないし……ああ、こんな時、獅子王《ししおう》センパイがいてくれたら……」

スミレは獅子王凱《がい》にとって、高校時代の後輩にあたる。何か事件が起きる度、地球を守り抜いた勇者の名を口にしてしまうのも、無理からぬところだろう。

凱はすでに十年ぶりの地球への帰還を果たしているのだが、GGG《スリージー》を退職したあやめに対しては、牛山次男も特秘事項としてそれを話してはいない。もちろん、一民間人であるスミレが知るよしもない。

「大丈夫！　うちの旦那も待機してろって言ってたし……GGGがなんとかしてくれるよ」

幼子を抱きかかえながら、スミレに、そして自分にも言い聞かせるあやめ。

「そうだね、あんたの旦那たちを信じよう……！」

あやめとスミレはうなずきあって、炎上する市街の方を見つめた。

スミレは想いを馳せていた。彼女にとって縁深い存在が、新たなステージへ巣立った日の事を思い出し、感慨深く瞳を潤ませていた。


そしてこの時――

その縁深い存在の活躍によって、海中の罠を突破した覚醒人凱号《かくせいじんがいごう》が、ようやく岸壁から上陸しようとしていた。

「……じゃあ、護《まもる》くんは凱号の生体ユニットのことを知っていたの？」

「うん、ヴァルナーとは長いつきあいだから」

――海のヴァルナー[※39]。

それは、Gパークシーで風祭《かざまつり》スミレたちによって飼育されていたシャチの名だ。人懐っこいヴァルナーは、Gアイランドシティの子供たちにも愛されたアイドルだった。だが、十二年前、ヴァルナーはゾンダーにまつわる事件で重大な肉体的損傷を負ってしまった。その結果、GGG《スリージー》によって獅子王凱《ししおうがい》と同じGストーンサイボーグとして、生まれ変わったのである。

しかし、常時海中で活動するサイボーグ・ボディは、インビジブル・バーストによってメンテナンスが困難となり、生体維持を保証できなくなった。それでもヴァルナーは元気だったが、グローバルウォールが展開されるまでの間に、深刻な機能不全を起こし、残された生身の部分の大半を捨てなければならない状況にまで追い込まれた。

一方、覚醒人凱号は、護と戒道《かいどう》による飛行試験中にヒューストン沖へ墜落してから数年にわたり、電磁波への耐性や水中活動への改良を余儀なくされてきた。何度もバージョンアップを重ねた結果、たどりついたのが、生体ユニットの枠組みを超え、ヴァルナーを覚醒人凱号の中枢そのものとして迎え入れるニューロサイボーグ化だったのだ。

そして今、海中で無敵を誇ったヴァルナーの運動神経が凱号の機体を操り、ゼロロボ群を撃破したのである。

「ヴァルナーは今、私たちと一緒に戦ってくれてるのね」

両腕をリンカージェルに浸している火乃紀《ひのき》も、内部からあふれるヴァルナーの息吹きを感じていた。

「……うん。ヴァルナーは生きている。僕たちはチームだよ」

「チーム……そうね…私たちはチームね」

火乃紀の脳裏に、孤独だった学生時代の記憶が蘇える。両親と兄、一度に家族全員を失い、絶望に心閉ざした日々。

（……蛍《けい》ちゃん）

心の中に薄く遠ざかる頼りない彼の名前が浮かんだ。だが、今の彼女には、チームの仲間がいる。火乃紀の手には、チームメイトに応える、リンカージェルの優しい揺らぎが伝わっていた。

喜ぶヴァルナーの声のように――

岸壁に上陸した凱号は、ふと踏みとどまった。アクセプトモードの様々なセンサーが、前方に立つ不可視の敵手を検知したからである。さっきは空中で奇襲されてしまったが、今度はそうはいかない。

「護《まもる》くん……前方に何が……？」

「かつて、チームの仲間…だった彼です……」

護は前方から視線を逸らさず、外部への音声回線を開いた。

「そこにいるんでしょ、ビッグボルフォッグ」

護は虚空に向かって、呼びかけた。もはや姿を消すことの無意味さを悟ったのか、ホログラフィックカモフラージュが解除される。そこに現れたのは、かつて三重連太陽系からＥＳミサイルで帰還する護を見送ってくれた勇者のひとり。

「……お久しぶりです、護隊員」

懐かしい姿が、懐かしい声で応じた。


「来るなぁ、来るんじゃねえええええッ！」

防火バケツをヘルメット代わりに頭にかぶり、スチール製の長尺ホウキを青眼にかまえて、蒼斧《あおの》蛍汰《けいた》は我が家の玄関前に立ちはだかった。

その見据える先には、一体のゼロロボがいる。何を目的としたものか、進路上の民家を蹴散らし、破壊しながら、蛍汰の倉庫兼住居の方に向かってくるのだ。

不思議と恐怖は感じなかった。

（あーあ、こんなはずじゃなかったのになぁ。契約が終わったらさっさと出社するつもりだったのに……退職届まだ出してないのに販促会議もぶっちしちまったし、店長怒ってるだろうなぁ。んで仕事終わったら、火乃紀《ひのき》とテレビ通話して、デートの予定決めるはずだったのに……）

　そう、まだ倉庫や家を買ったことや独立起業することは、火乃紀には話していない。一世一代の決意による大借金の買い物だ。たっぷりと演出したデートで、思いっきり驚かせてやろう……そう目論んでいた。

　火乃紀はかつて、帰るべき場所を喪失した少女だった。家族を失い、物理的な家があっても、そこに帰ることはなくなった。そんな火乃紀の心をゲットできたのは、蛍太《けいた》が常に「自分は側にいる」と言葉にし続けたからであっただろう。

　やがて、高校時代とバイトの日々をともに過ごしたふたりは、別々の日常を過ごすようになった。蛍太は浪人の末に大学進学をあきらめ、家電量販店に就職した。火乃紀は大学院を経て、GGG《スリージー》の隊員となった。交際は続いていたものの、すれ違いが多くなり、倦怠期とも思える状態が長くなった。

　そんな中、蛍太は仕事に没頭した。早く昇進して、給料を上げて貯金するために。その資本金を元に独立して、ささやかなふたりの家と、いつもそばにいられるよう併設新会社の倉庫を買うために。火乃紀の帰ってくる場所、火乃紀をひとりにしない場所を作るために。

　Gアイランドシティを選んだのも、火乃紀が疲れて地上に戻ってきた時、シャトル離着場からすぐに直行できる場所だったからである。

（婚約指輪も買った、三か月分の給料をためて！　今度のデートで、この家の玄関先で、鍵と指輪を一緒に渡すんだ！　そして、俺は火乃紀にプ、プププ……）

　蛍太にとって人生最大の決意だった。心に秘めた夢だった。ささやかなる希望だった。しかし、そんな想いを打ち砕かんと、宇宙の摂理が迫り来る。蛍汰《けいた》はスチールホウキをかまえ臨戦態勢に入った。ゼロロボがそんな蛍汰のかたわらを通過していく。もちろん、ホウキで殴りかかることなどできない。圧倒的な力を前に、体がすくんで動けなかった。

怒りも悲しみも、無力だった。数年間の必死の労働の成果、火乃紀《ひのき》のことを想い続けて頑張った日々、これからも払い続けていく大量のローンの分も含んだ蛍汰の夢と希望は、地響きとともにゼロロボの巨体に踏みにじられていった。

「や…や…やめろ、やめてくれえええええッ！」

汗と涙と鼻水を流しながら、蛍汰は懇願の叫びを上げた。だが、一瞬のうちに中古の建売住宅は、大きな倉庫もろとも、瓦礫の山と化していた……。

3

「ビッグボルフォッグ……」

覚醒人凱号《かくせいじんがいごう》アクセプトモードの上部ウームヘッドで、天海護《あまみまもる》はつぶやいた。

「……お久しぶりです、護隊員」

前方に立ち塞がる覇界《はかい》ビッグボルフォッグの声は、常と変わらず冷静だ。

「……いえ、護隊員とお呼びするのは適切ではありませんね、護機動隊長」

覇界の眷族は律儀に訂正した。もっともそれは、現GGG《スリージー》ブルーの内部情報なら把握しているという、アピールの意味も込められているかもしれない。

　ゼロロボの襲撃によって、炎上しているGアイランドシティ。その沿岸部で覇界ビッグボルフォッグは、覚醒人凱号にダイブしている天海護に語りかけ続ける。

「三重連太陽系であなたと戒道《かいどう》少年を送り出してから、わずかな時間しか経過していないように感じます。ですが、この地球では十年近くの歳月が流れていた……不思議な気分です」

「子供の頃、僕はビッグボルフォッグに護ってもらった。だから、生き残れた。そして生き抜いていく力を得られたんだ」

「機体越しではなく、成長した今の護機動隊長の姿を、直接見ることがかなうのなら……」

「うん、僕も見てもらいたい……」

　互いにつらそうな声音が交錯した。いま覇界ビッグボルフォッグと天海護は対立する立場にある。ふたりのデュアルカインドによるダイブで動く覚醒人凱号。そのウームヘッドから外に出るのは、致命的な隙を作る行為に他ならない。できるわけがない。

（なんで、ボルフォッグと僕がこんな関係に……）

　護の脳裏に、懐かしい日々が蘇る。いつも自分を護ってくれた頼もしい存在に、隙を見せられない現在の状況が、とても悲しい。そして、その想いは、覇界ビッグボルフォッグも共有しているのだろうか？　それとも、自分を機体外へおびき出すための演技なのだろうか？

　だが、護はそんな想いを抱えつつも、冷静に現実に対処していた。覇界ビッグボルフォッグに悟られないよう、言葉に出すのではなく指先によるコントロールボールのタップと、フットペダルの操作によって、ミズハにガオーマシン投入を要請する。

そして、下部セリブヘッドにいる火乃紀《ひのき》にもそれを伝えた。

（二十六秒後にガオーマシン到着……同時にモードチェンジ？……わかった、護《まもる》くん！）

モニターに表示された火乃紀からの返信を目の端で確認しつつ、護は呼びかけ続ける。

「ビッグボルフォッグ……僕たちと一緒に、地球のために戦うことはできないの？」

「……できません。宇宙の摂理とひとつになった私たちは、愛すべき人類が深い罪を犯すことに耐えられないのです」

「だから……滅ぼすの？」

「滅び……それによって宇宙は救われます……」

苦渋を感じさせつつも、覇界《はかい》ビッグボルフォッグの言葉に迷いはなかった。護は胸のうちに痛みを感じつつも、ボイスコマンドを発声する。

「ユーハブコントロール！」

あらかじめタイミングを知らされていた火乃紀が、間髪入れずに応じた。

「アイハブコントロール！」

ウルテクエンジンを破壊された凱号《がいごう》は、高く飛ぶことができない。そのため、脚力による後方への跳躍のみでガイゴーへの変形を開始する。同時に、接近中の三機のガオーマシンが、低空へと進入してきた。覇界ビッグボルフォッグからはまだ十分に距離があり、妨害されるには至らない。

「ガイゴーッ！」

覚醒人《かくせいじん》凱号はニューロメカノイド〈ガイゴー〉へと変形し、その操縦権は護から火乃紀へと委譲された。火乃紀はすかさずファイナルフュージョン要請シグナルを発信する。

「ガイゴーより、ファイナルフュージョン要請シグナル、受信しました！」

衛星軌道上のＧＧＧ《スリージー》オービットベース。アルジャーノンを発症した鷺の宮《さぎのみや》・ポーヴル・カムイが仕掛けた破壊活動による痛手からの復旧もそこそこに、メインオーダールームはフル稼働を続けている。ハワイのガオファイガー、ドバイの翔星龍神《しょうせいりゅうじん》に応急修理を施しつつ、Ｇアイランドシティへの移送の手配を進める。そんな大混乱の中でも、華《はな》のか細い声を阿嘉松《あかまつ》長官は聞き逃さない。

「いよぉぉぉっし！　ファイナルフュージョン承認ッッッ！」

「了解です！　プ、プログラムドラァァァイブッ！」

長官の承認を受けて、華は頭上で両拳を固く握り合わせ、ドライブキーに向かって振り下ろした。

インビジブル・バーストによる強電磁場が消失した今、オービットベースから転送されるファイナルフュージョン・プログラムは障害もなく、地上へ到達する。受信を確認した火乃紀は、精一杯の声量でボイスコマンドを発した。

「ファイナルフュージョンッ‼」

ガイゴーは腹部から前方に向けてＥＭトルネードを発生させる。それを視認した瞬間、覇界ビッグボルフォッグは内蔵装備を使用した。

「ミラーコーティング！」

瞬時にして、機体全身にミラー粒子を蒸着させた覇界ビッグボルフォッグは、ガイゴーのＥＭトルネードが巻き起こす電磁竜巻に突進した。ミラーコーティングされた左腕のムラサメソードが、電磁竜巻の表面を一閃する。強大な磁束密度による防壁が、まるで熱せされたナイフを前にしたバターのように、やすやすと斬り裂かれた。

「……いまです！」

前方に出現した電磁竜巻の間隙に、覇界《はかい》ビッグボルフォッグは機体を反転するようにして、右腕を突き出した。

その時、ガイゴーはファイナルフュージョン・プログラムに従い、両脚部にドリルガオーⅡを装着した直後だった。続いて胴体部の空洞に進入しようとしていたライナーガオーⅡは、覇界ビッグボルフォッグの右腕に弾き飛ばされた！

いや、それは右腕ではない。覇界ビッグボルフォッグ本体から分離した右腕だったが、今は半分ロボに変形した覇界ガンドーベルだ。本体から突出した二輪のホイールを千切り飛ばしながらも、覇界ガンドーベルはガイゴー内部の空間にねじり込んでいった！

「あああああっ！」

異物との激しい接触に、ガイゴーの全身は激しく揺さぶられた。リンカージェルによるショックアブソーバーでも緩和できない、拒絶感に近い衝撃が火乃紀《ひのき》を襲う。

「こんな対抗手段があったなんて……」

護《まもる》の眼前では、中断されたファイナルフュージョン・プログラムがおびただしいエラー表示を明滅させていた。

「プログラム中断、テイク2は実行しないで！」

火乃紀の鋭い指示に、通信音声の華《はな》が従う。

『わ、わかりました！』

通常、なんらかの異状でファイナルフュージョンが中断された場合、プログラムがリスタート、合体のテイク2が実行される。

だが、現在はガイゴーの空洞部に覇界ガンドーベルがぎっちりと詰まっている。テイク2によって、ライナーガオーⅡが再突入すれば、激突して内部爆発を起こす恐れがあった。火乃紀による指示の意味を理解した華は、即座にファイナルフュージョン・プログラムを完全停止した。

ガイゴーからのEMトルネードの放出が途絶え、電磁竜巻が消失。ステルスガオーⅡとライナーガオーⅡはFFモードから巡航モードに切り替わり、上空を旋回する。だが――

「しまった、ドリルガオーが！」

ウームヘッドでサブパイロットとして、機体コンディションをモニターしていた護は、覇界の眷族の狙いを悟った。すでに合体しているドリルガオーⅡは、飛行不能状態であるガイゴーの両脚部を拘束したまま、重しとなってしまったのである。

バランスを崩したガイゴーは、内部に覇界ガンドーベルが詰まったまま、Gアイランドシティの大地へうつ伏せに落下した。

「早く、この異物を排除しないと――」

火乃紀が事態に対処しようと考えた時、大地に伏したガイゴーをさらなる衝撃が襲った。隻腕の覇界ビッグボルフォッグが、馬乗りになるようにガイゴーを押さえつけたのだ。

「……護機動隊長、ここまでです」

ガイゴーのメインヘッドダイバーである火乃紀を無視して、覇界ビッグボルフォッグは護に語りかけた。現状のガイゴーの両腕は変形途中にあるため、動かす事ができない。

「なにをする気なんだ、ビッグボルフォッグ……」

「あなたが宇宙の平和を脅かさぬよう、この機体を行動不能にします」

言うと、覇界《はかい》ビッグボルフォッグは左腕を振り上げた。ムラサメソードが高速回転する。火乃紀《ひのき》は直感した。その刃は自分に向けられているのだと。そして、内部からは覇界ガンドーベルの4000マグナムが、無防備な火乃紀に向けて発射されようとしていた。

「や、やめて……」

「やめろぉおおっ！」

火乃紀と護《まもる》が同時に叫ぶ。その言葉が届いているにもかかわらず、覇界の光をまとった弾丸が放たれ、そして覇界の光を放ちながら高速回転する刃が振り下ろされた。ガイゴーの頭部セリブヘッド目がけて、外からはムラサメソード、中からは4000マグナムが、同時に……！

（……蛍《けい》……ちゃん……）

火乃紀の脳裏に一瞬、二度と会えないかもしれない恋人の姿が浮かんだ。

4

Gアイランドシティの住宅街に破壊の跡を残して、ゼロロボは通り過ぎていった。それがいかなる目的によるものであったにしろ、蒼斧蛍汰《あおのけいた》という一個人に対する悪意があったわけではないだろう。

　だが、たしかに蛍汰は多くのものを失った。いつかは時という薬による、癒やしが与えられるのかもしれない。しかし、この瞬間の蛍汰は人生の大半を失ったように思えたのだ。

　瓦礫の山の前で、蛍汰は膝から崩れ落ちた。涙が止まらず、ボロボロと地面にこぼれ落ちる。

「作ってあげたかったんだ…居場所を……こ、こんなになっちまって……火乃紀の帰ってくるところが、なくなっちまったじゃねえかよぉ……」


　だが、さほど時間はたたず、涙は枯れた。

　胸のうちからメラメラと燃え上がる何かが、蒸発させたのだ。その何かにあえて名前をつけるなら？――蒼斧蛍汰と長年のつきあいである親友・牛山次男《うしやまつぐお》であれば、「ありゃ逆ギレモード」だな……とでも評しただろうか。

　生涯の一大決心を台無しにされた蛍汰の怒りは正当なものであり、逆ギレと呼ぶのは酷かもしれない。だが、窮地に追い込まれた時、蛍汰のうちに燃え上がるそれは、正当の範疇を逸脱する燃焼力を発揮するのだ。そこに名前をつけるのなら、やはり逆ギレがふさわしかった。

　かつて高校生の頃、アカマツ工業でのアルバイト時代。アルジャーノンの調査業務に赴いた蛍汰が、迫りくる数々の危機を乗り越えられたのは、この逆ギレによる爆発力があったからだ。

　積み重ねられた怒りと悲しみとストレスの分、逆ギレはこれまでになく燃え上がった！

「てめぇこのヤロー！　戻ってきて勝負しやがれッ！　お前なんざ一瞬でスクラップにして、廃品業者にキロ単価百円で売り飛ばしたるッ！！！」

　防火バケツと長尺ホウキで武装した戦士が、去って行くゼロロボの後ろ姿に向かって、罵声を浴びせる。しかし、宇宙の摂理に導かれた存在が、力なき一般市民の声に反応することはなかった。

逆ギレの声に反応する存在が、この場にいた。

だが——

『ケータ、相変わらず面白いね——』

頭の中に響く声に、蛍汰《けいた》は辺りを見回す。

「い、いいいい、今のはリミチャン!?」

蛍汰がその声——リミピッドチャンネル、略してリミチャン——を受信するのは久しぶりだった。

アルジャーノンの調査にあたっていた頃、場に存在する意識の波を駆使する存在に幾度も遭遇した。ある者は敵であり、ある者は味方……とは言いがたいものの、力を貸してくれた。いずれにせよ、頭の中に響くその意志を受信するのは、生死の危機にある時ばかりだった。

そして、蛍汰はその意志の主に覚えがあった。

「ま、まさか……え?……ウソだろ？　えっと……トカゲ少女???　チャンディー[※40]……!?」

『ケータ、覚えててくれたんだね』

幼い少女のような意志が、脳裏に漂う。

「生きてたのかよ?……チャンディー」

蛍汰がその主を求めて、辺りを見回したとき、巨大な影が頭上から降ってきた。

全高二十メートルの鉄の塊。それが蛍汰の眼前に地響きをたてて、着地する。すでに腰なら抜かし尽くしたと思えていた蛍汰も、背骨の関節がすべて脱臼するくらい度肝を抜かれた。

「うわっとと！　なんだなんだ？　瓦礫か？　ビルか？　鉄道か!?」

文句を言いかけて、蛍汰は気づいた。

（なんかちょっと見覚えがあるぞ、こいつは……）

それもそのはず、全高は三倍ほどになっているものの、そのスタイリングはかつて蛍汰がダイブしていた機体に似ている。

「か、覚醒人《かくせいじん》なのか……こいつ！」

アカマツ工業でのバイト時代に搭乗した、ニューロノイド〈覚醒人1号〉——その姿によく似た機体だった。いや、むしろ後に開発された〈覚醒人Z号〉により近い。

覚醒人Z号はアカマツ工業とGGG《スリージー》が共同開発したニューロメカノイドだ。もともと蒼斧《あおの》蛍汰と彩火乃紀《さいひのき》がヘッドダイバーを勤める予定だったが、八年前、とあるアクシデントで天海護《あまみまもる》と戒道幾巳《かいどういくみ》によって起動された経緯がある。その後、Z号を改修することで完成したのが、いままさにGアイランドシティで戦っている〈覚醒人凱号《がいごう》〉だ。ミリタリーオタクであり、実際に1号やZ号に触れていた蛍汰には、目の前の機体が覚醒人の同系機であることはすぐにわかった。

「動いてここまで来たってことは、乗ってるのは……？　まさかチャンディー？」

『うん、そうだよ！』

リミピッドチャンネルが応えると同時に、その機体の下部セリブヘッドハッチが開いた。そこから飛び降りてくる小柄な姿。服装や髪形に変化はあるものの、身長や体型、顔立ちは蛍汰の記憶にある十一年前のあの時と、まったく変わらない。

「ほんとにチャンディーだったのか！　ぜんっぜん変わってないなぁ！」

思わず駆け寄った蛍汰を、チャンディーは顔を近づけて大きな瞳を凝らして見つめた。

『ケータはだいぶ変わったね。テロメアが短くなってる』

染色体の末端小粒を視認判別できるとは思いがたいが、チャンディーは蛍汰《けいた》の加齢という時の流れを、そういう形で表現した。

「テロメア……そんな難しいこと言えるようになったのか。子供のままみたいに見えるけど、中身は成長してるんだな」

『ケータ、この機械人形、あんたにあげようと思って持ってきたんだ……ケイがそうしろって言うからさ』

「え？　俺にくれるの？　このデカいの？　で、ケイ……って……？」

いろいろと説明されるが、いずれも蛍汰にとって理解しにくい内容だった。リミピッドチャンネルが伝えるのは、言葉ではない。意思だ。だから〈ケイ〉という単語が、ヒトを意味していることまではわかった。蛍汰はその名に導かれたように、頭上を見上げる。

——そこにケイが、いた。

ビルの四、五階にも相当する高さの、覚醒人《かくせいじん》の肩の上に、少年が座っている。十歳くらいだろうか、整った容姿で髪に花飾りをつけた美しい少年だった。覚醒人の頭部にあたるウームヘッドハッチが開いており、そこから出てきたらしい。考えてみれば、当然だ。ニューロノイドを起動させるには、ふたりのデュアルカインドが必要なのだから。

それにしても秀麗な少年である。その容姿に、蛍汰は記憶巣の奥底をくすぐられた。[※41] どこかで会ったような気もするのだが……

（気のせい、だよな。こんなビショーネン、前に会ったことがあるなら忘れるはずがない……）

デジャヴにも似たその感覚をとりあえず忘れようと考え、蛍汰は高所にいるケイに呼びかける。

「おーい、君がケイ？　なんでこの覚醒人を俺にお届けしてくれるわけ？」

「……………」

ケイは答えない。呼びかけに気づいていないわけではなかった。スミレ色の瞳がわずかに動いて、蛍汰をはっきりと見る。

「……蛍汰さん、すみません。僕が説明します」

ようやくまともな会話が通じる、三人目が現れた。チャンディーが乗っていたセリブヘッド、そのシートの後ろからよろよろと這い出てくる、小太りのメガネをかけた男。

「おおお、お前……み…つ……お？　三男《みつお》か⁉　なんでこんなとこに！」

牛山《うしやま》三男は、蛍汰の高校時代からの友人である牛山次男《つぐお》のすぐ下の弟だ。四兄弟のなかでただひとり、ＧＧＧ《スリージー》に入隊せず、フィールドワークで海外を飛び回っていると聞いていた。

「僕……デュアルカインドじゃないんで、チャンディーのシートの後ろにしがみついてました」

「いや、それは説明されなくても何となくわかるけどよ……」

「で、ですよね！　じゃあ何から説明すればいいんだろう……」

三男は頭を抱えつつも、急いで伝えなければならないことをまくしたてた。

「随分前になるんですけど、海外で僕が死にそうになったところをチャンディーとケイに助けられまして。ああ、チャンディーは以前、釧路に存在したＢＰＬ[※42]という研究所で合成されたクローンらしいんです……」

「ああ、それも知ってる」

かつて、蛍汰《けいた》もまた、チャンディーに命を救われたことが幾度もあった。彼女は遺伝子工学の権威が産み出した、〝Dタイプハンター〟と呼ばれる強化クローンである。一種の生体兵器だが、生みの親が死亡。その研究機関が壊滅した後、生体維持が不可能とされていたにも関わらず、共生バクテリアによる養分の補完で生き続けてきた。独自の判断で好意を持った相手を守り、死ぬことが必要と感じた相手を屠ってきた。蛍汰が気に入られたのは大いなる幸運だったが、三男《みつお》もまたそれに預かることになったらしい。

「なら話が早いです。ケイもチャンディーが助けたらしいんですけど……赤ちゃんの時からずっとチャンディーと暮らしてきたみたいで」

「要するに、狼に育てられた少年みたいな？」

何らかの理由で、親元を離れ、動物に育てられた子供の話は、世界中にいくらでもある。言葉を覚える年齢になる前、そのような環境に置かれていた場合、人語を習得する機会は失われる。

赤ん坊の時からチャンディーに育てられたのなら、ケイもまたそういう境遇だったのだろう。相手の意思を読み取り、自分の意思を送り込んでくる、音声いらずのチャンディー相手に、言語を習得する必要はない。

「まあ、そんなわけで、僕もいまだにケイが何を考えてるのか、よくわからないんですけど……」

わからないからと言って、それはケイに自分の意志がないというわけではない。この美しい少年は彼なりの目的意識があって行動しているらしく、リミピッドチャンネルを持たない三男とは、チャンディーを通訳代わりに意思疎通しながら接してきたらしい。

「その代わり、いろいろと厄介ごとを手伝わされたんですけどね。僕……国際指名手配とかになっちゃったかなぁ……」

いまＧＧＧ《スリージー》にいる牛山次男《うしやまつぐお》や末男《すえお》とは異なり、三男は気弱で繊細な草食系男子の代表的性格だ。おどおどとした喋り声、メガネの奥の瞳も涙で潤んでいる。もっとも、国連下部の施設に潜入して、ニューロノイドを強奪するなどという犯罪の片棒を担がせられれば、誰であろうと多少の不安感にかられるであろう。

「理由はよくわからないんですが、このニューロノイドを持ち出して、今日この日にこの場所に届けなければならない……ケイがそう言ってたんです」

実際は、ケイの意志をチャンディーが三男にリミピッドチャンネルで伝えてきたので、もっと複雑な内容だったらしい。らしいが、理解できたのはこの程度なのだろう。

「あの……そういうわけなんですけど、これ、なんかの役に立ちますかね？」

おどおどと訊ねる三男の肩に片手を置いて、蛍汰はニヤリと笑った。

「ああ、役に立つどころか、こいつが今の俺にいっちゃん必要なもんだ！」

蛍汰は頭にかぶっていたバケツと、手に持っていた長尺ホウキを投げ捨てた。

「いいんだよな、チャンディー……これ、もらっちゃっても？」

『いいよ、あげる。ケータが好きなようにしていいよ』

確認を得た蛍汰は、三男やチャンディーが乗っていたセリブヘッドにズンズンと乗り込んでいく。

「乗るんですか？　蛍汰さん、これ、操縦者がふたりいないと動かせないんですよ」

「ああ、それもよく知ってる」

蛍汰はかまわずドンドン乗り込む。三男が心配そうに覚醒人の肩の上のケイを見上げる。だが、ケイはウームヘッドのハッチを外から閉じ、するすると機体を伝い降りてきて、チャンディーの隣に並び立った。

「え？　いや、蛍汰《けいた》さんひとりじゃ……！」

「いいんだよ、三男《みつお》！　少し離れて――」

と、言いかけて、蛍汰は足元に転がっているものを見てぎょっとした。それは、丸まったアルマジロのような球体だった。

「こいつ、まさか……！」

「ああっ、そうそう、それ持って行きます。……でいいんだよね、チャンディー」

『うん、持ってきて』

チャンディーの気さくな意志を受け、三男はパシリのようにあわてて蛍汰の足元に駆け寄り、直径五十センチほどの球体を持ち上げた。

「それ…たしか……プレト…だよな？」

蛍汰もよく覚えている、チャンディーと共生している甲殻形成バクテリアである。普段は松ぼっくりのような表皮のマツカサトカゲに似た姿をしているが、丸まった状態は初めてである。

「なんか、休眠状態みたいで…存在を忘れてました」

プレトを抱えて、三男はいそいそと外に出て行った。

「すげえな……みんな、ちゃんと生きていやがる。俺も……ぶっとく生き抜いてやるぜ」

そう言うと、蛍汰はセリブヘッドのハッチを閉じた。同時にリンカージェル内のコントロールボールを両手で握りしめる。次の瞬間、覚醒人《かくせいじん》のセリブヘッド内の各種モニターが点灯し、機体が唸りを上げ始めた。懐かしい感触に表情も高揚する。

「うほぉっ！」

「あれ？　普通に起動してる⁉　……ニューロノイドは脳内にデュアルインパルスを持つ、異なるヘッドダイバーの組み合わせが必要不可欠なはずなのに！」

あわてふためく牛山《うしやま》三男。機内のマニュアルを読み込んで、彼もニューロノイドの基本概念は知っているらしい。

「俺の脳ミソは特別製[※43]でさ、こういうことができるんだよ！」

たったひとりでニューロノイドを起動させた蛍汰。その正面のモニターには、懐かしいアカマツ工業のロゴと一緒に、機体名が表示されている。

「覚醒人――V2《ブイツー》。1号の後継機で、Z号のアニキにあたるヴァージョン、つまり二号機ってわけか。よっしゃ！　ビクトリー二連勝！　頼むぜ！」

様々なコンディション表示の彼方に、Gアイランドシティの実景も表示されている。蛍汰のささやかな夢と希望を踏みにじっていったゼロロボの後ろ姿もあった。

「ウエイク！」

十一年前に使っていたボイスコマンドに反応し、ゆっくりとV2の巨体が起き上がる。三男たちは早々にその場から離れた。

「ニトロ！」

覚醒人1号はそのコマンドでローラーダッシュしたのだが、V2は脚部に装備されたクロウラーを高速回転させ、道なき道を突き進んだ。無限軌道が蛍汰の家の残骸を乗り越えて、機体を前進させていく。やがて、その速度はアップし、弾丸戦車ともいうべき地響きを轟かせながら突撃を開始した。

V2《ブイツー》のアクセプトモードは、下部セリブヘッドの形状が覚醒人《かくせいじん》1号同様のドーム型で、凱号《がいごう》同様に上部ウームヘッドもドーム型である。胸部に張りだしたTMシステムこそ1号や凱号と大差はないが、肩から伸びたソーラーパネル状のパーツが目新しい。脚部がキャタピラ走行できるよう増強され、背部の尻尾に似たバランサーの左右に、グリアノイドの両翼も標準装備。その先端ユニットには、ウルテクエンジンが搭載されていることもうかがえる。

かすかな胸の痛みを感じながら、蛍汰《けいた》は前方に見える憎き後ろ姿に叫んだ。

「オラオラオラオラオラァッ！　三十年ローンの恨み、思い知らせてやるぜぇぇぇっ！　すすめ！すすめぇぇぇっ!!　覚醒人V2——!!」

5

（ボルフォッグが火乃紀《ひのき》さんを狙っている……！）

そう直感した護《まもる》は、制止の叫びを上げながら、上空を旋回するステルスガオーⅡとライナーガオーⅡへの指令を打ち込んだ。ガイゴーのセリブヘッドに振り下ろされるムラサメソードの前に飛び込んでくる漆黒の機体。刃と翼がぶつかりあい、激しい激突音を響かせる。

「ぬおおおおッ！」

覇界《はかい》の眷族として強化されたパワーをもってしても、機体が軽量なことには変わりない。ステルスガオーⅡに弾き飛ばされる形で、覇界ビッグボルフォッグはガイゴーの上から退いた。

同時にガイゴーの肩の開口部に向かって、ライナーガオーⅡが突入してくる。合体時の右肩からではない。それでは右開口部に半ば埋まっているガンドーベルと激突するだけだと判断した護が、あえて反対の左肩側から進入させたのだ。4000マグナムの銃弾を内部から放ったガンドーベルだったが、その発射直前に青き奮進機と衝突し、ガイゴーの外へ押し出された！

激しい衝突で大地に叩きつけられようとしていた覇界ビッグボルフォッグは、軽やかな身のこなしで反転、大地を蹴ってオレンジの光をまといながら宙を舞う。そして、分身していた覇界ガンドーベルを光に捲きこみ右肩に再装着した。

「……お見事です、護機動隊長」

「ほめられても嬉しくないよ、ボルフォッグ……」

覇界ビッグボルフォッグの賞賛に、護は悲痛な声音で応えた。たった今の攻撃は、決して威嚇などではない。デュアルカインドの一方である火乃紀の生命を奪うことで、確実にガイゴーを行動不能に追い込もうとしたのだ。その行動の裏にはもしかしたら、護を傷つけたくないという心理が存在するのかもしれない。だが、護にはとてもそれを喜ばしいと思うことはできなかった。

いま目の前にいるのは、宇宙の摂理に従う覇界の眷族である。もはや、三原則も枷とはならない。護は深い悲しみを感じつつも、言葉を続ける。

「だけど僕は知ってる……いまのボルフォッグはトリプルゼロのせいでおかしくなっているだけだって。だから……僕が助けてみせる！」

「…………」

護《まもる》の言葉に、覇界ビッグボルフォッグは答えない。気配とともに姿を消す。ホログラフィックカモフラージュを使用したのである。奇襲に失敗したいま、これで撤退するともとれる行動だが――

「ありがとう、護くん。もう大丈夫……」

セリブヘッドの火乃紀《ひのき》が、冷や汗混じりの声でウームヘッドの護に語りかける。眼前に迫った命の危機、その恐怖は生々しい。それでも、Gアイランドシティを守りたいという想いに曇りはなかった。

「うん、何かあったら僕が必ずサポートします！」

護の言葉に励まされながら、火乃紀はオービットベースに呼びかける。

「華《はな》ちゃん、ファイナルフュージョンのテイク2を！」

『了解です……！』

通信の向こうで迅速に、そして必死にキーボードを打ち直す華の声が響く。

『ファイナルフュージョン・プログラムドライブ！』

そして、テイク1ですでに無数の亀裂が入り押しやすくなったカバーの上から、それでも力いっぱい両拳でスイッチを叩いた。

『テイク2！』

FFプログラムが再送信されてきた。すでにガイゴーにはドリルガオーⅡとライナーガオーⅡが合体している。残るはステルスガオーⅡのみ。最後のシークエンスからファイナルフュージョンが再試行されている間、護は機体のセンサーと全身の感覚を総動員して、周囲の気配を探っていた。

（ボルフォッグがこのまま退却するとは思えない……見えないけど、きっと近くにいる。そして何かを狙っている……）

護のその確信にもかかわらず、ファイナルフュージョンが再度妨害されることはなかった。もちろん、予想し得る攻撃への対処は幾通りも考えてある。それでも気を抜く余裕はない。

そして完成する、くろがねの巨神――。

ライナーガオーⅡとガンドーベルの衝突にも勝る圧力が、セリブヘッドの火乃紀にのしかかる。デュアルカインドとはいえ、彼女はエヴォリュダーでもなく、浄解モードに代わる能力も持たない、肉体的には普通の人間だ。旧型ガオガイガーに比べ、リンカージェルによるショック緩和が強化されてはいるが、セリブヘッドのヘッドダイバーは、経験した者にしか理解できない強烈な衝撃に襲われるのだ。それは、フルパワーで戦い続けた戒道《かいどう》がリタイアしたことからも明白である。それでも火乃紀は、悲鳴を上げる全身の痛みに耐えながら、精一杯の雄叫びを轟かせた。

「ガオッガイッゴ――ッ‼」

Gアイランドシティに暮らす人々は、ゼロロボの攻撃によって交通手段を寸断され、避難することもできなくなっている。だが、あるいは窓の外に、またあるいはテレビ画面の中に、馴染み深い勇者王の姿を見て、安堵した。

十年以上前の原種大戦時、そしてこの数年間のインビジブル・バースト後の混乱期、人々を護ってくれたのはガオガイガーとガオガイゴー――同じ頭部を持つ勇者王たちだったのだ。

それまで、Gアイランドシティの地下交通システムや連絡橋などを破壊して、地区を孤立させていたZR－07《ゼロゼロセブン》たちが一斉にガオガイゴーの方を向く。この展開に備えていたのか、彼らは一糸乱れぬ動きで集まり、勇者王を包囲した。

「気をつけて、火乃紀《ひのき》さん。一体でもトリプルゼロの力を備えた侮れない敵なのに、これだけの数が集まると一瞬たりとも油断はできない」

「そうね……護《まもる》くん、サポートお願いするわ！」

火乃紀はそう答えると、ガオガイゴーの右腕を前方にかまえた。前方には十体ほどのＺＲ－07《ゼロゼロセブン》がいる。素体となったニューロノイド〈ブロッサム〉と全高はさほど変わらず、十メートルほどしかない。

「ファントムリング・プラス！」

片翼から分離したファントムリングを右腕に装着したガオガイゴーは、ＺＲ－07群に向けて、光の輪をまとった拳を撃ち出した！

「ブロウクンッ！　ファントムッ！」

一体のＺＲ－07がブロウクンファントムに粉砕される。すぐにオレンジの光をまとい再生するが、それを待つことなく、他の機体が一斉に突進してくる。

「ドリルニーッ！」

近接格闘装備の膝蹴りを、横合いから迫る一体に叩きつける。ガオファイガーと同じくブレード付きドリルの激突攻撃は、字義通りにＺＲ－07の胴体に風穴を開け粉砕した。

「ウォールリング・プラス！」

逆側の片翼から分離したウォールリングが、左腕の周囲で回転する。

「プロテクトッ！　ウォール！」

なおも迫るゼロロボたちを、ガオガイゴーの左腕から発せられる広範囲の反撥壁が弾き飛ばした。そして、彼奴《きゃつ》らが体勢を立て直す前に、右腕が次なる攻撃を加え、完膚なきまでに粉砕していく。

「さすがです！　火乃紀さん！　スピードもこっちの方が勝ってます」

護の声に励まされ、火乃紀も軽快に汗を飛ばす。

「ありがとう、護くん！　全部倒す！　全部砕く！」

どれほどの数で押し寄せようと、勇者王の牙城が揺らぐことはないように思えた。

しかし、その光景を見て、タイミングを図っている者がいた。覇界《はかい》ビッグボルフォッグである。

（今です……猿頭寺《えんとうじ》オペレーター、あなたの策を使わせていただきます）

覇界ビッグボルフォッグはおのが背部に呼びかけた。そこにはビークル形態時の運転席がある。その内部には、オレンジ色の繭――ゼロ核《コア》が収められていた。

（ああ、ボルフォッグ。悲しいけどやろう……宇宙の摂理のために）

ゼロ核は発声器官を持たず、答える声はない。だが、もしもリミピッドチャンネルがあったなら、そのような意志が発せられていただろう。

声によらずして、猿頭寺の意志を察したボルフォッグは、ガオガイゴーの内部に埋め込まれているものを作動させた。

「え!?……なに？」

ガオガイゴーの全身が硬直し、大地に倒れ伏す。セリブヘッドの火乃紀にも、リンカージェルで軽減されたとはいえその衝撃が伝わり、硬直したコントロールボールが、感電によって痙攣を促すように両腕を拘束した。脱出すらも許されない完全凍結の状態に。

「護《まもる》くん、何が起きているの……!?」

「あちこちシステムエラーを起こしてる！　これは……ウイルスだ！」

　ガオガイゴーに発生した異変は、オービットベースのメインオーダールームでも感知されていた。華《はな》の前にある、機体コンディションを示すモニターが無数の警告表示で埋め尽くされた。

「ダメです……機体の制御が、取り戻せません！」

「ええいっ、楊《ヤン》の旦那！　どうにかならねえのか……ソフトのトラブルは俺じゃどうにもならねえ！」

　根っからのハード屋であり、ガオガイゴーの開発者のひとりでもある阿嘉松《あかまつ》長官が、スーパーバイザーに声をかける。

「落ち着きたまえ、長官。これも予期されていた事態だ」

　楊はいつものごとく、落ち着き払った声で応じた。その言葉の通り、GGG《スリージー》ブルーのスタッフは、旧GGGによるウイルス攻撃も予想していたのだ。

「おそらく、先ほどガイゴー内部に侵入したガンドーベルから送り込まれたのだと思います」

　華をサポートしていたアルエットが、解析結果を報告する。覇界《はかい》ボルフォッグによる内と外からの攻撃は、第一段階にすぎなかった。本命は物理的な回線接触による、ウイルス攻撃だったのだ。他ならぬアルエットの手で、ガオファイガー時代に徹底的な電子的防御が施され、ガオガイゴーにもそれは引き継がれている。だが、このように毒爆弾を直接埋め込まれるような手段をとられては、防壁も意味がない。

ガオファイガーならば、凱《がい》のエヴォリュアル能力で無効化できるが、火乃紀《ひのき》と護にそれを求めるのは不可能だ。

「心配はいらん。すでにセカンドが対応を開始している」

ＧＧＧオービットベースにおいて、メインオーダールームの補佐を担当するセカンドオーダールーム。その中心人物は三博士と呼ばれる科学者たちである。以前はスタリオン・ホワイトもそのひとりであり、彼が三重連太陽系に向かった後、人員を補充する案もあった。だが、あまりにも異才を放つ三博士の列に加わることのできる人材は、ついに見つからなかった。

そして今、予想されていた覇界の眷族によるウイルス攻撃に反撃を開始した人物こそ、三博士のひとり――犬吠崎実《いぬぼうさきみのる》である。

「猿頭寺《えんとうじ》よ……十年以上の時を経て、またお前と戦うことになるとはな」

リモートモニターでガオガイゴーのＯＳをモニタリングしながら、犬吠崎は猛烈な勢いでカウンターハッキングを続ける。

覇界の眷族にあって、このウイルス攻撃を行った猿頭寺耕助《こうすけ》と犬吠崎は、ＧＧＧ設立以前からのライバルだった。

だがＧＧＧベイタワー基地のコンピュータシステム開発主任の座をめぐって、犬吠崎は猿頭寺に敗れた。一度はその恨みが災いして、ゾンダーロボ〈ＥＩ－15〉の素体とされてしまったのが、犬吠崎の忌むべき過去である。

ＥＩ－15は犬吠崎のハッキング能力で、当時のＧＧＧに大ダメージを与えた。そしてガオガイガーのファイナルフュージョンを妨害したのだが、身を挺してこれに立ち向かったのが、ビッグボルフォッグだ。十二年の時を経て、立場が入れ替わり、覇界《はかい》ビッグボルフォッグがファイナルフュージョンを破り、猿頭寺《えんとうじ》のウイルス攻撃に犬吠崎《いぬぼうさき》が対抗するとは、いかなる運命の変転であろうか。

「俺はお前に借りがある……今こそ、返させてもらうぞ、猿頭寺」

ゾンダーロボと化して後、天海護《あまみまもる》に浄解されたことにより、犬吠崎から猿頭寺への妬みや恨みは消え去った。しかし、ライバル意識までもが消失したわけではない。GGG《スリージー》に加わってからの犬吠崎は、学ぶべき先輩として猿頭寺の背を追い続けたのだ。

そうして自分は様々なことを学んだと、犬吠崎自身も自負している。今こそその借りを……そして、恩を返すべき時だ。

「おい、肩に力が入りすぎているぞ」

「私たちの支援もあります……忘れないでください」

隣の席から、野崎通《のざきとおる》博士と平田昭子《ひらたあきこ》博士が声をかける。ふたりとも、ゾンダーロボの素体を経験したGGGスタッフであり、犬吠崎とのつきあいもそれ以来だ。互いの能力も気心もよく知った、頼もしい同僚たち。彼らに心中で感謝しながら、犬吠崎は自分の戦いを続けた。

両脚部のクロウラーが瓦礫を踏みしめ、覚醒人V2《かくせいじんブイツー》は突き進む。逆ギレモードの蛍汰《けいた》は、接近してくる視界のなかでみるみるうちに大きく捉えられるゼロロボの後ろ姿をロックオンして、叫んだ。

「この野郎！　サラリーマンの悲哀と憎しみを思い知れッ！」

ゼロロボの至近距離まで達したアクセプトモードのV2が、カニバサミ状の右腕——シザーハンドをかまえる。

「まずこいつはぶち壊された倉庫の分！」

ゼロロボのかたわらを追い越しざまに、シザーハンドを回転させながら正拳突きを食らわせる。

調査用のアクセプトモードではあるが、覚醒人Ｖ２の腕は解体作業にも特化した起重機のような形状であるため、物理的な破砕も得意としていた。そして前方に躍り出たところで、クロウラーの信地旋回で反転し、第二撃を繰り出そうと、左のシザーハンドをかまえた。

「オラオラッ！　続いて、三十年ローンの家の分……んん⁉」

──かまえたところで、蛍汰は目を丸くした。最初の一撃で、憎き仇の上半身は粉砕され、下半身のみがその場に立ち尽くしている。数秒の短い間を置いて、活動を停止した下半身はスパークした内部ユニットの爆発により、前のめりに倒れながら木端微塵に吹っ飛んだ。

復讐はかなった。だが、蛍汰の脳裏には虚しい思いがよぎる。

「テメー！　まだ家の分と火乃紀《ひのき》にプロポーズしそこねた分と今日の販促会議に遅刻した分が残ってるんだぞッ。こんなはやくおっ死んでるんじゃやね～～～ッ‼……というか復讐の後に残るものなし……ってことかよ」

恨み言を一気に言い終えた蛍汰は、荒い息をつく。行き場を失った怒りは、簡単に収まりそうにない。

そんな時、眼前のモニターに呼び出しサインが明滅していることに気づいた。

「ん？　これって、どっかから通信が入ってるのか……？」

蛍汰は記憶を探り、覚醒人1号やZ号と同じ端末で受信操作を行う。

『くおらあああっ、応答せんか蛍汰《けいた》！　V2《ブイツー》に乗ってるのはお前だろ‼』

「ひっ、サーセン‼」

突然現れた阿嘉松《あかまつ》の怒りの形相。そして罵声。思わず謝ってしまってから、蛍汰はモニター内の人物に気づいた。

「……って阿嘉松社長？　じゃなくて所長？　じゃなくて長官か！」

蒼斧《あおの》蛍汰にとっての阿嘉松滋《しげる》は、高校生時代のバイト先である有限会社の社長である。その後、浪人生時代にはGGG《スリージー》マリンレフュージ基地所長であり、つきあいはあったが、GGG長官に就任してからはとんと疎遠になり会話した記憶がない。インビジブル・バースト後の混乱期、GGG長官職は激務を極めており、普通のサラリーマンとなった蛍汰とは接点がなくなるのも当然だ。だが、蛍汰も阿嘉松も数年のブランクを感じさせない気安さで、言葉を交わし続ける。

『おうよ！　まったく手間かけさせやがって……いきなりGアイランドにV2の機動反応を測的した時は、何事かと思ったぜ』

「測的ってこれまた古い海軍的な表現っすね。どんだけジイサンなんすか。あ、覚醒人《かくせいじん》V2、これもらったんです。チャンディーと……」

『ウッシー三号にか？』

「へえ、よくご存知で――」

『覚醒人の両ヘッド内部のことなら、こっちからでもある程度はモニタリングできるからな。そいつらがいなくなった後、ひとりでデュアルインパルス発生させるおかしなヤツの反応が出たから、波形パターンを照合して、お前さんだってわかったわけだ！』

「インビジブル・バーストが吹き荒れてた頃なら絶対見つからなかったのに……。阿嘉松のダンナにはかないませんぜ。いやぁ、勝手に使ってすんません。すぐ降りますから、レンタル料とかカンベンしてください」

へこへことモニターに向かって、頭を下げる蛍汰。その様子が、さらに阿嘉松に火をつけたようだ。

『馬鹿野郎ッ！　すぐ降りるとかふぬけた事言ってんじゃねえ！　火乃紀《ひのき》と俺の牙王凱号《ガオガイゴー》が大ピンチなんだ、ここで男を見せねえでどうするッ！』

「ひ、火乃紀が？　どういうことっすかッ！」

通信モニターにかじりつく。蛍汰の〝男の戦い〟はまだ始まったばかりだった。

6

Gアイランドの人工の大地に倒れ伏した、システム凍結状態のガオガイゴー。その周囲を取り囲んだZR－07《ゼロゼロセブン》群は無反動砲ガトリングガンで攻撃してくる。だが、スーパーレーザーコーティングによるG装甲にそれらは通じない。繰り返される衝撃のなか、護《まもる》と火乃紀は違和感を覚えずにはいられなかった。

「こんな攻撃を繰り返しても、ガオガイゴーを倒せるはずがないのに……」

「ええ、ブロッサムが素体となっているなら、シナプス弾撃も使えるはず。もっと有効な攻撃ができるはずよ」

「それを仕掛けてこないってことは……」

ガオガイゴーを撃破する他に、なにか目的があるのだろうか……護《まもる》がそう思い至ったとき、新たな衝撃が機体を揺さぶった。天を向いたガオガイゴーの腹部に、覇界《はかい》ビッグボルフォッグが降り立ったのである。ホログラフィックカモフラージュを解除して、紫色の覇界の眷族が告げる。

「猿頭寺《えんとうじ》オペレーターのウイルスで、十分に足止めをできました。そろそろ終わりにしましょう」

「足止め……!? ボルフォッグ、君たちの目的は――」

「たとえ勇者王の装甲といえど、トリプルゼロで強化された私の攻撃ならば打ち砕けるはずです。護機動隊長……人類がいずれ滅びるとしても、あなたには最期の瞬間まで生き残ってほしかった……」

覇界ビッグボルフォッグが、ガオガイゴーの腹を蹴って、宙に跳ぶ。

「……超分身殺法！」

空中でミラーコーティングに身を包んだシルエットが、三つの銀色の影に分離する。その動きは、動けないガオガイゴーを三方から打ち砕こうとする攻撃に他ならない。

「やめてよ、ボルフォッグ！」

護がそう叫んだ瞬間――

銀色の影たちに、別の三つの銀色の影が、横合いから突っ込んできた。

「くうううっ！」

空中で激しくぶつかりあうミラーコーティングされた銀色の影たち。ボルフォッグにポルコート、ガンドーベルにガンシェパー、ガングルーにガンホーク！

　Ｇアイランドの空に、諜報ロボたちのシルエットが高機動で錯綜する。やがて弾き飛ばされた三つの影が、ミラー粒子を剥離させながら地面に叩きつけられた。

「ポルコート！」

　護がその名を呼ぶ。撃墜されたのは、ポルコートとそのガンマシンだった。もともとボルフォッグよりも一回り小柄な上、トリプルゼロによるパワー差は圧倒的だ。

「くっ、ガオガイゴーをやらせるわけにいかないのでね……」

　ポルコートは体勢を立て直そうと半身を起こす。

「待って！　その機体で覇界の眷族に正面から挑むのは危険よ！」

　火乃紀《ひのき》の指摘は正しい。ポルコートはもっとも小柄な勇者ロボであり、もともと諜報に特化した設計ゆえに、力押しの戦いには向いていない。だが、それでも彼には負けられない理由がある。

「ミス火乃紀に護くん、無理でもやらなければならないことがある。僕は君たちに大変なことをしてしまったのだから……」

　ポルコートは軋む機体で、立ち上がった。ほんの少し前、鷺《さぎ》の宮《みや》・ポーヴル・カムイに操られたとはいえ、火乃紀と護に絶命をもいとわない攻撃をしてしまったのだ。我が身を捨ててでもふたりを護らなければ、ポルコートの超ＡＩに組み込まれた〝英国紳士の誇り〟[※44]は自分を許してくれそうにない。その熱意とともに、オービットベースに残されたミズハのカーゴブロックで、大気圏突入してきたのだ。

　そのブラウンの機体に、紫の機体が接近してくる。

「ポルコート捜査官……彼我《ひが》の戦力計算もできないほど、あなたが熱暴走しているとは意外ですね」

かろうじて立ち上がったポルコートの前に、覇界《はかい》ボルフォッグが降り立つ。

「戦力計算だけで戦うかどうかを決める……そんな冷え切った存在だったかな、君は」

ポルコートは皮肉な声で返した。かつてボルフォッグとポルコートが任務をともにする機会は、それほど多くなかった。だが、ふたりの超ＡＩの人格モデル——犬神霧雄《いぬがみきりお》とエリック・フォーラー——は、諜報戦の中で互いを好敵手とも親友とも讃え合う関係だったのだ。

その記憶が引き継がれているはずはない。ないはずだが、覇界ボルフォッグのうちで何かが刺激されたようだ。

「いいでしょう……ガオガイゴーを倒す前に、あなたを排除します。三身一体！」

覇界ボルフォッグがガンマシンとともに宙に舞う。それが自分への挑戦状であることを、ポルコートも一瞬で悟った。

「三身一体！」

「止まれ、ポルコート！　相手は覇界の眷族なんだ！　無理しちゃダメだ！」

機動隊長である護《まもる》の命令にも、ポルコートは耳を貸そうとしない。

二組の諜報ロボたちは覇界ビッグボルフォッグとビッグポルコートに合体、同時に必殺技を放った。

「大回転魔弾！」

「大回転魔輪！」

ミラーコーティングされた覇界ビッグボルフォッグが、独楽《こま》のような姿で回転、ミラー粒子を高速で撃ち出した。ビッグポルコートもこれに対抗、銀色の独楽となり、ミラー粒子で形成された戦輪を撃ち出す。

　本来ならば同系統の技でもあり、正面からぶつかりあえば相殺は可能だったはずだ。だが、トリプルゼロによる強化は圧倒的な差をつけている。

　銀色の飛礫《つぶて》が、銀色の戦輪を打ち砕く。全身のミラー粒子をすべて放ち尽くし、無防備になったビッグポルコートの機体に、豊富なミラー粒子を放出し続けるビッグボルフォッグの大回転魔弾が容赦なく浴びせられた。

「うわあああああっ！」

　無数の飛礫が、防御する術を失ったビッグポルコートに降り注ぐ。GGG《スリージー》ブルーでもっともベテランの勇者ロボは、双眸《そうぼう》のカメラアイから光を失い、ガックリと崩れ落ちた。

「ポルコートッ！」

　叫ぶ護に、かすれ声で断末魔のような返事が届く。

「ポルコートではない……護くん……今の僕は…ビッグポルコー…ト……」

「……‼」

「オービットベース、ウイルス駆除は⁉　まだですか！」

　声が詰まる護。間髪入れず火乃紀《ひのき》が通信機に問い合わせる。

『すまない、あと八十秒だけ持ちこたえてくれ……』

　犬吠崎《いぬぼうさき》のやや悲愴ともとれる低い声が応える。火乃紀はそれ以上急かそうとはしない。畑は違えど、技術者がその秒数を必要としている以上、時間短縮することは駆除成功率を逆に下げてしまう危険性を理解しているからだ。

「八十秒……それだけあれば十分です」

もはや廃品のように横たわるビッグポルコートのかたわらに降り立ち、覇界《はかい》ビッグボルフォッグが身構える。

「ボルフォッグ、僕たちにとどめを刺そうというの……？」

「護《まもる》機動隊長…それが……かつてともに戦った、私たちの……」

言葉の途中で、覇界ビッグボルフォッグは足元を見た。すでに大破したと思われたビッグポルコートが必死に右腕を伸ばし、覇界ビッグボルフォッグの脚をつかんでいる。

「やら…せない……」

「その執念、敬服します。ですが、もう貴方にかまっている時間はありません」

現状のビッグポルコートには、これ以上の妨害はできない。視線を外した覇界ビッグボルフォッグは、４０００マグナムをいまだ動けずにいるガオガイゴーに向けた。

「お別れです、護機動隊長……」

火乃紀《ひのき》の脳裏に、いつも命に関わる危機が迫った時に現れるソムニウムのことが浮かんだ。カムイに襲われた時と同様に、紗孔羅《さくら》のリミピッドチャンネルによる実況が途絶えているのか、今のベターマンはおそらく火乃紀を助けには来ない。ラミアは現れない。彼女はそう感じていた。だが、その直感の向こうには、頼りがいのない、しかし頼りにしたい、そんな別の存在の顔が浮かび上がりつつあった。火乃紀は、心の中でその名を綴ろうとした。

（ケ……）

『お別れとかなんとか、勝手に決めてんじゃねえええええッ！』

火乃紀の心の声より先に、逆ギレモードの罵声が通信に割り込んでくる。それは火乃紀が今まさに心の中で綴ろうと想った名前の主であった。いつも側にいてほしいと望んでいた存在の声。望んだとき、頼りにならずとも駆けつけてくれた存在の声！

「ケーちゃん！」

脚部クロウラーで爆走してくる覚醒人《かくせいじん》Ｖ２《ブイツー》。そのセリブヘッドで蛍汰《けいた》が叫ぶ。

『待たせたな、火乃紀！　うりゃああっ、アイハブ・アクティブ・コントロール！』

ボイスコマンドでＶ２はアクセプトモードから、アクティブモードに変形した。機体が上下反転、シザーハンドが脚の爪となって大地を踏みしめる。さらに後背部に折りたたまれていた部位がセリブヘッドに防護ヘルメットのようにかぶさり、巨大な頭部を形成している。その姿はあたかも白亜紀に君臨した暴龍のようだ。

「うおりゃあああ‼」

ティラノサウルスの顎門《あぎと》にも似た、鋼のセリブヘッド。その内部から蛍汰が叫ぶ。

「火乃紀へのプロポーズを邪魔した恨み、思いしれえええっ‼」

蛍汰の声は通信回線に響き渡った。護にもオービットベースにも筒抜けの状態で。いまだ動けぬガオガイゴーのセリブヘッドで、火乃紀の頬は桜色に染まった

ナカタニ

7

　GGG《スリージー》オービットベース十八層B区画に存在する集中治療室。その中央に、ひとりの男が立っている。いや、ひとりでも男でもない。その者は人間に酷似しているが、別種の生物だからだ。一体のソムニウム──名はラミア。

　その姿を見かけて、誰何《すいか》しようとした医療スタッフをペクトフォレースで眠らせると、ラミアはある治療カプセルの前に進んだ。

　その内部で加療中なのは、鷺《さぎ》の宮《みや》・ポーヴル・カムイである。だが、もはや治療の意味がないことは明らかだ。その顔面には、大輪の艶やかな花が咲いているのだから。ヒトの生命を養分として咲く、アニムスの花。

　ラミアが右手を伸ばすと、花弁がほぐれるように開き、異形の実が現れた。カムイの生命そのものを凝縮して結実したフォルテの実。ラミアは無言で、その実をアニムスの花からむしり取ると、懐にしまい込んだ。

『フォルテ……やはり元凶なりし者の脅威が高まっている……』

『ンー…この羅漢《らかん》にならフォルテも合成できるが、時間も手間も必要だ。天然物が収穫できるなら悪いことではない』

　ラミアの意志に、リミピッドチャンネルで応えた二体目のソムニウムは、羅漢である。そのかたわらには、人の傷口にも似た空間の裂け目がある。それは彼等が〈ソキウスの路《みち》〉と呼ぶ超距離瞬間移動路の出入り口だ。ドバイから移動した羅漢はラミアとともにこれを通過して、この宇宙基地の内部に出現した。二体とも、各種センサーに対抗する手段などとっておらず、数分後には警備部隊員が殺到してくるだろう。だが、彼らにとって目的を果たすための時間は、数十秒もあれば十分だった。フォルテの実を手にしたラミアはソキウスの門へと向かい、羅漢《らかん》もそれに続いていく。

『ンー…いよいよ行くか』

普段ならば、傲慢な笑みを絶やさないソムニウムが、緊張の色を浮かべている。ラミアはその意志に応えつつ、空間の裂け目へと身を躍らせた。

『……ああ、我らの希望も守られた……覇界王《はかいおう》が待っている』

「オラオラオラァァッ」

ティラノサウルスの頭部にも似たセリブヘッド内で蛍汰《けいた》が叫ぶ。

ZR－07《ゼロゼロセブン》——ブロッサムが変貌したゼロロボの群れは、左肩部のガトリングガンで攻撃してくる。だが、俊敏な動きで飛び回る覚醒人《かくせいじん》V2《ブイツー》を捉えることはできない。

「当たらなければ痛くねえって、懐かしアニメでも言ってたろうが！」

ガイゴーと同じく、覚醒人V2の背にもウルテクエンジンを搭載した翼がある。その高機動を活かして、蛍汰はゼロロボの攻撃をアクロバット飛行で避けまくる。そして、地面やゼロロボの頭部を蹴り上げ、脚の裏に備わったレセプターを起動させる。

「ブレイクシンセサイズッ！」

V2胸部のTMシステムが発光する様子をゼロロボの背後で確認した、覇界ビッグボルフォッグがつぶやく。

「データ解析……ニューロノイド……形式登録不明……パーツ形状から旧型と推定……通常のシナプス弾撃であれば、覇界の眷族の再生能力を上回ることは不可――」

その言葉を最後まで言わせず、空中のＶ２は両腕をかまえた。

「食らいやがれっ！　シナプス弾撃ぃぃっ！」

黄金色の液体が、ゼロロボたちに降りかかる。それは強酸性物質のアルデヒド溶液だ。ＴＭ装甲で守られたブロッサムの機体表面をも泡立つように溶解する威力である。しかし、瞬時にトリプルゼロの力で再生されていく。

だが、次の瞬間――

「……!?」

常に冷静沈着だった諜報ロボが、驚愕の声を上げる。シナプス弾撃で放たれた液体は、覇界の眷族に大ダメージを与えることはできなかったものの、彼らの足元のコンクリートを猛烈な勢いで浸食したのだ。

人工島であるＧアイランドの地面の多くはコンクリートで覆われているが、その下にすぐ超鋼スチールの骨組みの層が隠されている場所も多い。浸食された地面は、覇界の眷族たちの重量に耐えきれず、蟻地獄のように彼らを呑み込んだ。あるゼロロボは骨組みに叩きつけられて機体フレームがへし折れ、また別のゼロロボは海面下の水没部まで落下していく。覇界ビッグボルフォッグも雪崩に巻き込まれるように、なす術なく没していった。

いまだ動けぬガオガイゴー内部の護《まもる》と火乃紀《ひのき》も、モニター内に映し出されている光景に目を見張る。

「うわっはー！　すごい……蛍汰《けいた》さん！」

「ケーちゃん……」

ふたりが感嘆の声をもらす。特に火乃紀《ひのき》の声には、惚れ惚れするような響きさえ感じられた。先ほどの〝公開プロポーズ〟が影響しているのかもしれない。

「よっしゃぁ、覚醒人《かくせいじん》乗りの熟練の技を見たか！　ってかオービットベース！　もう八十秒とっくに経ったんじゃないの？」

蛍汰のその問いは、GGG《スリージー》オービットベースのセカンドオーダールームにも届いていた。犬吠崎《いぬぼうさき》実《みのる》がキータイプの手を止めず、通信マイクに応える。

「ああ、君のおかげだ。ようやくウイルスの中枢ウェアを特定した。これで……削除完了だ！」

犬吠崎がキー入力を終えた瞬間、彼の眼前のモニターが無数の警告表示を浮かび上がらせた。猿《えん》頭寺《とうじ》の仕込んだウイルスは駆除されたかに見えた瞬間、別の領域に隠されていた複製を同時に起動させたのである。

「〝犬吠崎、お前は昔から肝心なことを忘れる〟……俺にそう言いたいのか、猿頭寺」

猛烈な勢いで反撃を開始したウイルスに荒らされていく表示を見て、犬吠崎はつぶやいた。だが、その表情には悔しさも敗北感もない。笑みさえ浮かべている。

「俺はかつて、同期のお前に勝てた試しがなかった。だがな、お前が宇宙の彼方に行っている間に、こっちでは十年も過ぎたんだ。今の俺はお前より十歳も年上……その分、経験を積んできた。そして手に入れたんだよ……忘れたことを補ってくれる仲間とその連携の技を！」

三重連太陽系に旅立ってから、猿頭寺の身に流れた時間は数か月でしかない。しかし、その間、犬吠崎は十年余りをGGG隊員として過ごしてきたのだ。プロジェクトZ、新型レプトントラベラーの開発、グローバルウォール計画、携わった経験値と功績はあまりにも膨大である。そして、その十年は同僚である〝三博士〟の連携をより緻密なものに育てあげていた！

「よし、かかった！　複製体すべてのアドレスを捕捉！」

野崎通《のざきとおる》博士が軽快にマウスをクリックする。

「一斉除去ウェア、走らせます！」

間髪入れずに、平田昭子《ひらたあきこ》博士がエンターキーを叩く。

犬吠崎が油断を装ったことで活動を開始した、ウイルスの複製。そのすべてが、野崎と平田が展開したプログラムによって除去されていく。囮役だった犬吠崎が、今度はバックアップにまわって、ふたりが取りこぼしたウイルスが存在しないかを確認した。

「オールグリーン……ウイルス駆除、完了したぞ！」

犬吠崎が満足げな声を上げる。野崎と平田も同僚の会心の笑顔に向かって、力強く、そして頼もしくうなずいた。

「ありがとう、みなさん！」

思わず感謝の声を上げた火乃紀は、リンクカプセルの内部でコントロールボールを握る掌に力を込めた。明滅していたエラー表示のすべてが消滅し、コンディション表示が正常に戻る。ガオガイゴーはふたたび、Gアイランドの大地に屹立《きつりつ》した。かたわらで覚醒人V2《ブイツー》が見上げる。

『お、もう動けるのか、勇者王？』

「ええ、ここからは私がケーちゃんを護ってあげるわ」

『ひゃー、火乃紀《ひのき》い、たっのもし〜〜！』

通信機越しの蛍汰《けいた》と火乃紀の会話に、窮地を脱した安堵がにじむ。だが、機動隊長である護《まもる》はふたりに緊張を促す。

「火乃紀さんも蛍汰さんも気をつけて、ボルフォッグの反応は消えていない！」

その言葉と同時に、ガオガイゴーと覚醒人《かくせいじん》Ｖ２《ブイツー》の前方に、オレンジ色のオーラをまとった姿が現れた。覇界《はかい》ビッグボルフォッグが、シナプス弾撃による陥没孔から這い上がってきたのだ。たった一機だけ……どうやら、ゼロロボたちはまだ地下、もしくは海中にいるようだ。

「お見事です……蒼斧《あおの》蛍汰店員」

そう呼ばれた蛍汰は、微妙な表情を浮かべた。いつものボルフォッグ特有の呼び方にすぎないのだが、小馬鹿にされたようにしか感じなかったのだ。

「そして、火乃紀隊員と護機動隊長。そろそろ決着をつけましょう」

覇界ビッグボルフォッグは両手を左右に伸ばして、身構えた。その最大の技がくる……そう悟った護は、セリブヘッドに向かって叫んだ。

「火乃紀さん！　ヘル・アンド・ヘブンを！」

「わかった……ＡＩボックスとゼロ核《コア》を回収するのね」

「僕も半分手伝います！　ボイスコマンドを！」

護の呼びかけに意を決した火乃紀は、深呼吸すると叫んだ。

「ヘル・アンド・ヘブンッ！」

ガオガイゴーが両手を広げ、攻撃と防御のエネルギーを展開する。火乃紀は、あふれる攻撃エネルギーの激しい衝撃に襲われる。だが、Ｇストーンの制御に長けた護が防御エネルギーを調整することで、戒道《かいどう》が陥ったような著しい体力の消耗はない。続いてガオガイゴーが両拳を組み合わせると、高密度のＥＭトルネードが前方の覇界ビッグボルフォッグに向かって放たれた。相手をロックオンしたはずのガオガイゴーだが、火乃紀が予想した以上に、膨大な圧力がその機体を揺るがす。

「コマンドを…ゆっくり……」

導くように、護が促す。

「ゲム・ギル・ガン・ゴー・グフォ……」

火乃紀が圧に耐えながらも唱える。地球の人々は、誰でも知っている勇者王の必殺技。もちろん、蛍汰も熟知している。

「やれっ、火乃紀！　俺も手ぇ貸すぜ！」

覚醒人Ｖ２が衝撃に揺らぐガオガイゴーの肩を、かたわらでがっちり支える。ガイゴーとほぼ同サイズの小柄なＶ２だが、その高出力ウルテクエンジンはガオガイゴーの機体を安定させた。

「ケーちゃん……うん、一緒に行こう！」

ガオガイゴーと覚醒人Ｖ２、二体は寄り添った状態のまま突進を開始した。その前方では、覇界ビッグボルフォッグがミラーコーティングを展開し、ＥＭトルネードをものともせず猛烈な回転を始めた。

「大回転大魔弾ッ！」

銀色の独楽《こま》となって、高速で突っ込んでくる覇界《はかい》ビッグボルフォッグ。EMトルネードの中にあって、ミラーコーティングはその影響を遮断する。ましてやトリプルゼロのエネルギーを上乗せした回転力である。触れれば、ガオガイゴーも覚醒人《かくせいじんブイツー》V2もひとたまりもない。

「突っ込むぞっ、火乃紀《ひのき》ぃっ！」

「うん！」

蛍汰《けいた》の指示に一瞬も迷わず、火乃紀はガオガイゴーを突進させた。

だが、その動きより速く、無数のミラー粒子が、弾丸となって放たれる。

「健闘は評価しますが、こちらのスピードには及びません」

ヘル・アンド・ヘブンは両腕のパワーをフルに利用するため、プロテクトシェードを使えない。無残にもガオガイゴーの機体は蜂の巣にされるしかなかった——ないはずだった。

「そうはいかねっての！」

勇者王の全身が引き裂かれる直前、ミラー粒子の飛礫《つぶて》は弾き飛ばされた。蛍汰のとっさの判断で、V2は固有装備であるミラーシールドをかまえて、ガオガイゴー正面の防御壁としたのだ。

「お見事です……！」

回転する独楽状態ではあるが、覇界ビッグボルフォッグには感嘆する余裕があった。ミラーシールドが付け焼刃でしかないことも見抜き、大回転魔弾の連射を続ける。

「ですが！」

案の定、V2のミラーシールドは、威力の勝るミラー粒子に吹き飛ばされ、その向こうにいるガオガイゴーが露わになった——

「⁉」

――はずだったが、覇界ビッグボルフォッグのセンサーは、自ら回転している事が災いしてガオガイゴーの位置を捉えるまでにわずかな遅れを生じた。

「……ここよ！」

火乃紀の声は、覇界ビッグボルフォッグの頭上から響いた。シールドを破壊される寸前、ガオガイゴーは、V2と出力を同調させ、跳躍していたのである。火乃紀と蛍汰、長年のつきあい故の、阿吽の呼吸が成せる技だ。覇界ビッグボルフォッグが状況を把握した時には、すでに反撃も回避も不可能だった。

「ボルフォッグ、僕たちは負けない！」

機体の全身にまとった攻撃と防御のエネルギーを、固く握り合わせた両拳に集約させながら、護《まもる》が叫ぶ。大回転大魔弾を上空から見た火乃紀は、護と蛍汰の意図を理解し、一瞬たりとも迷わなかった。

「はあああっ！」

ガオガイゴーの両拳が、独楽の中心となる回転軸に打ち込まれた！　どのような高速回転であろうと、頭上からならその中心を貫ける。覇界ビッグボルフォッグの頭部――その直下にあるAIボックスを！

「お見…事……」

V2の装備や出力データを把握しきれずに敗れた、諜報部エキスパートの声は、断線し途切れた。

勇者王の両腕が、探り当てたAIボックスを鋼鉄の指でつかみ取る。AIと機体の物理的接続が断たれ、覇界《はかい》ビッグボルフォッグはその高速回転を止めた。

「いまよ、ケーちゃん！」

「おうっ！」

ガオガイゴーから離れたＶ２が両脚の爪で覇界ビッグボルフォッグの機体をつかむ。

「ブレイクシンセサイズ！」

蛍汰《けいた》のボイスコマンドを受け、瞬時にその機体を破壊するための化学物質を合成するＴＭシステム。

「往生せいやぁぁぁっ！　シナプス弾撃っ！」

覚醒人《かくせいじん》Ｖ２《ブイツー》は、素早く確実に、両腕の掌底から強酸性物質の一撃を放とうとした。覇界ビッグボルフォッグの背部へ！

だがそこは――

「ああっ！」

護《まもる》は一瞬で悟った。

ビークル形態では運転席にあたる、そこにはおそらくゼロ核《コア》が収められている。

（そうか、蛍汰さんは知らない……ＧＧＧ《スリージー》の誰かが内部にいることを！）

同じ理解をした火乃紀《ひのき》も、必死に制止する。

「ケーちゃんダメ！　そこはっ！」

火乃紀の声も届かない。この時、逆ギレモードの延長時間にいた蛍汰は、眼前の敵を破壊し、消滅させることしか頭になかった。サラリーマン人生のほとんどを捧げた夢。それを打ち砕かれた恨みが、脳内を満たしていたため、制止の声に素早く反応する余裕がなかった。しかし今、蛍汰の脳内では抗う声が響いていた。

（やめて……殺さないで。あの子が愛した人を……！）

――かつて、パピヨン・ノワール[※45]という女性がいた。ＧＧＧ隊員として、猿頭寺耕助《えんとうじこうすけ》の同僚であり、恋人であった女性。ソール11遊星主とパスキューマシンを巡る争いのなかで命を落としたのだが、レプリジンの肉体を得て、猿頭寺との別れをもう一度やり直すことができた女性。肉体が消滅しようと彼女の思いは、猿頭寺耕助のなかへ確実に注がれていった。

そして、パピヨンにとってもっとも近しい人が、この場にいる。ロリエ・ノワール――彼女の実の母親である。いや、正確にはその姿はもう存在していない。〝欲《のぞみ》の袋〟というアニムスの花の亜種に命を奪われたのだが、その脳硬膜が幼き日に事故で頭部を損傷した蒼斧《あおの》蛍汰に移植され、それ以来、蛍汰の意識下に残留しているのだ。ロリエの脳組織は蛍汰と共存し、幾度となく視神経に様々な幻影を映してきた。いわば、もうひとつの人格を形成していたと言って過言ではない。それが故に、蛍汰はふたり分のデュアルインパルスを発生させ、ニューロノイドをひとりで起動させることができるのだ。

不幸にも夭逝《ようせい》した母娘――ロリエとパピヨン。この場にいる蛍汰も火乃紀も護も、奇しくもその事情に深く関わっている。その因果に、いかなる意味があるのだろうか？　母も娘もきっと、こう答えたに違いない。

（あの人を救うために、神様が導いてくれた……）

脳内でささやかに……だが力強く発せられた声に、蛍汰《けいた》は我に返った。

「うおっととと！」

ロリエの意思が上回ったか、蛍汰は無意識のうちにコントロールボールを操作して、TMシステムを緊急停止していた。強酸性物質の放出を、さらなる抑制物質で分解し止めた覚醒人《かくせいじん》V2《ブイツー》の掌底が、覇界《はかい》ビッグボルフォッグの内部にあるゼロ核《コア》をつかみ取る。力強く、そして優しく。

この場にいる誰も知らない、誰も気づかない。それでも、母と娘の願いはかなったのだった……。


ガオガイゴーと覚醒人V2が、AIボックスとゼロ核を確保したまま、大地に立つ。残骸と化した覇界ビッグボルフォッグの機体は、トリプルゼロのエネルギーが枯渇し、その場に崩れ落ちる。

護《まもる》は悲しそうな目で、その思い出深い姿を見て、つぶやいた。

「ボルフォッグ……きっと、元の姿に戻してあげるからね」


ガオガイゴーとV2の勝利に、メインオーダールームは沸き立った。

「護くん、よかった……」

涙を浮かべる華《はな》に、隣の席のアルエットがハンカチを差し出す。

「どうぞ、初野《はつの》先輩」

「あ、ありがとう、アルエットちゃん……」

フランス人形のような美しい少女は、無言で微笑みを浮かべた。その笑みは勝利を讃える祝福ではない。華にとって最愛の人が、厳しい戦いを生き延びたことへの喜びを込めたものだ。

「ヤマツミまもなくGアイランドに到着します今さらですが」

タマラが報告する。

「うしっ！　ワダツミも、あと五分で到着予定！」

「オウ、じゃあそろそろ、彼らにも降りてもらおうカネ。GGG《スリージー》の勇者とディビジョン艦が勢揃いダヨ！」

「いや〜、しっかし、アブラ汗かいたっすわ〜」

タマラに続いて報告の声を上げつつ、牛山次男《うしやまつぐお》も、プリックル参謀も、山《やま》じいも、みな笑みを浮かべている。だが、ひとりだけ、号泣している者がいた。

「うおおおお、蛍太よぉ、火乃紀《ひのき》よぉ、よかったなぁ！　仲人なら俺がやってやるからなぁ！」

阿嘉松《あかまつ》長官は、ふたりが高校生だった頃からのつきあいである。ほとんど親のような気分で、涙をあふれさせていた。

そしてもうひとり——他の者とは異なる表情を浮かべている者がいる。

（おかしい……あの男の策が、これで終わりとは思えない……）

楊龍里《ヤン・ロンリー》は恐怖に近い表情で、冷や汗を浮かべた。

（ボルフォッグが言っていた〝時間稼ぎ〟とはどういう意味だ、大河幸太郎《たいがこうたろう》……！）

楊にその名を呼ばれた人物は、本人にとって懐かしい場所にいた。

宇宙開発公団タワーの最上階、総裁室。本来の主である現在の公団総裁は、職員とともにすでにタワーから離れた陸地の地下シェルターに避難してしまっていた。

眺めのいい展望ガラスから、眼下の光景を見下ろしつつ、大河《たいが》はつぶやいた。

「よくやった……若きGGG《スリージー》よ。それでこそ勇者だ。だが……我々の作戦は確実に実行された。もう〝覇界王《はかいおう》は目覚めた〟のだよ」


地に降りた蒼斧蛍汰《あおのけいた》は、ポケットのなかでぐしゃぐしゃに潰れた小箱を取り出した。箱に劣らず、涙でぐしゃぐしゃになった顔で、言葉を絞り出す。

「火乃紀《ひのき》よぉ、俺……火乃紀の帰る場所を作ってやりだくでさぁ……必死に金貯めたんだよぉ……なのに、なのにあいつらプチッと踏みつぶしていぎやがってよぉ……何年もがかっで貯めて、ローンも三十年残ってるのにプチッとだぞぉ、ひどずぎるよなぁ……」

同じく地に降りた火乃紀は、蛍汰の肩越しに見える廃墟を見つめた。かろうじて、隅の方の外壁は残されており、そこに瀟洒《しょうしゃ》な一軒家の痕跡はうかがえる。だが、それだけだ。蛍汰のこれまで数年間と、これから三十年間の汗と涙の結晶は、ただの瓦礫の山となりはてていた。

泣きじゃくる蛍汰の手から、小箱を受け取り、そっと開ける。そこには給料三か月分が光り輝いていた。火乃紀は、蛍汰の手にそっと婚約指輪に握らせ、そこに自分の左手の薬指をくぐらせた。

「ひ、火乃紀……」

その行為の意味を悟って、蛍汰は火乃紀を見つめた。火乃紀にもまた、涙が自然とあふれてくる。

「ケーちゃん……家なんかなくたって、ケーちゃんがいる場所が、私の帰る場所だよ……」

「ひ、ひ、ひ、火乃紀ぃぃぃぃっ！　うおおおおっ！」

埃まみれのくたびれた作業着のまま、ダイブスーツの火乃紀を抱きしめる。ふたりは固く固く抱

き合いながら、いつまでも声を上げて泣き続けた。

そのため、たった今始まった、自分たちのすぐ横で繰り広げられている壮大な光景に、なかなか気づかなかった。衛星軌道上のＧＧＧ《スリージー》オービットベースから発進、大気圏突入してきた万能力作《ばんのうりきさく》驚愕艦《きょうがくかん》〈カナヤゴ〉が頭上に滞空。そこから出動したカーペンターズが、Ｇアイランドシティ市街地の修復を開始し、同時に蛍汰《けいた》が買った倉庫や蒼斧《あおの》邸も、あっという間に復旧してくれた光景に

——


やがて、カナヤゴの隣に機動完遂要塞艦《きどうかんすいようさいかん》〈ワダツミ〉と、諜報鏡面遊撃艦《ちょうほうきょうめんゆうげきかん》〈ヤマツミ〉、そして、無限連結輸槽艦《むげんれんけつゆそうかん》〈ミズハ〉が並んだ。ミズハはカーゴブロックごとに分解され、複数の箇所に降下していたのだが、それらがこの地に集結、再連結したのである。

オーストラリアに降下したブロックには、いまだ完全に回復したわけではない戒道幾巳《かいどういくみ》が、本人の強い希望で乗り込んできていた。

（おかしい……なんだ、この胸のざわめきは……なにかが、なにかが近くにいる……）

折れた肋骨が完全に治ってはいない、その胸に手を当てて、戒道は思い悩んだ。嫌な予感とも言い切りにくい、複雑な感覚。なにかを感じて、青年は眼下のＧアイランドを見つめた。幸い、入院中の母は無事が確認されている。この後、会っていこう……そう思いつつも、戒道は予感を覚えていた。

（そんな余裕は、なくなるかもしれない……）

そして、その予感は的中する。

「Z0《ゼットゼロ》シミラー反応が消えないっす！　しかもこれ、いままで観測したことない規模っすよ！　ゼロロボの大軍団がGアイランドにいるとしか思えないっすわっ！」

普段、緊迫した声を上げることなどほとんどない山《やま》じいが、血相を変えて報告した。メインオーダールームのメインスクリーンには、濃密なZ0シミラー反応が表示されている。だが、覇界《はかい》の眷族の姿は見えない。

インビジブル・バーストのように、不可視の脅威が迫っているのだろうか？　その時、すべてを理解した楊《ヤン》が叫んだ。

「そうか……下だ！　海中だ！　その下のサーチ不能な地下空間だ！」

8

ガオガイゴーと覚醒人《かくせいじん》V2《ブイツー》が勝利を収めるほんの数分前、すぐ近くに出現する者たちがいた。ソキウスの路《みち》を通ってきた、ラミアと羅漢《らかん》である。

彼らが現れたのは、Gアイランドの直下。かつて、GGGベイタワー基地が存在した空間――そこには現在、地下高速移動システムの巨大ターミナルがある。

かつて、インビジブル・バーストによる強電磁場が吹き荒れていた時代、情報やエネルギーの伝達には地中や海中が用いられた。その頃に整備された、世界中を結びつけるハブが、海水から分厚い壁で隔てられたこの広大な地下施設ターミナルである。

ラミアの手にはフォルテ、羅漢《らかん》の手にはオウグ。二体ともアニムスの実を持ち、臨戦態勢にある。火乃紀《ひのき》の危機にもかかわらず、ラミアが現れなかった理由は、この空間にある。彼らはその超感覚で知っていたのだ。

『ンー…やはり目覚めていたか、もう一体の……』

『ハカイオウ……』

ラミアと羅漢は、人工の地底空間にうずくまる巨大な影を見た。海中からではなく、地底深くから入り込んだと思われるその姿は、照明がなくとも、はっきりと見える。炎にも似たオレンジ色のオーラをまとっている……いや、全身から噴き出しているからだ。

片膝をついたその状態でさえ、ガオガイゴーの二倍を優に超える超巨大な姿。立ち上がれば、広大なこの空間でさえも、突き破ってしまうことは確実である。

その存在を、ラミアはリミピッドチャンネルの膨大な濁流の中で感じとったのだ——〈覇界王《はかいおう》〉と。

そう、そこにいるのは、かつて木星圏で遭いまみえた覇界王ジェネシックではない、もう一体の覇界の王だった。


すなわち、ジャイアントメカノイド——覇界王キングジェイダー！

「……最初にここへやってくるのは、エヴォリュダー凱《がい》だと思っていたが」

覇界王キングジェイダーが、言葉を発した。それは、もう一体の覇界王のような唸り声ではない。強靭なる意志を持つ者の声だ。

覇界の眷族随一の戦士が融合《フュージョン》していることの、証左である。

『覇界の王が目覚めることは、デウスによって知らされていた……』

『ラミアよ…それが故に、あちらこちらに網を張っていたのに、ンー…どうやら先手を取られたようだな』

傲岸不遜な羅漢の意志に、苦渋と恐怖がにじむ。かつて覇界王ジェネシックとまみえた経験から、羅漢もまた悟っているのだ。目の前にいるのは、自分とラミアだけで止められるような存在ではない、と。

『往くぞ、羅漢――』

『ンー、承知』

リミピッドチャンネルで意志を交わしたラミアと羅漢は、同時にアニムスの実を貪り喰う。そして、彼らソムニウムの身体は数倍に膨れあがり、変身体であるベターマン・フォルテ、そしてベターマン・オウグとなった！

『羅漢、左右に分かれ死角にまわる』

『わかっている、ンー、今ならまだ勝機はある』

二体は眼前の脅威に向かって、一か八かの突進を開始する。だが、覇界王キングジェイダーは一瞥をくれようともしなかった。

「……貴様らの相手など、私がする必要もない」

覇界王《はかいおう》のその言葉と同時に、ターミナルの閉鎖空間に四体の光が躍り出た。

『小さき四つの暁……だがその輝きは強い』

小さい、とはいえ、あくまでもキングジェイダーと比べれば、である。その四体は、一体でもフォルテの三倍ほどの大きさはある。フォルテの中のラミアが瞬時に解析するも、四体はたちまち二体となった。

『ンー、左右から合体して巨大化を図ったか』

オウグの中の羅漢《らかん》は、倍化したエネルギーの流れを感じた。フォルテとオウグはそれぞれに立ちはだかる敵の攻撃に備える。

だが、新たに現れた覇界の眷族たちは、たった一撃のもとにソムニウム変身体を叩き伏せた。必殺技を使うまでもなく、拳と蹴りだけで。避ける隙すらも与えず、それぞれ無造作に繰り出しただけのその一撃で、ねじ伏せたのである。

フォルテもオウグも一瞬で活動を停止させられ、その巨体は繊維化して崩れ去っていった。

『く、強すぎる暁の霊気…この者たち……』

『ンー、覇界の王以外にも、これほどの眷族がいたのか……』

白く繊維化した残骸のなかに横たわる、ラミアと羅漢。二体とも、もはや戦う力は残されていない。変身とその後に受けたダメージで、戦うどころか、立ち上がる余力すら失われていた。

「……覇界王よ、今こそ我らの力を解き放つときだ」

もはやソムニウムたちに一片の関心すら持たず、覇界幻竜神《げんりゅうじん》が告げた。それは、ビークルロボである氷竜《ひょうりゅう》と雷龍《らいりゅう》がシンメトリカルドッキングした姿だが、全身がオレンジ色に強く輝いている。

「俺たちはもう、十分にトリプルゼロを充電してるぜ」

そう言って、覇界強龍神《はかいごうりゅうじん》が促す。こちらは風龍《ふうりゅう》と炎竜《えんりゅう》が左右合体した姿だが、やはり同じように強い輝きを放っている。

「よかろう……今こそ、宇宙の摂理に抗う者たちに、致命の一撃を！」

不自由な体勢で、覇界王キングジェイダーが右腕を突き出してかまえる。その両脇に立った覇界幻竜神《げんりゅうじん》と覇界強龍神も、両腕をかまえた。次の瞬間、巨大な覇界王と覇界将二体が、全身からオレンジ色のオーラを噴き出す。分厚い大地を通してさえ、衛星軌道上からも観測された濃密なZ0《ゼットゼロ》シミラー反応は、まさにこの瞬間であった。


そのオーラは、海中から大地を突き破り、オレンジ色のオーラとなって、Gアイランドの大地にひび割れを引き起こし、その隙間から噴出した。

高所からその光景を見下ろしながら、大河幸太郎《たいがこうたろう》が目を細める。

「いよいよ始まる……いや、これで終わりだ」

Gアイランド直下の海中で覇界王が目覚めれば、Z0シミラー反応を感知した、GGG《スリージー》グリーンやGGGブルーが駆けつけてくる。そうなれば、たちまち妨害されるであろうことを逆手にとったのだ。本命の場所の直上での、ZR－07《ゼロゼロセブン》による市街地制圧。そして、覇界ビッグボルフォッグによる時間稼ぎ。計算され尽くした陽動作戦で、誰にも気づかれずに覇界王たちは配置についた。

さらに成功率を高めるため、作戦の前段階として、遠隔地に覇界の眷族を配置して、勇者ロボたちを分散させた。もちろん、単なる陽動ではなく、ガオファイガーやオービットベースの排除といった目的も盛り込んである。どれかひとつが成功すれば、宇宙の摂理が勝利するのだ。

十重二十重にも練り込まれた、大河幸太郎の作戦であった。そして、その最終段階――覇界王と覇界将らは、その身に数か月をかけて貯め込み続けたトリプルゼロを、今この時、おのが必殺技に集約した！

「ジェイクォースッ‼」

「マキシマムトウロンッ！！！」

濃密なトリプルゼロが閉鎖空間にあふれ――地下高速移動システムの海底トンネルに注ぎ込まれていく。そして、その余波はターミナルの天井を破って、地上にまで噴出した。


大地を割って、あふれ出すトリプルゼロ。

勇者たちもディビジョン艦も、暴風にも似たエネルギーの奔流に弄ばれる。そして、彼らは見た。オレンジ色のエネルギー嵐の中から出現する、三つの姿を。

覇界王キングジェイダー、そして覇界幻竜神と覇界強龍神。

ミズハ舷側の窓からその姿を見た戒道《かいどう》は、肋骨の痛みも忘れて、空中に飛び出した。

「J！　そこにいるのか、Jッ！」

カーペンターズによる修復を受けていたビッグポルコートも、なにかを感じて、覇界王の巨体を見上げる。

「ルネ……⁉」

ガオガイゴーから降りていた護《まもる》は青と黄の、そして緑と赤の、二体の名を呼ぶ。

「幻竜神《げんりゅうじん》、強龍神《ごうりゅうじん》……」

そして、ガオファイガーがワダツミから飛び出した。ハワイからここまで、到着と同時の戦闘にも備えて、フュージョンアウトせずにやってきたのだ。

「ソルダートJ、貴様、何をしたっ！」

ガオファイガーは、光を放つ覇界王《はかいおう》キングジェイダーを見上げた。

「エヴォリュダー凱《がい》、そしてアルマよ……」

覇界王は眼下の大地に立つ凱の分身たる機体と、空中に浮かぶ浄解モードの人影とを交互に見ながら告げる。

「我らの為すべきことは、ただひとつ……全宇宙を無に帰すこと。そのためにも、すべての知的生命体を殲滅する」

「俺はお前を止める！　そしてトリプルゼロから解放する！　みんなで協力すれば、お前も浄解できるんだ！」

ガオファイガーは両翼のウルテクエンジンを展開し、宙に舞う。

「凱、貴様との決着はすでについている。知っているはずだ。覇界王の力を」

そう告げつつ、覇界王キングジェイダーは左腕を無造作に振るった。その一撃を食らったガオファイガーは、いとも簡単にGアイランドの大地に叩きつけられた。

「ぐわあああっ！」

エネルギーを放出した直後であっても、覇界王の力は比類ないほどに絶大であった。だが、勇者王に追撃を加えようとはせず、ジャイアントメカノイドはそのまま浮上していく。そして、変形する――覇界の方舟ジェイアークへと。さらに甲板上には、地上から跳んだ覇界幻竜神と覇界強龍神が着艦する。

「待て、待ってくれ、Jッ！」

浄解モードで飛翔する戒道《かいどう》は、必死に覇界の方舟に追いつこうとした。だが、その距離はどんどん開いていく。

覇界王として増幅されたメインスラスターを噴かし、覇界の方舟は大気圏外へと加速していった。


その驚異的な圧を放つ輝きを追撃する余裕は、連戦を重ねたGGG《スリージー》ブルーとGGGグリーンの勇者たちに残されてはいなかった。

衛星軌道上のGGGオービットベースも、ただ見守る以外になす術がなかった。先ほど、覇界王と覇界将らによって放出されたトリプルゼロが、地下高速移動システムを通じて、全世界にまき散らされたからだ。

「せ、せ、せ、世界中から救難信号！　ゼロロボが全世界各地に大量発生しているっすわ！」

「ZR－08《ゼロゼロエイト》から26《トゥエンティシックス》まで認定完了あと二十六種類の認定待ち申請いえでもさらに増え続けています～～！」

「各勇者ロボの修復、カーペンターズが全力で当たっていますが、あと七分を要します！」

全世界から呼びかけられてくる、悲鳴のような救難信号。GGGブルーとGGGグリーンの全戦力をもってしても、それらすべてに応えることは不可能だ。

長官席から立ち上がり、阿嘉松《あかまつ》は呆然とつぶやく。

「お……お……おいっ、地球はどうなっちまうんだ……」

阿嘉松《あかまつ》の問いに答えるかのように、集中治療室で愛娘が声を発した。

「地球ガ……滅ビル……人ガ、全部……生キ物ガ、全部……殺サレル……宇宙ノ摂理ニ……オレンジ色ノ…光ノ中デ……アアアアアッ！」

そこまでを絶叫した紗孔羅《さくら》が、唐突に静かな声で告げる。

「……コレデ、スベテガ、終ワリマシタ……」

かつての言葉がすべて未来を予知するものだったとすれば、それは確定した現在を告げるものだった――


――全地球規模の阿鼻叫喚の図。それらを眺めている者たちがいる。Gアイランドを対岸に臨む東京湾の岸壁に立つ、四つの影。その中でただひとり、普通の人間である牛山三男《うしやまみつお》は、スマホから流れてくる世界各地の緊急ニュースを見て青ざめていた。

特殊能力者同士の遺児であり、普通とは言いがたいが、一応は人間の少年であるケイ。彼はなんの感情も示すこともなく、海の向こうで炎上するGアイランドシティの様子を眺めている。

対照的に人造生命体であるチャンディーは、同じ光景を面白そうに楽しんでいた。

そして、この場にいる第四の存在が、幼さの残る無邪気な声で、つぶやき続けている。

「そう、これが本来の歴史だ。地球に発生した知的生命体は、宇宙の摂理に従い、その終焉の時を迎えた……。でも、もったいないと思わないかい？　知性の誕生というのは、それはそれは奇跡的なことなんだよ」

幼い声にふさわしく、幼い容姿の持ち主は、かたわらのチャンディーとケイ、牛山三男に語りかける。

「だから、ボクは干渉すると決めたんだ……」

――そう言って、デウスは微笑んだ。

『覇界王～ガオガイガー対ベターマン～』下巻に続く

number.EX　京-HAPPYAKUYADERA-　西暦二〇一七年

1

　多くの古い寺院が点在することから八百八寺《はっぴゃくやでら》とも呼ばれる古都。その中で一際目立つ近代的な建造物〈京都鉄道博物館〉は、グローバルウォール計画が発動する前、二〇一六年四月に開館した施設である。前年までに閉館した交通科学博物館と梅小路蒸気機関車館、その収蔵物をあわせることで日本最大の鉄道博物館となった。

　明けて二〇一七年初頭のこの日、人気施設であるにも関わらず、来館者はふたりしかいなかった。それもそのはず、公的には休館日である。一般にもよく知られた有名人たちの特別の来館に、博物館が配慮してくれたらしい。

　多くの収蔵物の中でも、もっとも人気がある車輌の前で、ふたりは長いこと立ち止まっていた。少し立った長い前髪をたなびかせた有名人が、背中に長い後ろ髪を垂らした有名人に声をかける。

「……懐かしい？」

「いや、そういう気分にはなれないな。俺の中では、ついこないだの出来事だから」

「うわっ……は………そうだよね」

　異星からの来訪者であり、GGG《ガッツィ・グローバル・ガード》機動部隊隊長を勤める天海護《あまみまもる》の名と顔を知らない地球人は、今となってはほとんどいない。彼がうかつに人前に出られないのは、単にサイン攻めにあってパニックが起こりかねないというだけにすぎない。だが、その隣に立つGGG機動部隊隊長《ガッツィ・ギャラクシー・ガード》である獅子王《ししおう》凱《がい》の存在は、超国家規模での機密事項である。職務に忠実な博物館職員たちにも知られるわけにはいかない。帽子とマスクとサングラスで完全防備の上、互いに名前を呼ぶことも避けるようにしていた。

そうまでして、三重連太陽系から地球に帰還した凱がここへやって来たのは、この収蔵物を一目見たいという気持ちが強かったからだ。

編成がやけに短いことを除けば、その収蔵物はただの新幹線500系電車に見えた。だが、鉄道車輌に詳しい人間が子細に眺めれば、それが500系に偽装しただけの別の〝なにか〟であると、容易に見破れるだろう。

それはライナーガオー――二〇〇七年夏、レプリジン・ギャレオンとファイナルフュージョンした後に撃破された機体を、復元したものだった。

2

覇界王《はかいおう》との戦いのさなか、オレンジサイトなる異空間を経て木星圏に到達した獅子王凱はディビジョン・トレインで約一か月の旅程を経て、地球に帰還することになった。実のところ、その一か月は凱にとって、よい準備期間になったとも言える。九年余りの時を経過した、そのギャップを埋めるための準備だ。

九年の間に地球で起きた出来事は、主に天海護《あまみまもる》の口から聞かされた。最初に驚いたのは、もちろん成人となった護の姿だ。幼い日の面影を残しながらも、青年となった護を見て凱《がい》は驚き、感動した。自分たちが旅立った時より、九年もの未来へ帰還してしまったことは意外であり、その間の大災害のことを聞けば、何もできなかった悔しさがある。だが、こうも思うのだ。

(こんな立派になった護を見られるなら、悪いことばかりじゃなかったな……)

いま、かけがえのない存在である卯都木命《うつぎみこと》をはじめとする、旧GGG《スリージー》の仲間たちが行方不明になっている。地球への帰還の日々も、とても心安らかでいられるものではなかった。それでも護をはじめとする若き新GGG隊員たちが、自分たちの後を継いでくれていたという事実はこの上もなく誇らしく、喜ばしいものだった。

二十歳の護と再会した時ほどのものではなくとも、小さな驚きは他にもあった。

「……ほら、凱兄ちゃん。これがグローバルウォール」

「護……これはなんだ!?」

凱が驚愕したのは、そこに映し出された光景——六基のウォール衛星によって、地球全体がプロテクトウォールに包まれた壮大な映像の方ではない。それを映し出している、護の手に握られた端末の方だ。

「なんだ!?……って、GGGスマホだけど……」

「スマホ……たった九年の間に、地球の技術はこんなに進化していたのか！」

手のひらに乗るサイズの端末が鮮明な映像を映し出し、その他にも様々な機能を有している。そのひとつひとつに驚く凱に、護は丁寧に説明をしていった。

（凱兄ちゃんにとっては、そんなに珍しかったんだ……）

護は微笑ましく思ったものの、凱が驚いたのも無理はない。彼らが地球を離れた九年前、GGG隊員が携行する情報端末は、GGGポケベルが主流だったのだから。当時、携帯電話やPHSといった機器もすでに普及していた。だが、ゾンダーロボが出現する混乱した状況下で、安定した通信を行うにはポケベルが最適と判断されていたのだ。

実のところ、勇者ロボたちをはじめとするGGGのテクノロジーは、スマホに用いられている技術よりも遥かに高度で先進的なものだ。だが、それらはギャレオン内部の破損したブラックボックスを解析して得たものであり、体系的に入手したわけではない。地球外知的生命体認定ナンバー1号、すなわちEI－01との接触からEI－02出現までの間、わずかな期間で防衛体制を整えるため、それに役立つ情報の解析を優先したという事情もある。そうしたテクノロジーに比べれば、スマホという存在は、人類が自力で獲得した技術の集大成とも言える。その人智の結晶に、凱は素直に感動を覚えた。

（みんな……ずっと戦い続けていたんだな……）

九年間、地球外生命体の襲来はなかったという。だが、バイオネットとの抗争は絶え間なく発生しており、何よりも〈インビジブル・バースト〉という大災厄があった。若きGGG隊員たちは、長く苦しい期間も挫《くじ》けることなく、この世界を守り続けてきたのだ。

そうして地球へ戻って来た凱が、故郷の様子を一目見たいと考えたのも無理はない。だが、懐かしいGアイランドシティを訪れるのはリスクが大きい。帽子とマスクとサングラスで変装したところで顔見知りも多く、その正体に気づく者が現れるだろう。そう考えて自制していた凱《がい》を、護《まもる》がこの京都鉄道博物館に誘ったのである。ふたりはライナーガオーとの再会の余韻も覚めやらぬうち、博物館前で待っていた乗用車形態のポルコートに乗り込んだ。

「ふう、さすがにちょっと緊張したな」

　変装道具をはずした凱が笑みを浮かべる。

「ポルコートの車内は完全防備だからね、ここなら安心だよ」

　護の方も、ファンからのサイン攻めにあう怖れもなくなり、くつろいだ。

　ポルコートのビークル形態は、ブリティッシュ・モーター・コーポレーションの名車、ローバーミニの姿に偽装してある。四方のウインドウは強化偏光ガラスに置き換えられており、オーバーテクノロジーによる特殊なカメラでも使わない限り、車内の様子をのぞき見ることはできない。もちろん、会話を盗聴することも不可能であり、凱と護はしばし緊張感から解き放たれることができた。

　ふたりの話題は自然と、十年前、京都で展開された嵐の決戦へと移っていった。あの時、護は地球から離れて、三重連太陽系で孤独な戦いを繰り広げていた。そんな中、護から戒道幾巳《かいどういくみ》に託されたパスキューマシン[※46]——物質復元装置〈ピサ・ソール〉の中枢システムが、地球各地に分割して散らばっていたのである。

　地球にあふれる勇気の力を怖れたソール11遊星主は、自らパスキューマシンを回収しに来ることを避けていた。事故によって誕生した護の複製体〈レプリジン〉をケミカルボルトによって操り、手先として地球へ送り込んだのである。

「あの時、俺と戦った護がレプリジンであることは幾巳に教えてもらったが……」

「レプリジンのあの子も僕と同じことを考えてたんだよ。地球を救いたいって……」

護は悲しそうな顔でつぶやいた。三重連太陽系において、事故で発生したレプリジン・護。彼は誕生した瞬間から、自分が複製であることを知っていた。だから本物を逃がすため、囮となって、ソール11遊星主を単身引きつけたのだ。

（ううん、そうじゃない。地球を救いたいって気持ちもウソじゃなかったろうけど……きっともうひとりの僕は、華《はな》ちゃんを悲しませたくないって思ったんだ……）

自分のことだからこそ、護にはよくわかる。もうひとりの自分が、何を考えて、囮になったのか。だが、その時の護は身を守るのに必死で、レプリジンの自分にその後訪れる悲劇まで想像できなかった。

「そうか……俺と同じだったんだな。パルパレーパに操られたのは……」

凱にもまた、深い共感があった。レプリジン・地球でパルパレーパ・プラスに敗北した後、凱はケミカルボルトを打たれ、キングジェイダーや護たちと戦ってしまったのだ。ケミカルボルトは、脳に直接化学物質を打ち込んで操るシステムだ。どんな強靭な意志の持ち主であろうと、思考が生化学の集積体である脳に司られている以上、抗うことはできない。レプリジン・護の行動によって起きた悲劇に、その時は強く心を痛めたものの、今となっては凱自身が、その苦しみをもっとも理解できる立場となっていた。

（あの時、俺が救ってやることができてたら……）

レプリジン・護が物質としての限界を迎えて散っていったのは、不完全なシステムで複製されたからだ。誰かの手で救うことができたとは、とても思えない。それでも、護の口から、あの子の誕生と数奇な運命を聞いてしまった凱《がい》は、そう思わずにはいられなかった。なにしろ凱にとっての数週間前――三重連太陽系で十一歳の護と一瞬再会した時は、ほとんど会話する余裕すらなく、レプリジン・護《まもる》について何も知ることはできなかったのだから。

3

「お二方、目的地に到着したよ」

　穏やかなブレーキングで停車した後、ダッシュボードからポルコートの声が聞こえてきた。英国紳士を思わせるその響きは、過去に起きた〈フツヌシ事件〉[※47]の際に、凱が行動をともにした時から変わらない。

「あたりに人影はない。誰か近づいてきたら僕のセンサーで感知できるから、そのまま降りてもいいんじゃないかな」

　ポルコートに搭載されたイオンセンサーは、揮発性物質を検出する――つまり、匂いを〝嗅ぐ〟ことができるのだ。凱と護はその言葉を信じて、顔を隠したりせずに車外へ降り立った。

　ポルコートが停車したのは嵐山のふもと、渡月橋を渡りきった場所である。もっとも、渡月橋は姿こそ往年のままだが、再建されたものだ。レプリジン・ガオガイガーとガオファイガーの戦いの余波によって、十年前に一度崩壊している。

「ここで、もうひとりの僕が……」

そうつぶやいたものの、護がここへ来たのは、初めてではない。かつて三重連太陽系から地球に帰還してしばらく経った頃、戦闘記録を頼りに訪れたことがある。その時、すでに破壊された市街地や渡月橋もカーペンターズによって再建されていて、痕跡といえば清水寺方面から嵐山の斜面にかけて、なぎ倒された木々が見受けられる程度だった。それでも護は、この場所へ来たかったのだ――凱とともに。

「ああ、あの時の俺は必死だった。護が何を考えているかわからない。だけど、これ以上、その手を汚させちゃいけないって……」

レプリジン・護の行動で、GGG《スリージー》隊員パピヨン・ノワールの生命が喪われた。しかも、ディバイディングドライバーが調整中であるにも関わらず、レプリジン・ガオガイガーは街中で戦いを挑んできた。多くの人々が危険にさらされたのだ。

当時の凱は渡月橋を崩壊させつつも、必死になって戦いの場をこの山中に求めたのである。十年前の――当人の感覚では数週間前の思いを、凱は語った。そう、凱と護は語り合った。レプリジン・護のごく短かった生涯の、最初と最後に立ち会ったふたりが自分の目で見たもの、その時に感じたことを話し合ったのである。凱と護は十年の時を経て、お互いに欠けていた記憶と知識を補いあうことができたような気持ちになっていた。

そうして語り合いながら、少し陽が陰ってきた頃、ふたりは河原沿いの野原へとたどりついた。遠くの山寺にはやわらかな灯が見える。

「ここが――彼の最期の場所だ」

凱が静かにつぶやいた。物質としての形を留めておけなくなったレプリジン。その身体が、風に吹かれるように崩れ去っていった場所。その場所には、白い花が咲き乱れている。いや、咲き乱れて——というほどのものではない。全部つんでしまえば、両手で抱えられるような、ささやかな群生地にすぎない。凱《がい》と護《まもる》は期せずして、同じ思いを抱いていた。
（まるで、あの子が花に生まれ変わったみたいだ……）
（もうひとりの僕。君は地球の大地で眠れたんだね……）

アニムス、と呼ばれる花がある。有機生命体であるヒトの遺体に咲くという伝説の花。資料映像で知ってはいても、凱も護もこの時まだ、その花を実際に目にしたことはない。そのアニムスの花に生る実は、アミノ酸の構造が反転した光学異性体なのだという。そして、レプリジンの肉体もまた光学異性体で構成されている。ならば、その生命の咲かせる花が、通常の有機生命体として大地に根付いても、なんら不思議ではない——

野原に群生する花々は、古都をやさしく照らす八百八寺の灯のようにも見えた。
どこか胸を温かくするような思いでその場を去って行くふたりを、白いささやかな花が、風に揺られながら、おごそかに、やさしく、見守っていた。

いつまでも。

いつまでも。

number.EX　京－HAPPYAKUYADERA－　了

number.EX　路－SINRO－　西暦二〇一〇年

0

「ケーちゃん、私……こんなバカだけど、ずっとそばにいてくれる？」

「なんだよ、急に……」

「そばにいて……くれる？」

繰り返された問いかけに、蒼斧蛍汰《あおのけいた》は気づいた。目の前にいる幼馴染みは、証が欲しいのだと。物や手応えといった形のあるものでなくてもいい。真摯な想いの込められた言葉――それこそを証として望んでいるのだと、蛍汰には一瞬で理解できた。だから、彩火乃紀《さいひのき》の目を見つめて、蛍汰は静かに、だが力強く言った。

「あ、ああ、もちろんだって。俺……ずっと、火乃紀と一緒にいるよ。約束したろ、去年のクリスマスに」

「うん、そうだよね。ありがとう、ケーちゃん。私……忘れる。昔のことは」

どうやら、間違えずにすんだようだ。蛍汰の言葉は火乃紀のうちで凍り付いていたものを溶かし、雪解けの花のような笑顔が現れた。

「だから……ケーちゃんのカノジョになってあげる！」

その言葉を聞いた瞬間、蛍汰の頭のなかが真っ白になった。いや、ピンクに染まったと言った方が正確であったろう。

「ほ、ほ、ほんとですか～～！　あいや～、ありがとーございますぅぅっ！　んじゃ、さっそくいっただきまぁーす！　ンッブッチュ～！」

カレシカノジョの関係成立の免罪符を得た蛍汰は、唇を押し当てようとした。だが――

「ぃや！　何すんのよ！　ケダモノ！」

期待していたお色気ムンムンな反応は返ってこない。それどころか、全力で抵抗され、脇腹に痛烈な肘打ちが叩き込まれた。

「げぼぉっ！　んだよ、いま『ケーちゃんの女にして』って言ったじゃんかぁ！」

「彼女になってあげてもいいかなって言っただけよ！　もうサイッテー！」

どうやら照れ隠しではなく、本気で怒っているようだ。それを理解すると同時に、拗ねた言葉が口からこぼれだす。

「へえへえ、どーせ俺なんて、タンソク、タンジュン、タンサイボウの３Ｔですからねぇ」

「ケイちゃん……その口グセ、現実逃避なんじゃない？」

「火乃紀の『私バカだから』と同じ……かな」

どうやら拗ねてみせたのは口先だけだったらしい。互いに冷静な分析を交わし合って、蛍汰は気がついた。

（要するに俺たちって、似た者同士って感じ？　んじゃお似合いってコト！）

笑いがこぼれる。ふたり同時に。たった今、生死の危機に直面したばかりだというのに、穏やかな優しい空気が満ちていた。

時に西暦二〇〇七年春。一昨年の地球外知性体との抗争も、昨年の奇病の蔓延も乗り越え、世界と人類は穏やかな小春日和のような日々を満喫している。そんな世界の片隅で、自然に笑い終えた高校生のふたりは、初々しく、そっと手を握り合った。

1

「蒼斧《あおの》くーん、三番カウンターにお客さん！　ゲーム機の接続ケーブルの事、聞きたいんだって！」

「はーい、ただいま！」

正社員のお姉さんに呼び出されて、お客様窓口に駆けつけた蛍汰《けいた》は、商品であるD端子ケーブルについて、目の前の一般客に説明を始めた。

（このくらい、俺でなくても説明できると思うんだけどなー）

――などと思いながら、売れ筋の商品を客の前に並べていく。老舗の家電量販店のゲーム・玩具売り場において、最近バイトを始めたばかりの蛍汰は、すでに店の戦力として数えられていた。

（……今日はあっちのバイトの方がよかったかなぁ）

D端子ケーブルのパッケージ裏に印刷されたバーコードにリーダーを当てながら、蛍汰は考える。なにしろ、掛け持ちしているバイト先はどちらも人手不足で、特殊能力を備えた蛍汰はかなり重宝がられているのだ。

この家電量販店において評価されている特殊能力とは、商品知識の豊富さだ。ゲームや玩具はもちろん、家電からオーディオビジュアルに至るまで、蛍汰の守備範囲は広い。もともと家電オタクといってもよい趣味レベルだっただけに、仕事上の義務感で勉強している正社員たちより呑み込みも速い。すでに大抵の客からの質問は、マニュアル抜きで対応できるようになっていた。

「このまま正社員になっちまおうかなぁ……」

商品を購入し去って行く客の背を見送りながら、蛍汰はつぶやいた。すでに高校を卒業して二年、大学受験にも二度失敗している。二浪生の境遇を知って最近、店長が熱心に蛍汰を口説いてくるのだ。浪人生の身にとって、正社員として提示された待遇は魅力的だった。このまま、苦しい受験生活をやめてしまおうかという衝動に、ついかられる。

実のところ、蛍汰の進学への動機は純粋なものとは言いがたい。もう三年近いつきあいの彼女が医工学部へ進んだため、彼女と同じキャンパスに通いたいと思っていたのだ。

しかし、高校三年時に受けた模試の散々な結果で、医工学は早々にあきらめた。軌道修正して、もう少し入りやすいと思っていた学部の入試でも三連敗。さすがに蛍汰も挫けそうになっていた……。

「お、GGG《スリージー》マリンレフュージ基地だ！」

客のひとりがつぶやいた言葉の中に耳慣れた単語を聞き分けて、蛍汰は振り向いた。液晶テレビの展示コーナーに、人だかりができている。

（火乃紀《ひのき》、映ったりしねーかなぁ）

そんな想いで、蛍汰も展示品の液晶画面に映し出される国連機関の様子を注目する。もちろん物珍しさからではない。先ほど、〝あっちのバイトの方がよかったかなぁ〟と考えた〝あっちのバイト先〟こそ、このマリンレフュージ基地なのだ。

高校時代の火乃紀《ひのき》と蛍汰《けいた》は、有限会社アカマツ工業でアルバイトしていた。そこの社長がマリンレフュージ基地の初代所長となり、ふたりそろって新たなバイト先に誘われたというわけである。

「蛍汰、お前あんまりこっち来なくていいぞ」

阿嘉松《あかまつ》所長が蛍汰にそう告げたのは、今年――二〇一〇年の春先だ。もちろん、蛍汰の二浪決定を受けてのことだ。火乃紀がバイトを続けながらも現役合格したのに比べて、あまりにも悲惨な蛍汰を勉強に集中させるための配慮である。マリンレフュージ基地にとっても、蛍汰のデュアルカインドという正真正銘の〝特殊能力〟は貴重なものであったのだが、それ以上に所長の同情心を刺激したらしい。

しかし、そんな親心も、蛍汰には通じていなかった。高校時代からバイトに明け暮れた身。金銭感覚は散財に慣れきっている。もちろん、派手な女遊びや豪遊をするわけではない。軍事系のムックや新作ゲーム、積み上げるだけで作らないプラモに、惰性で集めるだけの漫画や、子供の頃から好きな『ガガガッチ』のアニメグッズ。実家オタク特有の自由な物欲と怠惰な生活は、簡単には質素で勤勉なスタイルには切り替えられなくなっていたのだ。

マリンレフュージ基地のバイトを減らした分の時間は受験勉強に充てられるわけもなく、掛け持ちバイトの方に費やされた。もともと、ゲーム売り場でバイトすれば、限定品の予約に融通がきくだろう……程度の動機だったのだが、思った以上に性に合っていたらしい。あっという間に店長にも頼られるようになり、正社員として勧誘されるようになったというわけだ。

（でも、こっちに就職したら、火乃紀と会える機会減っちまうよなぁ……）

そんなことを考えた瞬間、店内の液晶テレビに火乃紀が小さく映った。前のめりになる蛍汰であったが、またしても正社員のお姉さんにインカムで呼び出しをくらった。

「蒼斧《あおの》くーん、予約カウンターのお客さん、謎の呪文唱えてて、意味わかんないの～。はやく助けに来てぇ！」

「はいはいただいま！」

今日から予約が始まった、長ったらしいタイトルのＲＰＧ。呪文とは、その初回限定版のこれまた長ったらしい名前のバージョン違いのことだろうな……と当たりをつけつつ、蛍汰は走りだした。

2

テレビカメラが低い画角で捉えてきたような気がして、火乃紀は手に持っていた資料ファイルでスカートの後ろを押さえた。高校時代は多少スカートがめくれようと、人に見られようと、あまり気にならなかったのだが、最近は気恥ずかしい。

（短いの履いてるとケーちゃんもうるさいし、やめようかなぁ……）

そんなことを考えつつ、所長室への通路を急ぐ。このＧＧＧ《スリージー》マリンレフュージ基地は本来、研究機関であって、あまり世間から注目されるような存在ではない。テレビクルーの取材が入る事など、滅多になかった。だが、この日ばかりは特別である。なにしろ、国連が推進する一大計画〈プロジェクトZ〉が、あと五時間ほどで開始されるからだ。

プロジェクトZ――それは、木星に眠る未知のエネルギー〈ザ・パワー〉を採取して地球に持ち帰り、次世代のエネルギー源として活用する計画である。だが、国連の一部の人間にとって、資源採掘は表向きの計画でしかない。未知のエネルギーを研究解析することで、時間と空間を超越する次元ゲートを開くことこそが真の目的だった。かつて、地球を救った勇者たち――百五十億年前に消滅した三重連太陽系に取り残された彼らを救うための、それが唯一の方法なのだ。

火乃紀《ひのき》にとって、勇者たちはテレビや書物の中の存在に等しかった。実のところ、人伝てに辿っていけば共通の知り合いなども存在するのだが、とても親しい人々とは言えない。だが、他ならぬバイト先の上司である阿嘉松《あかまつ》所長当人が、その〝共通の知り合い〟なのだ。勇者たちのなかには、阿嘉松の実父や妹、従弟がいるらしい。国連における〝一部の人間〟の中核のひとりに他ならないのだ。

プロジェクトZの第一段階は木星探査であり、ザ・パワーの採取艦は地球圏軌道上の衛星基地から出発する。マリンレフュージ基地は、地上における支援拠点のひとつであり、日本のマスコミにとっては格好の取材対象なのだ（さすがに衛星基地まで、中継スタッフを送る予算はどのテレビ局にもない）。

普段の静かな日常とは打って変わった高揚感の中で、火乃紀は資料一式を所長室に届け終えた。

「あんがとよ……」

受け取った阿嘉松は、気もそぞろな様子で窓の外を見つめている。ちょうど今の時刻なら、衛星基地が天空を横切る光が見えるはずだ。

「大丈夫ですよ、社長。きっと上手くいきますって、プロジェクトZ！」

「ああ、それに関しては心配してねえよ。ただ、この日になっても眠ったままで間に合わなかったなと思ってなぁ……紗孔羅《さくら》が……」

「……」

火乃紀も表情を曇らせた。紗孔羅は阿嘉松の実の娘であり、火乃紀にとっては妹のようにも感じる存在である。様々な事情でもう三年以上も、昏睡状態にある。幸い、国連から提供された最新鋭の医療機器によって、この基地内で加療中なのだが、いまだに目覚める様子はない。

「あいつが旅立つ前、帰ってきたら紗孔羅に会わせるって話したのになぁ……」

〝あいつ〟が誰を指すのか、火乃紀は訊ねなかった。それが単なる独り言だと悟ったからだ。阿嘉松にとって深い縁を持つ人々を救うためのプロジェクトZ——そこに込められた想いも、決して浅からぬことだろう。だが、窓外《そうがい》を見上げていた阿嘉松は、振り返りニヤッと笑みを浮かべた。

「ところで火乃紀、俺は社長じゃなくて所長だからな、今は」

「あ、そうでした」

もう何度目になるかわからない言い間違いを、火乃紀はまたも繰り返した。

3

GGG《スリージー》オービットベース——国連の衛星基地が地球の影に隠れている時間、木星の探査衛星から送られてきた情報は、月面や地上基地が中継することになる。マリンレフュージ基地で、火乃紀《ひのき》はその役を終えた。オービットベースも地球の影からすでに出ている。次に影に隠れる前に、採取艦は発進するはずだ。

すでに日本時間では十九時を回っている。朝からの連続勤務に疲れた火乃紀が、椅子に座ったまま背伸びをした時、いきなり視界が塞がれた。

「だ〜れだ？」

「……もう、今日は勉強に専念するんじゃなかったの？」

聞き覚えのある声に、背後から目隠ししてきた相手の正体が彼氏であることを疑いもせず、火乃紀は答えた。

もちろんそれは正解であったのだが、目隠しから解放されて振り向いた火乃紀が見たのは、見覚えのある姿ではなかった。

「ケーちゃん、なに？　そのカッコ！」

ギャルゲーのヒロインらしきコスプレ衣装をまとった上に、油性マジックで落書きされた顔。額に〝17歳〟と書かれた状態のまま、蛍汰《けいた》はげっそりとした笑顔を浮かべた。

「いやー、駅からここまでプロジェクトZで街じゅうが大盛り上がりでさぁ。パーリーピーポーのサンバカーニバルに巻きこまれちまったよ」

嘘である。家電量販店の店頭でついGGGの外部機関でもバイトしていることを口にしてしまい、店員仲間たちの悪ふざけに同調し、自ら仮装したうえ、騒ぎまくってきたのだ。家に帰って着替えていては、間に合わない――そう思って、そのままの姿で直行してきたというわけだ。

受験勉強の時間を増やせるようにと、阿嘉松《あかまつ》や火乃紀がシフトを調整して蛍汰の拘束時間を減らしてくれた。にも関わらず、その時間でバイトの掛け持ちを始めたなどと、とても口にはできない。

「いやー、やっぱり歴史に残るプロジェクトZ開始の瞬間は、ここで火乃紀や所長と一緒にいたくてさぁ」

「気持ちは嬉しいけど、顔洗ってきたら？　テレビ中継で撮られて歴史映像として永遠に残っちゃうわよ」

「うげ、それはイヤなのだー」

蛍汰は、リバイバルヒットを飛ばしているアーケードゲーム〈愛しの香りちゃん17歳フォーエバー〉のポーズを真似ながら、洗面所へ向かった。

「はい、これよく落ちるわよ」

額の〝17歳〟の字と格闘している蛍汰に、火乃紀がメイク落とし用のクレンジングオイルを差し出した。

「へ？　なにこれ？　どうやって使うんだ？」

「お化粧落とすのに使うの。おでこ見せて。やってあげるから」

ほとんどの所員がテレビ中継に見入っているため、洗面所もふたりだけである。薄汚れたペットを診察する獣医師のように、火乃紀《ひのき》は丁寧に蛍汰の面倒をみてあげた。

「うわ、目が！　目にしみる！」

「目、あけるからでしょ！　つむってなさい！」

「はいっ、火乃紀博士！」

「まだ博士号はとってないけどね。でも私、麻御《あさみ》さんみたいになれたら…って思ってるの」

「そっか、麻御さん……生体医工学者だったよな……すげえなぁ、火乃紀は…って、ぶえっ、苦い、苦くて不味いぞ、クレンジングオイル」

「口、あけるからでしょ！　黙ってなさい！」

「ぶぁい……ひぼびぶぁかせ……」

みっともなく顔を歪める蛍汰《けいた》を見て、火乃紀は微笑みを浮かべた。

「もう……」

ふたりだけの洗面所は、しばらく静かだった。


「プロジェクトZ、成功するといいね……」

「だなぁ……親族と再会してボロ泣きしてる阿嘉松《あかまつ》所長とか見てえもんなぁ」

火乃紀と蛍汰は、洗面所を後にして通路を歩きながら話した。

「帰ってくるかわからない家族を待ち続けるのって、つらいもんね……」

そうつぶやいた火乃紀の声のトーンに、蛍汰は胸をつかれた。

「火乃紀、お前……」

「あ、私のこと？　もう引きずってないよ、一般論だってば」

そう言って、火乃紀は視線を逸らした。だが蛍汰は、通路のガラスに反射して映っている火乃紀の顔を見逃さなかった。その頬には、ぼろぼろとこぼれ落ちる涙が光っている。明るく微笑み、穏やかな声で語りながらも、火乃紀は泣いていたのだ。

（やっぱりまだ、引きずってるじゃねえかよ……）

蛍汰もつられて、泣きそうになった。火乃紀は中学生の頃、家族をすべて喪った。実際に死亡が事実として確定したのはその数年後のことであり、それまでは行方不明となった家族の帰りを、あてもなくひたすら待ち続ける日々を送るしかなかったのだ。

蛍汰が知る、幼い頃の火乃紀はよく笑う明るい子だった。だが、高校生の時に再会した彼女は、常に憂いをともなった、時に感情を爆発させる不安定な少女になっていた。蛍汰はそれ以来、ずっと火乃紀に寄り添い、胸中にあいた穴を埋めようと頑張ってきたのである。

蛍汰は立ち止まり、無言で火乃紀を抱き寄せた。恋人の頬を自分のシャツに押し当て、涙を吸い込ませる。それを本人に悟られないよう、優しく優しく、慎重に。

「ちょ、ちょっとケーちゃん、息苦しいよ！」

「いやー、なんかさっきのクレンジングプレイでムラムラきちゃってさ～」

「ケダモノ！」

蛍汰の胸から離れた火乃紀が、グーパンを繰り出す。

「ぐふぉっ！」

みぞおちに的確に入った痛みに耐えながら、蛍汰は喜んでいた。そして、火乃紀が自分自身の引きずり続ける気持ちを自覚していないことも感じとっていた。

「なんだよぉ…カレシカノジョの間柄なのにぃ……」

グチグチつぶやきつつ、蛍汰《けいた》は床に沈んでいく。

（……ふっ、それにしても効いたぜ、いまの一撃はよぉ……）

この時、蛍汰はおどけながらも一世一代の決意を固めていた……。


「もう……人前でイチャイチャするの禁止！」

「人なんかいねえよ…みんなテレビみてるっつーの？」

火乃紀《ひのき》は微笑みながら、うずくまる蛍汰に手を差し出した。

「さ、はやく行かないと見逃しちゃうよ、プロジェクトZ開始の瞬間」

「おう、そうだな」

その手を握って、蛍汰が体を起こした瞬間——絶叫が響いた。およそ人の声とは思えない、野獣の咆吼にも近い叫び。

蛍汰も火乃紀も、その叫びの主を知っていた。加療器機の上で眠り続ける紗孔羅《さくら》が、場に漂う意識の波——リミピッドチャンネルを受信した時に発する声である。


「クル……クルヨ……ハカイオウ!!」

——それは全人類の希望を託された〈プロジェクトZ〉の頓挫、そしてその後に続く大災厄を告げる警告だった。

4

「おい蛍汰、お前さん、つれねえなぁ」

「へへ、ほんとすんませんねぇ、ダンナ……じゃなくて社長！　ではなくて所長！　でもなくて長官！」

　火乃紀のそれとは違って、阿嘉松《あかまつ》の肩書きを間違えたのは、蛍汰流のじゃれあいだった。熱心な誘いを断る後ろめたさをごまかすためのものかもしれない。

　──二〇一二年、プロジェクトZの凍結から二年が過ぎていた。計画開始の直前で、木星から降り注いだ異常電磁場により、人類社会の様相は一変した。様々な電子器機が異常をきたし、無線通信が不可能になったのだ。

〈インビジブルバースト〉と呼ばれたこの災厄から、世界を救うために国連は奮戦した。かつて地球外知性体と戦う防衛組織だったGGG《スリージー》は、国連防衛勇者隊〈ガッツィ・グローバル・ガード〉として再編成され、阿嘉松はその長官となったのだ。

　オービットベース勤務となる阿嘉松は、その前に蛍汰を呼び出し、GGGの一員となるよう勧誘した。縁故採用などではない、真摯な熱意を込めて。だが、すでに大学進学をあきらめて、家電量販店に就職していた蛍汰は、これを断ったのだ。

「まあ、実のところ、人類を救うとか、俺には大ごと過ぎて無理っす。俺が背負える……ようになりたいのは、せいぜいひとり分」

後半は口の中でゴニョゴニョつぶやいただけだった。阿嘉松《あかまつ》の後ろに立っている火乃紀《ひのき》に聞かれたくなかったからだ。

「ケーちゃん……」

火乃紀は悲しそうな顔でつぶやいた。彼女は生体医工学者として研究の道へ進むことをやめて、GGG《スリージー》に入隊することを決断した。大災厄に苦しむ人々を救いたいという気持ちだけでなく、阿嘉松とその親族を再会させるため、プロジェクトZを一日でも早く再開させたいという想いがあるのかもしれない。

「やー、ごめんなぁ、火乃紀。でも休暇はできるだけそっちにあわせて、デートできるようにすっからさ！」

拝み倒すように、蛍汰《けいた》は両手をあわせる。

「そうね…。宇宙勤務だと、美味しいお店とか行けなくなっちゃうから、色々連れてってよね」

「おう、わかった、超安くてウマイ店探しとくぜ！」

「超安くなくてもいいんだけどね……」

火乃紀は機嫌悪そうな態度をしてみせたが、実のところ、そんなに怒っているわけではない。

（最近、無駄遣いをやめて貯金してるらしいって、牛山《うしやま》くんも言ってたし、ケーちゃんも少しは大人になったのかな……）

蛍汰に見送られ、火乃紀と阿嘉松はシャトル離昇場に通じる通路に向かっていった。東京湾上に浮かぶ人工都市Gアイランドシティの宇宙開発公団タワー。非常事態を除くと、GGG隊員たちはここで地上と宇宙を行き来するのだ。

離昇していくシャトルが、空の彼方で点になって見えなくなるまで、地上でじっと見届けた蛍汰は、タワーに背を向けて歩きだした。

「さーて、手頃な中古住宅の下見にでも行きますかね〜」

蒼斧《あおの》蛍汰と彩《さい》火乃紀、若い恋人たちの進路はこうして、地上と宇宙とに分かたれた。だが、それは寄り添うように併走し、やがてまたひとつになる進路だった。

（次の夜までサヨヲナラ……）

number.EX 路 -SINRO- 了

6500万年前	超竜神、巨大隕石とともに地球に落下。氷河期が始まる。	
1980年代	防衛庁内部に特殊任務部隊 ID5 結成。	
1990年	無人木星探査船ジュピロス・ワン、打ち上げ。	
1994年	ジュピロス・ワン、帰還。	
1995年	ジュピターX奪回作戦。ID5解散。猿頭寺耕市とカースケ、死亡。	
1997年	赤の星と緑の星、機界31原種の侵攻により壊滅。	
	ギャレオリア彗星、発見される。	
	天海護とギャレオン、戒道幾巳とジェイアーク、地球に飛来。	◀TV「勇者王ガオガイガー」number.01 冒頭シーン
1998年	有人木星探査船ジュピロス・ファイヴ、打ち上げ。	
1999年	ダイブインスペクション、行われる。	
	アルジャーノン、勃発。	
2000年	ジュピロス・ファイヴ、木星圏へ到達後、通信途絶。	
2002年	天海一家、北海道からGアイランドシティへ転居。	
	獅子王凱、史上最年少の宇宙飛行士となる。	
	ルネ、バイオネットに拉致される。母フレール、死亡。	◀「獅子の女王」第四章
2003年	獅子王凱搭乗のスピリッツ号、衛星軌道上でEI-01と接触。	◀スペシャルドラマ1「サイボーグ誕生」
	EI-01、首都圏に落下、卯都木命に機界新種の種子を植え付ける。	
	ギャレオン、獅子王凱とともに宇宙開発公団に収容される。	
	日本政府、GGGを発足させる。	
2004年	GGGベイタワー基地、建設。	
春	ルネ、バイオネットから救出され、シャッセールに加わる。	
2005年4月	EI-02出現。	
	ギャレオン覚醒。ガオガイガー初戦闘。	◀TV「勇者王ガオガイガー」number.01
8月	対EI-01戦。弾丸X、使用。	
9月	ZX-01～03、襲来。GGGベイタワー基地、壊滅。	
	ジェイアーク、復活。	
	地球防衛会議の緊急決議により、新生GGG、発足。	
	対ZX-04戦。	◀「獅子の女王」第一章
	最強勇者ロボ軍団、ジュピロス・ファイヴを調査。	◀スペシャルドラマ2「ロボット暗酷冒険記」
10月	対ZX-05戦	
	獅子王凱とルネ、再会。ルネ、天海護を目撃。	
	エリック・フォーラー、死亡。	◀「獅子の女王」第二章
	対ZX-06戦。	
	光竜強奪事件発生。ポルコート、起動。	◀「獅子の女王」第三章
	対Gギガテスク戦。	◀「獅子の女王」第五章～第六章
11月	御殿山科学センターにて、最強勇者美女軍団の活躍。	◀スペシャルドラマ3「最強勇者美女軍団」

	ヴェロケニア共和国領海内の島にて、ジュピターX事件。	◀スペシャルドラマ4「ID5は永遠に…」
	対EI-72～73戦。Gプレッシャー、投入。	◀ゲーム「金の爪、銀の牙」
	ジェイアーク対ジェイバトラー戦。ソルダートJ-019、死亡。	◀コミック「超弩級戦艦ジェイアーク 光と闇の翼」
12月	ルネとポルコート、再会。	◀「獅子の女王」第六章ラストシーン
	GGG、木星へ出発。対Zマスター戦。	
	ソルダートJとアルマ、ジェイアークとともに行方不明。	
2006年3月	GGG、地球へ帰還。	
	対機界新種戦。獅子王凱、エヴォリュダーとなる。	◀TV「勇者王ガオガイガー」final.
	ドルトムントにて、ギガテスク・ドゥ出現。	◀「勇者王ガオガイガーpreFINAL」第一章～第二章
	天海護、ギャレオンとともに宇宙へ旅立つ。	◀TV「勇者王ガオガイガー」final.ラストシーン
	三重連太陽系で、ソール11遊星主と戦う護。	◀「勇者王ガオガイガーpreFINAL」第三章
5月	ボトム・ザ・ワールド事件。カクタス死亡。	◀TV「ベターマン」一夜
	ケータ、ヘッドダイバーとなる。	
6月	獅子王雷牙、ホワイト兄妹、マイク13世、アメリカGGGへ転属。	
	高之橋両輔、GGGへ参加。	
	パピヨン・ノワール、フランスGGGからオービットベースへ転属。	
	ガオファイガー・プロジェクト、スタート。	
	バイオネット、フランスにてエスパー誘拐事件を引き起こす。	◀「獅子の女王」余章
	ヤナギとカエデ、日本へ帰国。	
	世界中に四個のQパーツが落下、全地球規模での異常気象始まる。	
	戒道幾巳、オーストラリアにて、ユカ・コアーラと出会う。	◀「勇者王ガオガイガーpreFINAL」第三・五章
	釧路・BPLにて、梅崎博士、死亡。	
	アルエット、バイオネットから救出される。	
	アルエット、ガオファイガー・プロジェクトに参加。	
8月	ガオファー、起動。バイオネットの陰謀を次々と粉砕。	
12月	卯都木命と新ガオーマシン、バイオネットに強奪される。	
	命とガオーマシン探索にルネが協力。	◀「勇者王ガオガイガーpreFINAL」第四章
	パピヨン、アサミにNEOによるモーディワープ抹殺を伝える。	
	モーディワープ本部にて最終決戦。	◀TV「ベターマン」最終夜
2007年1月	香港にて獅子王凱とシュウの対決。ガオファイガー、起動。	◀「勇者王ガオガイガーpreFINAL」第五章
2月	パピヨン、アカマツ工業を訪れる。	◀ベターマンCD夜話2「欲-nozomi-」
	疑似ゾンダーによる、オービットベース襲撃事件。	◀「勇者王ガオガイガーpreFINAL」第六章

3月	パピヨン、ケータ及び火乃紀と出会う。	◀ベターマン CD 夜話 2「欲 -nozomi-」
	G アイランドシティにて、ギガテスク･トロワ出現。	◀「勇者王ガオガイガー preFINAL」第七章
春	アルエット、普通の少女となる。	
6月	戒道幾巳、オーストラリアにて機界新種を浄解する。	◀「勇者王ガオガイガー preFINAL」第三・五章
7月	ギムレット、パリでテロ事件を引き起こす。	◀「勇者王ガオガイガー FINALplus」第一章
	GGG、叛乱分子として宇宙に追放される。	
	天海護と戒道幾巳、地球に帰還。	◀「勇者王ガオガイガー FINALplus」第八章
	GGG、ギャレオリア・ロードにて地球への帰還を目指す。	◀「覇界王～ガオガイガー対ベターマン～」number.00：A
	GGG、オレンジサイトにてトリプルゼロのバーストを防ぐ。	◀「覇界王～ガオガイガー対ベターマン～」number.00：C
2008 年夏	G アイランドシティの海辺に、GGG の無事を祈る石碑が建てられる。	◀「勇者王ガオガイガー FINALplus」終章
2009 年	GGG 再生計画始動。新たな勇者ロボたちが開発される。	
	横浜にデルニエ・ギガテスク出現。覚醒人 Z 号、起動。	
	国連がプロジェクト Z の始動を採決する。	◀「勇者王ガオガイガー FINALplus」新章
2010 年	ディビジョンⅥ・無限連結輸槽艦ミズハと覚醒人凱号が、プロジェクト Z に投入される。	
	インビジブル・バースト発生。プロジェクト Z が凍結される。ガオガイゴー、起動。	◀「覇界王～ガオガイガー対ベターマン～」number.00：B
2012 年	GGG、ガッツィ・グローバル・ガードとして再編成される。	
2016 年	グローバルウォール計画、発動。	
	バイオネット壊滅する。	◀「覇界王～ガオガイガー対ベターマン～」number.02
	プロジェクト Z、再始動。	◀「覇界王～ガオガイガー対ベターマン～」number.03
2017 年	獅子王凱、地球に帰還。ガッツィ・ギャラクシー・ガード長官代理に就任。	◀「覇界王～ガオガイガー対ベターマン～」number.04
	覇界の眷族と GGG グリーン＆ブルーの戦いが始まる。	
	覇界の眷族、オーストラリアに出現。	
	覇界の眷族による波状攻撃。	◀「覇界王～ガオガイガー対ベターマン～」number.05 ～ 06

※4　P21
ザ・パワー
一九九〇年代より、木星圏で観測されている超エネルギー。木星探査船が地球に持ち帰ったことから、“ジュピターX”の名で呼ばれたこともある。このエネルギーに浸食されたことで大幅な機能強化や自己修復をもたらすが、限度を超えれば自己崩壊をもたらす“滅びの力”になる危険性を秘めていた。また超竜神を六五〇〇万年の過去に跳躍させるなど、時間や空間を超える特性も確認されている。その正体は、オレンジサイトに存在するオウス・オーバー・オメガが、次元の破れ目から木星圏に漏れ出たものであった。

※5　P22
仲居亜紀子
GGG整備部隊員。GGG創設時からの隊員であり、先輩の牛山一男を慕っていた。原種大戦後は公私ともにパートナーとなったようである。

※6　P23
オレンジサイト
ビッグクランチによって終息した宇宙と、ビッグバンによって発生する宇宙の狭間の空間。空間といっても、物理的に領域が存在するわけではなく、理論上の存在にすぎないと考えられていた。

※7　P26
終焉を超えた誓い（オウス・オーバー・オメガ）
オレンジサイトに満ちている超エネルギー（というよりも、オウス・オーバー・オメガが存在する領域に与えられた仮称が、オレンジサイトであるといった方が正確である）。ビッグバン後にひとつの宇宙を構成する要素すべてを凝縮した存在であり、“宇宙の卵”とも呼べる存在であ

number.00：C ――――――――
※1　P16
ベターマン・アクア
ソムニウム・ラミアが、アクアと呼ばれるアニムスの実を喰うことで変身する形態。水中に適応した姿であり、海中を六〇〇ノット以上の速度で泳ぐことが可能。必殺技は、吸い取った体液を分析して、相手の細胞に自滅指令を出すサイコフルード。

※2　P17
ギャレオリア・ロード
ジェネシック・ガオガイガーの尾部（ガジェットガオーの頸部）パーツが変形する、ガジェットツールのひとつ。時空連続体の構造に次元ゲートを開口する機能を有しており、時間・空間的に位相のずれたゲートと連結することで、跳時間・空間移動を可能とする。かつて三重連太陽系と太陽系を結んだ次元ゲートも、この機能で開かれた（その出口は彗星と誤認されたため、“ギャレオリア彗星”と名付けられた）。ギャレオン内部のブラックボックスから発見されたギャレオリア・ロードの情報は不完全なものであったため、その技術の一部を転用して開発されたのが、ディメンジョンプライヤーである。

※3　P21
再生したゴルディーマーグ
オウス・オーバー・オメガによる再生機能は、本来ならゴルディオンクラッシャーの制御AIブロックとして修復されるのが自然であろうゴルディーに、マルチロボの機体を取り戻させた。これにより、オウス・オーバー・オメガは、知性体（人工知性も含めて）そのものが認識するところの“かくあるべき自分”を再生していることがわかる。

二〇一六年、アルエットと阿嘉松長官の手で近代化改修が行われ、木星での覇界王との決戦に投入された。

※11　P52
アルエット
GGG機動部隊オペレーター。金髪碧眼のフランス人少女。かつて、胎児の段階でバイオネットに遺伝子操作されたことで、天才児として誕生した。二〇〇六年、五歳にして『ガオファイガー·プロジェクト』に参加。この時、頭部を負傷したことにより、記憶と天才性を失う。以後は普通の少女として暮らしてきたが、二〇一六年にバイオネットに誘拐されたことにより、記憶を取り戻す。この十年間に恩人である獅子王凱やGGGの隊員たちが未帰還になっていることを知り、プロジェクトZに参加するため、新生GGGに入隊する。

※12　P53
ゼロロボ
トリプルゼロ（オウス・オーバー・オメガの異称）によって、無機物が浸食された状態。意志を持つわけではなく、宇宙のエントロピーを拡大する行動をとるだけの存在。覇界の眷族はこれに方向性を与えることで、宇宙の摂理という目的のために使役している。

※13　P54
小型高速艇フライD5
無限連結輸槽艦ミズハに搭載された小型艇。レプトントラベラーを搭載したもっとも小型の艇であり、惑星間を移動可能なほどの航続距離を持つ。

※14　P59
原種大戦時に凱と対面した時
二〇〇五年十月（『勇者王ガオガイガー』number.35～36）の出来事。内モンゴルる。精神生命体である獅子王麗雄が理解した概念を、言語によらない意思伝達で受信したため、“終焉を超えた誓い”という観念的な名称となっている。

※8　P29
視神経を介する画像回路に映し出される
かつて、木星で遭難した獅子王絆はザ・パワーによって、肉体を持たない精神生命体へと変貌した。そのため原種大戦のさなか、我が子・凱に対して警告を送ろうとしたものの、物理的な媒介を持たない絆にできることは、サイボーグ·ボディの画像回路にごくシンプルな情報を送り込むことだけだった。それが、絆の感情を反映した少女の画像として、凱の視覚に反映されたのだった。

※9　P29
カウントダウン
オレンジサイトには、まだ“時間”という概念が存在しない。だが、生物と無生物とを問わず、この場に居合わせた者たちの主観時間は同期している。バースト現象の予兆を彼らが観測した結果、認識の共有により、そこにはカウントダウンという概念が擬似的に発生していた。

number.04
※10　P52
プロトタイプ・ファントムガオー
形式番号・XF-111。ギャレオンが旅立った後、新たな勇者王の中核として、二〇〇六年の『ガオファイガー·プロジェクト』で開発されたガオーマシン。ハードウェアは獅子王雷牙、ソフトウェアはアルエット・ポミエが開発主任となっている。同年、バイオネットに強奪されたことでセキュリティの脆弱性が露呈、機体軽量化なども行われた後継機が制式採用されたことで、試作機はGGGオービットベースに保管されることになる。

環境研究機関であるが、倫理的に問題のある実験を行い、二〇〇六年頃に様々な問題を引き起こした。ニューロノイドを開発した機関でもあり、二〇一七年時点でも、それは継続されている。

※19　P81
そこから発生した様々な問題
一九九九年にNEOが推進する『ベストマン・プロジェクト』によって行われた実験〈ダイブ・インスペクション〉は、カンケルを発生させた。これはすべての生命体の天敵となる存在であり、実験の参加者たちはそれぞれに独自の組織を設立して、これに対処しようとした。だが、彼らはアルジャーノンを発症することにより、事態を沈静化するよりも混乱を巻き起こしてしまう。

※20　P89
素粒子Z0（ゼットゼロ）
原種大戦時、ゾンダリアンが発生させたゾンダーロボから発生する特殊素粒子。当時のGGGはこれを検知するZセンサーを開発することで、ゾンダーロボへの早期対応を可能とした。

※21　P127
サイコヴォイス
ベターマン・ネブラの必殺技。頭部のクラッシュウィッパーで対象を殴打することで固有振動数を調べ、それに同調させた音波攻撃で物質崩壊に導く。

※22　P131
雷牙は、かつて南米の奥地においてネブラの戦闘を目撃したことがある
獅子王雷牙は原種大戦以前の時代、何者かを相手にベターマン・ネブラがサイコヴォイスを使用する光景を見て、ソリタリーウェーブライザーを着想した。もっとも、実際にシステムを構想してからそ

自治区に出現したZX-05への対処に協力を求めるため、中国科学院航空星際部に所属する楊龍里に、獅子王凱と麗雄が協力を求めた。

※15　P62
宇宙飛行士を目指してた人
獅子王凱はもともと、若干十八歳の最年少宇宙飛行士だった。彼がそれを目指した動機は、二〇〇〇年に木星で通信途絶した有人木星探査船〈ジュピロス・ファイヴ〉の乗組員だった母・絆を迎えに行くことだった。その望みは原種大戦のさなかにかなうことになる。

※16　P66
ビッグオーダールーム
GGGオービットベースの作戦司令部のひとつ。中央にメインオーダールームが組み込まれることで、人間と勇者ロボが直接ブリーフィングを行うことができる、巨大な空間。この時は大勢の隊員が集まるために活用された。

※17　P80
覚醒人Z号
形式番号・GBR-17。（有）アカマツ工業が開発したニューロノイド〈覚醒人〉シリーズの一機。GGGとの共同開発でGSライドが組み込まれた。本来は蒼斧蛍汰と彩火乃紀がヘッドダイバーになるはずだったが、二〇〇九年に横浜でバイオネットが巨大ロボテロを起こした際、天海護と戒道幾巳によって起動する。このZ号をふたりのために再設計、ファイナルフュージョン機能を持たせたのが、覚醒人凱号である。

※18　P80
NEO（ネオ）
ネクスト・インヴァイロンメント・オーガニゼーションの略称。国連傘下の次世代

※26　P160
エジプトとメキシコに分かれた〈二正面作戦〉
原種大戦のさなか、腕原種がエジプトに、腸原種がメキシコに現れた作戦。GGGの戦力を分散させようという狙いであったが、ザ・パワーによって復活した超竜神が氷竜と炎竜に分離して両所に駆けつけ、その目論見は失敗に終わる。
――『勇者王ガオガイガー』number.42～43より。

※27　P180
ゴルディオンモーター
ゴルディオンハンマー暴走時を想定して開発されたカウンターツール。グラビティバーストにより、重力衝撃波を減衰させる機能を持っている。

※28　P188
ゴルディオンマグナム
ブロウクンマグナムの代わりに、マーグハンドを射出する攻撃。ゴルディーマーグ本体の噴射推進を利用した技であり、大質量を活用した牽制攻撃に近い。

※29　P197
とある事件
二〇〇五年に発生したフツヌシ事件のこと。国際的犯罪結社バイオネットが、瞬間物質創世艦フツヌシのジェネレイターとして光竜を強奪する際、闇竜の超AIにおけるセキュリティホールを利用した。これにより、闇竜の超AIは一時的に機体から降ろして、AIボックス状態で育成されることになる。そのため、ずっと機体に搭載されたままだった光竜とは、情緒の成熟度に差がつくことになった。
――外伝小説『獅子の女王』より。

れを実現するまでには、数年の時を必要としており、GSライドを入手するまで不可能であった。

※23　P134
全周波数帯ソリタリーウェーブ
ディスクXによってフィルタリングされていないソリタリーウェーブ。すべての物質を破壊してしまうため、地球上で使用することはできない。実戦で使われたのは、機界31原種がESウインドウから出撃する瞬間を宇宙空間で迎撃した、ただ一度きりである。
――『勇者王ガオガイガー』number.32より。

number.05

※24　P151
生体医工学者
医学に工学技術を取り入れて、生命現象を明らかにするとともに、診断や治療に有効な手段を開発する研究者。かつてモーディワープに所属した都古麻御やGGGフランス技研のパピヨン・ノワールなどがこの道を歩み、現在は彩火乃紀がその後進となっている。

※25　P153
アルジャーノン
奇行をともなった突然大量死現象。最初にそのレポートを発表した研究者の名前から、アルジャーノンと名付けられた。一種の伝染病ではないかと目されているが、病原菌は発見されず、その他の原因及び感染経路等も一切が不明。この現象で死亡した者の遺体に咲く、"アニムスの花"。その実を摂取することで、ソムニウム（ベターマン）は様々な特殊能力を発揮する。

※34　P245
鷺の宮隆
GGG諜報部隊員。鷺の宮・ポーヴル・カムイの実兄。原種大戦の終盤、木星決戦時には百式司令部多次元艦スサノオに乗り込んでいた。原種衛星、及びZマスターの攻撃でスサノオが轟沈した際、宇宙空間に放り出されて未帰還とされていたが……。

※35　P251
「僕は……地球人の天海護だ」
かつて、天海護は自分の出自が三重連太陽系にある異星人だと知った時、同じ言葉を口にしている。過去のそれは誇りと決意をともなったものであったが、現在のこの言葉には、苦い認識をともなっているようだ。

number.06 ――――――――
※36　P265
ブロッサム
モーディワープが開発したニューロノイド。他のニューロノイドが調査用であるのに対し、純粋に戦闘用として開発されたため、モードチェンジ機能を持たず、武装が追加されている。

※37　P265
ティラン
モーディワープが開発したニューロノイド。試作1号機から3号機には生体ユニットとして人間の大脳皮質が使われ、封印された。ボノボのものが使われるようになった4号機（カトリエ）には主に八七木翔と紅楓がダイブしており、様々な調査任務に投入された。

※38　P267
風祭スミレ
二〇〇五年当時、Gパークシーで働いていたシャチの飼育員。獅子王凱や卯都木

※30　P201
フツヌシに接続されていた時の光景
GSライドを取り外されたフツヌシに、バイオネットはジェネレイターの代替として光竜を組み込んだ。全身にエネルギー伝導ケーブルをつながれ、Gリキッドを循環させられたその際の光竜は、現在の姿を想起させるものであった。
――外伝小説『獅子の女王』より。

※31　P212
翔星龍神
月龍と日龍、翔竜の三体がトリニティドッキングを果たした状態。シンメトリカルドッキングを行う二体は超AIを統合して新たなる人格を作り出すが、翔竜はスレイブモイードで休眠するため、合体の難易度は低い。そのため、他の竜神シリーズとも容易に合体が可能であると思われる。

※32　P212
翔超竜神
原種大戦時に構想されていた、超竜神の強化形態。翔竜の開発計画が凍結されたため、いまだ実現には至っていない。

※33　P212
ゴルディオンハンマーの開発を急ぐために封印された
原種大戦当時、ヘル・アンド・ヘブンが凱のサイボーグ・ボディに過大な負担をかけることが判明したため、GGGはこれに代わる決戦ツールの開発を急いだ。中でも多大な開発リソースが注ぎ込まれたのが、ゴルディーマーグである。この次期、すでに超竜神を飛行可能とする翔超竜神プランは存在していたのだが、そのための新型勇者ロボ〈翔竜〉の開発は凍結され、そのリソースがゴルディーマーグのために転用されたのである。

※43　P287
俺の脳ミソは特別製
蒼斧蛍汰は幼少時の事故で、脳に損傷を負った。その際にロリエ・ノワールという脳死状態にあった女性の脳硬膜が移植されたのだが、これが蛍汰の脳内に独自のニューロンネットワークを形成。奇しくもロリエもデュアルカインドであったため、蛍汰は脳内にひとりでデュアルインパルスを発生させられる特殊能力者となった。

※44　P301
英国紳士の誇り
二〇〇五年に殉職した、フランスの対特殊犯罪組織・シャッセールの捜査官エリック・フォーラー――ビッグポルコートの超AIの人格モデルとなった人物である。彼はフランス人でありながら幼少時からイギリスで育った経緯があり、そのメンタルはイギリス人のそれそのものだった。職務上のコードネームも〈英国紳士〉であり、その情緒は今もなおビッグポルコートのうちに生き続けている。

※45　P317
パピヨン・ノワール
GGG研究部隊員。猿頭寺耕助とは恋人関係。GGGフランス技研に所属する生体医工学者だったが、原種大戦後にスワン・ホワイトが転任したことにより、オービットベースに配属される。レプリジン天海護がQパーツを強奪した際に、巻き込まれて死亡。だが、その寸前にレプリジンが誕生、レプリジン地球にて猿頭寺と"再会"することになる。

命の高校時代の後輩であり、初野あやめとは友人同士。二〇一七年現在、結婚して退職しているようだ。

※39　P268
海のヴァルナー
Gアイランドシティの海洋テーマパーク〈Gパークシー〉で飼育されていたシャチ。他の遊園地から移動してきたことで、環境の変化にストレスを感じ、ゾンダーロボの素体にされてしまう。その結果、生命維持が困難になるが、Gストーンを与えられ、サイボーグとして蘇った。

※40　P280
チャンディー
Dタイプハンターと呼ばれる人工生命体。外骨格生命体プレトと共棲関係にあり、人間大の生命体としては強大な戦闘力を持つ。独自の倫理観に従って、殺戮と保護を繰り返している。

※41　P282
記憶巣の奥底をくすぐられた
高校生時代、(有) アカマツ工業でバイトしていた頃に行動をともにしたヘッドダイバーたち――八七木翔と紅楓のこと。ふたりは二〇〇六年末に死亡したのだが、蛍汰のうちに強い印象を残している。この時、蛍汰の前に現れたケイという少年の容姿は、この八七木と楓の記憶を呼び覚ますものであったのだが、蛍汰本人は自覚できていない。

※42　P283
BPL
NEOの傘下にあるバイオ・プロビジョン・ラボラトリー（生工食料研究所）の略称。バイオテクノロジーによって。食糧事情を支える研究が行われていたが、二〇〇六年に旅客機が墜落した事故によって、壊滅した。

number.EX

※46　P338

パスキューマシン

物質復元装置〈ピサ・ソール〉の中枢システム。ソール11遊星主の三重連太陽系復興計画は、ピサ・ソールによって失われた星々を復元しようというものだった。だが、その材料として、地球のある宇宙からダークマターを採取することになる。これにより、宇宙は収縮現象を生じ、存亡の危機を迎えることになった。そのため、天海護はその計画を見過ごすことができず、ピサ・ソールからパスキューマシンを持ち出して、計画を妨害した。そのパスキューマシンは木星圏で再会した戒道幾巳の手に託されたのだが、ソール11遊星主の追撃を受けることになる。これにより、戒道とともに地球に落下したパスキューマシンは四つに分割され、高エネルギー体〈Qパーツ〉として、世界に散らばった。ソール11遊星主はこのQパーツを回収するため、レプリジン・護を地球に送り込んだのである。

※47　P340

フツヌシ事件

二〇〇五年十月、フランスで発生した事件。国際的犯罪結社バイオネットが、封印されていたディビジョンV・物質瞬間創世艦〈フツヌシ〉を強奪、艦内の創世炉を用いて巨大ロボ〈Gギガテスク〉を創世した事件である。獅子王凱はＺＸ－06〈頭脳原種〉との戦いの直後にフランスに駆けつけ、ポルコートと一時行動をともにしたのである。なお、この時にフツヌシで創世された〈フェイクＧＳライド〉は後々までバイオネットロボの動力源となり、様々な事件を引き起こした。

『覇界王〜ガオガイガー対ベターマン〜』中巻　解説

米たにヨシトモ

君達に最深情報を公開しよう！

物凄く分厚い下巻になるはずだった。が、さすがに読者の手首を痛めるような百科事典級の重さは硬派すぎると判断し、巻数を分け全三冊の構成に至ったことをご理解いただきたい。

この中巻を刊行するまでに起きた『覇界王』に関する出来事については、竹田氏のあとがきに少々委ねるとして、業界周りの話もしておきたい。

映像ソフトや音楽CDの売り上げが伸びない昨今。小説もベストセラーになるタイトルは、ごくごく一部である。消えゆく運命のアニメ会社が身の周りでも目立ってきた。勇者シリーズの全主役が揃う、今でいうアベンジャーズのようなアニメ企画だった最初の『覇界王』は、余力のないサンライズから委託する形で、別の現場で制作を進められないか動いていた時期もあった。しかし、その企画も経営難という名のインビジブルバーストによって、スタジオごと消えてしまったのだ。この作品に限ったことではなく、仕事を終えても尚、給金が支払われない現場は少なくなく、幾度となくダメージを受けた。いやはや、創作においての攻めはリスクを伴う。だが、そんな闇の中でも、わずかな光を求めて魂を止められないのが我々の性《さが》である。ゆえに、同人活動と半ばあきらめ、儲けのない仕事と思っていた『覇界王』も、コツコツと続けていくうちに少しずつご褒美をいただけるようになってきたのだ。一番の驚きは、我が分身である謎の歌手※-mai-が久しぶりに復帰し、ベターマン主題歌の新レコーディング、ガオガイガー主題歌の新バージョンやドラマCDに台詞で参加、さらにはイベントの舞台で生歌を披露するという暴挙?·まで成し遂げたことだろうか（笑）。舞台裏での機材トラブルや、イベント後に内臓疲労でリタイアもしたが、声優陣や、歌手の遠藤正明氏、作品を愛してくれている皆のおかげで、ここまで勇気ある次元に到達できたことに、この場を借りて感謝の意をお伝えしたい。

コミック、サウンド、スピンオフ、ホビージャパン誌で連載中のコラム、様々な立体物も盛り上げていただき、素直に嬉しく感じている。

中巻の書籍化においても、創作魂に妥協はなかった。巨匠・大河原邦男氏のアトリエまで直に出向いてお願いした珠玉のメカデザイン。細部まで小うるさいオーダーに快く応えてくれた、木村貴宏氏、まさひろ山根氏、中谷誠一氏の画稿。コミック版の漫画家、藤沢真行氏の助力。他にも多くの関係者に支えられて刊行まで辿り着いた。

〈俺たちはひとつだ！〉

中巻に収録された書き下ろし短編『京-HAPPYAKUYADERA-』も、ガオガイガーＦＩＮＡＬ当時の、クタクタになるまで強行取材した嵐山を思い起こし、自分の中でぶわっと涙するほど染み入る力作に仕上げてもらえた。

〈俺たちの勇気は死なない！〉

大いなるグランドフィナーレとなる最終巻の峠越えも、長期入院生活を過ごした竹田裕一郎氏とともにクタクタになりながらも目指したい。もしかしたら、この先でまた心は折られ、身体も動けなくなるかもしれないが、それでもきっと我々は立ち上がれる。

これを読んでくれている皆の夢が、我々を照らす八百八寺の勇気の灯である。

アリガトヲ…ユメノカケラ…

おっさんズ体力　↑これも勝利の鍵だ！

あとがき

竹田裕一郎

たいへんお待たせいたしました！　前巻から三年近くも空いてしまいましたが、ようやく中巻が刊行できました。色々と読者の皆さんからツッコミが来そうな状況ですが、最大のものはやはり「中巻ってどういうこと？　次回予告で下巻って言ってたのに！」ではないでしょうか……。

上巻の次回予告時にはまだ構成が固まっていない部分もあり、『無難に全二巻ということにしておきましょう』という声もあって、あのようになっていたのです。ですが、中巻のパートを執筆しはじめてすぐ、「あ、これはもう一冊じゃ収まらないな」ということになりまして、全三巻ということになった次第です。続いて下巻にあたる最終章の連載も始まっていますが、こちらはようやくゴールが見えてきました。今度こそは公約通り、この長い長いシリーズの大団円をお届けできそうです。

そしてこの三年弱の間に、色々なことがありました。中でも最大の喜びは、コミック版の連載開始です。藤沢真行さんの熱筆によるコミック版『覇界王』、最初にお話をいただいた時に想像していた以上のハイクオリティで、毎回原稿があがってくるのが楽しみでなりません（同時に負けられないというプレッシャーも……）。藤沢さんには様々な新デザインを起こしていただいていますが、テレビシリーズからの長いつきあいの皆さんも健在です。木村貴宏さん、中谷誠一さんの新デザインや挿絵に続いて、この中巻では大河原邦男先生に覚醒人Ｖ２を、山根まさひろさんに表紙の合体ベターマンを描いていただけました！
さらにコミック版単行本と『ベターマン』20周年記念Blu-rayBOXの特典として、『覇界王』ドラマCDが作られ、脚本を書かせていただきました。声優の皆さん、ゲームなどで演じる機会もあったと思うのですが、本編のその後をやっていただくのは十数年ぶり。凱と護の再会、蛍汰から火乃紀へのプロポーズをあの声で演じていただけて、本当に止まっていた時がようやく動き出したのだと、実感できました。
またガオガイゴーやギャレオリア・ロードのスーパーミニプラ化などの嬉しい展開もありました。この勢いに乗って『覇界王』がどこまで行けるか……読者の皆さんのお力を貸してください！

おっと忘れてました。巻末の書き下ろし外伝、今回はずっと触れてみたかったレプリジン・護について書いてみることにしました。京都鉄道博物館のことを知ってからあたためていたネタであり、本編には入りきらなかった『GGGスマホを初めて見た瞬間の凱兄ちゃん』を書いてみたくて考えた話でもあります。また、中巻は蛍汰と火乃紀に焦点を当てた巻でもあり、Blu-rayBOX用特典だった外伝『路-SINRO-』をフライングドッグさんのご厚意で収録させていただきました。

それでは次回下巻、長い長い旅の終わりで、またお会いしましょう！

NEXT

君たちに最新情報を公開しよう!

大河幸太郎の策により、覇界の眷族は圧倒的優位を手中に収めた。
人類滅亡へのカウントダウンが始まる。
そこに出現する伝説のソムニウム〈デウス〉は
神の救世主か、悪魔の使いか――
そして忍び寄る恐るべき疑惑。
悠久なるかつての人類は幾度も干渉を受け、
その運命は意図的に操作されてきたものなのか――
追い詰められた世界で若き恋人たちは絆を結び、
明日への希望に勇気を燃やす!
【覇界王~ガオガイガー対ベターマン~】
モウ　スベテガ　終ワリマシタ……

これが勝利の鍵だ!
ゴルディオンアーマー

『覇界王~ガオガイガー対ベターマン~』最終章
矢立文庫で好評連載中!

パトリアの刻を迎えるために——
今、7人のベターマンが動き出す！
覇界王
〜ガオガイガー対ベターマン〜
the COMIC 2
漫画 藤沢真行
獅子王凱 役
檜山修之承認！
勇気ある誓いとともに
読《す》破《す》め!!
この作品はガオガイガーとベターマンのファイナルフュージョンだ!!
最新巻発売中！
覇界王
〜ガオガイガー対ベターマン〜
the COMIC
公式サイトで大好評連載中！
https://hobbyjapan.co.jp/ggg/

覇界王
～ガオガイガー対ベターマン～中巻

2020年5月12日　初版発行

【著者】竹田裕一郎　　監修：米たにヨシトモ　　原作：矢立 肇

【編集】大野豊宏／弦巻 由美子
【カバーデザイン】水口智彦
【デザイン・DTP】株式会社明昌堂

【発行者】福本皇祐
【発行所】株式会社新紀元社
〒101-0054　東京都千代田区神田錦町1-7　錦町一丁目ビル2F
TEL 03-3219-0921／FAX 03-3219-0922
郵便振替 00110-4-27618

【印刷・製本】株式会社リーブルテック

ISBN978-4-7753-1714-3